廖可斌　主编
浦東歷代要籍選刊編纂委員會　編

陸深全集

四

〔明〕陸深　撰
林旭文　整理

復旦大學出版社

陸文裕公續集

林旭文　整理

陸文裕公續集目録

陸文裕公續集卷二……（一五三〇）

陸文裕公續集卷六

七言律詩三十一首

陸文裕公續集卷七……（一六一〇）

陸文裕公續集序

江西提學按察副使致仕進封中憲大夫婣生唐錦撰

近代文章家，非周、秦不談，非西京不談。然騁宏博者，唯叢靡是務，而精觕醇駁無所決擇，往往蛟蟦混處而雅鄭之互鳴也。慕古奥者，則刻削鍛鍊，務極艱澀，棘喉滯吻，若梵唄然，殆不可句，而大雅之風泯矣。周、秦、西京固若是乎哉？

文裕公儼山先生崛起東海之濱，天才學力，超邁卓絶，駿發精英，其光燄燁燁迫人，宏博而不繁，古奥而不晦，周之典雅，秦之雄暢，西京之豐蔚精密，蓋無乎不備也。縱横運化，名一家言，所謂黼藻化工，芬馥宇宙，浩然獨立乎萬物之表者，非先生，其疇當之？平生撰著，自講筵、史局、郊廟、臺省，以及山川、林館之品題，祠墓、金石之鐫刻，與經史之折衷，古今典章之辨議，家傳人誦，殆偏寰區。片楮隻簡，爲世至寶，可謂極文章之盛矣。矧先生經綸匡贊之業，雖宣發未究，而河嶽默運之功，良不可誣。則夫先生之所以傳世垂範者，豈唯文哉？先生既斂神觀化，其子太學生楫字思豫發所藏藁，類而成編，凡爲集百卷，外集四十卷，咸登諸文梓，壽其傳矣。

茲復訪蒐散佚，隨遇劄録，編爲續集十卷，刻附集後以傳。嗚呼，自古文章大家傳世之作，未有若是其富也。有之，未必若是其精且醇也。思豫皇皇乎赤水玄珠之求爲不孤矣，是固稱揚明著之所寓也。況其英敏博洽，克光家學，所以竟先生未究之業者，其在斯歟？若先生之爵里名氏，夫人皆知之，茲不敢贅。

嘉靖辛亥歲仲春朔旦。

陸文裕公續集卷一

賦二首

水聲賦并序

陸子北征，困於道路。日不數里，而牐隸扃啓數更。告勞獻瘁，蓄洩稍愆，則舟膠于沙。夜宿河次，聞河水努牐而過者，淙淙汩汩。卧不成寐，乃秉燭倚舷，聽而賦之。

轟轟乎蟄雷搏地軸與？齁齁乎將颶風撼而砥柱折與？喧喧乎龍嘯雲與？哮哮乎長鯨之吼日與？逢逢乎周庭鼉鼓，何桴之不絕也。呟呟乎蕭寺梟鐘，而莛又無節也。鬨鬨乎共工之首觝觸天柱與？隱隱乎穆王之駿複道馳掣與？鏦鏦乎長平機發金革偕糜與？烘烘乎咸陽火縱而玉石裂與？南薰和兮調揚，泰山頹兮嚮長。洞庭奏兮未闋，華州哭兮不傷。將使褒姬輕裂帛，巫山醒襄王，胡騎解重圍，而鍾生改聽乎宮商也。陸子寤驚，惕若心兵。靜言審之，胡爲乎鳴。舟人告予，是曰水聲。

四老圖賦并序

清河公暨其夫人受封之又明年也，公壽八十，夫人未及者二年，蓋今昔之所難也。其子職方郎中允敬，方佐天子削平群盜，不能一日去。謀所以爲壽者，乃以《四老圖》使其友陸深賦之，將寓歸，樂公之志焉。其辭曰：

偉四老之軼群兮，乃山澤之列仙。何冠裳之陸離兮，儼商周之所傳。宅乾坤以爲家兮，采桃實以爲食。馭陰陽之逸駕兮，縱吾轡之所極。邁商顔以求侶兮，過絳邑而問年。澹逍遥於野中兮，各陳詞而競前。覩眉宇之軒揚兮，知顔色之獨好。忘榮名而不顧兮，亮有得於要道。欽丹青之輝映兮，羨高風於異時。邈芳躅之孰繼兮，顧於今而見之。乃有遺安先生，南州淑氣。子肯父堂，母以子貴。媲雙美於共世兮，若鸞鳳之在霄。固松柏之貞茂兮，閲歲寒而後凋。俯澄江之如練兮，接蓬瀛於咫尺。宴瑶池之白雲兮，映冰雪於姑射。所貴君子之年兮，作邦家之寵光。詠《南山》之篇兮，聊寄情於霞觴。睇桐里之鬱鬱兮，垂繁蔭於鯉庭。相天誅之九伐兮，固昔授之一經。方將履太和而超無爲兮，偕群仙以容與。横大江之雲濤兮，爰徵詞而臨楚。

五言古詩五十七首

擬古三首

擬行行重行行

悠悠日將遠，思君心甚邇。所嗟異居處，同生不同里。别離既以苦，會合諒以難。逝川期東海，行雲戀故山。自知去日貌，難比舊時顔。出門即遠道，雨雪紛浩浩。潦泥緇素衣，安得白日照。矯首念征人，憂傷易終老。

擬西北有高樓

層樓一何巍，亭亭切雲霄。綺疏縹緲間，欄楯匝周遭。不知誰居中，哀怨逐風飄。爲言本邯鄲，關河望迢迢。區區懷苦心，三載非一朝。援琴以寫之，意重絲難調。初爲《陽春》曲，再行鼓山高。妙音本絶世，賞識何寥寥。思爲雙黄鵠，比翼與俱翺。

擬孟冬寒氣至

歲盈易寒風，曠野何蕭條。深居戒遠趾，四壁亦飄摇。陽和日已往，陰沍日已驕。門外遠書至，啓函知故交。慰我以好音，期我以明昭。感兹殷勤意，千載詎能銷。素心抱愚衷，欲吐還自韜。

秋懷三首

越人挾燕石，買之曰千金。和氏抱荆玉，至死悲不任。燕石媚光彩，舉世傾所欽。彼璞一麤礪，在中誠難諶。不惜大寶湮，傷哉和氏心。

二

鴻鵠非雞人，挽弓欲射之。蜻蛉亦何意，兒童解黏絲。人生寄一世，毁譽安所期。高樹多天風，高臺多赫曦。貞白苟不虧，豈能隨崇卑。

三

試歌《清廟》篇，餘音遏流雲。千人揜耳過，萬人不爲聞。轉歌《後庭曲》，和者日紛紜。已矣何足論，吞聲淚沄沄。

贈别徐昌國二首

北風起天末，送子城東闉。願言遲數里，欵欵得具陳。我有一端綺，持以贈夫君。不願爲黼黻，不願爲袴裩。願爲平居服，昏旦常相親。垢敝忍棄捐，愛惜情如新。

二

北風吹我襟，望子不得見。跂立恨足短，淚落迸如霰。草樹摇寒涼，一曜急流電。游子在路岐，孺薄馬悲顫。未明戒先驅，薄暮苦後殿。空谷多松柏，念此步不進〔一〕。

【校記】

〔一〕進：疑當作『前』。

南望水澀舟不得去同行者謀就陸戲成自慰

春江多柳花，風起花還飛。夕陽斂飄蕩，委地相因依。行止諒有數，蚤暮同所歸。百年總行旅，安用長歔欷。羲和無東回，安樂誠幾希。眇焉泣岐子，人遠事已非。飄飄山水間，志願良不違。朝多清風來，暮多繁星輝。古稱太史公，千載欽嘉徽。

和趙類庵燈花

誦君《燈花篇》，值我燈花燦。旖旎欲浮香，敷披似春半。圓朵競霞呈，岐枝誤星散。娱翫夜三更，遲回腸九轉。獻祥諒無私，涼德歌有覥。南郊禮將成，預兆明庭宴。無藉春風吹，偶見春風面。影摇畫屏斜，蕋墮銀檠亂。君才本天妙，況復論交淡。游戲賦燈花，膏馥人猶厭。麗藻凌六朝，高風駕前彦。倘許望後塵，鉛槧從兹辦。寒燈復作花，政爾從人願。

邯鄲縣南見捋柳芽充饑者

青青楊柳樹，弩眼學窺春。春風漸暄妍，品彙一以新。如何遭採折，捋之葉屯屯。初疑摘早茗，尤恐識未真。問此胡爲爾，答云療饑貧。芽茁本可茹，何暇辯芳辛。既免私家競，復有官道遵。連朝斷烟火，持此抵八珍。地爐酌野水，拾樵煮清淳。幸將糠粃雜，撑腹藉輪囷。去秋淫潦厄，今春點差頻。焉知歲年計，聊度旦暮身。嗚咽語難了，淚落如可紉。見此三歎息，臨岐倍傷神。黎民有菜色，何況等木皴。道路正供億，一日須萬緡。民腹已如此，民力那堪論。王政先犖獨，漢治資良循。天恩倘可乞，咫尺當重陳。

儼山精舍晚意

風蟬咽翘林，江鷗泳别渚。雲霞變初秋，焦枯慰時雨。豈乏凌沖志，蓬瀛渺何許。兀坐當軒楹，涼飈滿衣苧。中炯常晏如，外紛亦屢拒。會心適寡諧，顧影聞獨語。

風雨夜擁爐防警楫兒從傍屢作啼思

野居寧免懼，所恨乏兼眥。雞犬偶不寧，兒女成悲啼。青氈有舊物，緑林多健兒。昨聞東西陌，頗受狐鼠欺。明燈守長夜，風雨正凄其。豈云網可漏，無乃歲阻饑。春陽正駘蕩，民物方皞熙。願言寄當路，莫憚催科遲。

雜詩三首

四敍若鱗次，君子感變遷。昨日夏熱酷，今夕秋月鮮。涼飈振天末，草樹失故妍。玄鳥逝將返，蒼鷹厲高騫。苟無豳風人，何以卒歲年。

二

古井春無泉，槁木夏無枝。仲尼歎冀土，詩人詠德基。中夕起坐歎，歎息將奚爲。去者日已遠，來者安可期。不見令名士，監古乃得師。

三

敝幃殉老馬，恩義貴有終。三良從下世，黄鳥哀國風。蟻穴隳太山，蛆流毒桓公。棄置萬夫望，憂來不能窮。浩歌當永夕，沉思夜將中。

元旦日蝕

白日衆陽宗，王正四序首。況此月初吉，食之亦恐醜。故老相驚嗟，百年未曾有。頗聞文皇時，兹事亦匪偶。當其君臣會，災祲豈能久。宋公才一言，熒惑乃却守。于今太陽厄，從申直至酉。群僚萃南宫，簪組紛前後。臺史報初虧，稽首再三扣。元臣跪伐鼓，申救情獨厚。高高若罔聞，啖食未滿口。乍疑璧微缺，忽若鏡中剖。須臾如月初，恍欲露星斗。慘淡不可辨，氛霾互纏糾。天人會相通，垂戒固不苟。吾聞月掩日，其事果然否。無乃陽道衰，遂爲陰所走。月本傅日行，代明得稱耦。倘使日景虧，月光安所受。其事或渺茫，吾欲徵神瞍。載觀《春秋》書，一一各有取。下土蟣蝨臣，慚無捧日手。

雨夜無寐泛然成篇

海隅苦卑暑，溽潤恐違生。思凌千仞岡，一眺白玉京。玉京多仙侶，招邀有深情。餐啖皆淳和，被服何輕盈。俯視塵中世，朝夕競浮榮。

聽雨

摵摵入葦際，蕭蕭自簷楹。幽居忽復旦，迥野薄江城。偃息從兹始，塵鞅詎能嬰。園田被膏潤，琴書有餘清。浮生本未定，譽毁等陰晴。聊有盈觴酒，獨酌慰幽情。

吴人以巨艦載湖石至雨中閲之

濛濛江天雨，遥遥湖水船。誰施巨靈斧，擘此青數拳。縹緲呈夏雲，嬋娟隔春烟。雖乏衛公識，偏懷米生顛。蹇予頗好奇，有癖在林泉。肩輿度窅瞑，孤榜逐溪緣。品視剔苔蘚，摩挲計雕鐫。遄歸亦乘興，卧遊裁短篇。

寓樓寄儲芋西

天低歲云晏，故鄉復僑居。與子共巷陌，相望一水餘。瓦屋正鱗次，石橋亦虹舒。心親物無礙，會數意猶疏。乾坤本逆旅，日月自居諸。來此飲名酒，相攜校詩書。華髮不可變，功名等爲虚。及時須行樂，政恐不待予。申章示同志，聊以酹遂初。

題茁蘭

滋蘭茂九畹，靈雨茁其芽。和氏抱荆璞，以身明不瑕。芳澤貴自保，物色寧有涯。但使臭味同，歲晚何足嗟。猗猗關西彦，風流如謝家。光輝媚幽巖，旖旎揚芬華。温恭君子持，令德戒紛姱。豈乏桃李姿，貞白世所嘉。

洗竹

蘭以當門鋤，竹緣太密洗。託身苟失所，彼美徒漫爾。郊居時雨餘，茅蕪手自啓。好風來林端，煩曦蔭樹底。生事雖甚微，麤足辨鹽米。會心即交游，異姓等兄弟。吾行迫始衰，聊復勤四體。《伐檀》譏素餐，《相鼠》歌有禮。

九月朔晨興

落葉紛可掃，客行殊未歸。大化無停運，倦翼多卑飛。凌寒懷執熱，撫序悲授衣。物候變南北，世故有依違。晦朔成代謝，所嗟知者稀。

謁漢高廟

玄冬曜白日，曠野吹大風。旅行齊楚交，密與豐沛通。磊磈半畝丘，乃有高皇宫。堂堂赤帝子，儀像居當中。天運苟不極，未肯生英雄。一時風雲會，百輩皆王公。野人守敦樸，香火祈年豐。那知千載上，行天乘六龍。丈夫事真主，聖人優百工。感歎復感歎，豈必非遭逢。

贈別汪天啓同年

借問何所悲，相知新别離。掩袂各揮涕，步步不得辭。恐墮兒女情，揮洒盡一巵。念我同門友，高舉振羽儀。東西各有適，與子願獨偕。叶。意多覺别促，情親身不違。仰睎白日速，嗟此道上泥。久要四海志，歲年空路岐。慷慨發我歌，我歌當向誰。諒子重察識，會面知有期。

過黄憲墓

當年自無營，千古如識面。安用金石堅，始知儀、秦賤。曉行襄江濱，殘月墮西堰。溟濛草露晞，贔屓標題見。相從牛醫來，古意倘未變。

和陸太宰水村也適軒詠懷

地即大隱勝，材集補天餘。達人秉高尚，詎云朝市拘。覆庇本四海，俯仰托兹廬。雲石自流峙，吹噓及根株。命觴沿徑曲，鑿泉當坐隅。遂使耳目曠，頗勝絲竹俱。心融境斯一，理適情自娱。載理聞鶴譜，時臨换鵝書。藏胸富丘壑，佐世登唐虞。疏品荷陶鑄，蓴鱸思躊躇。室邇人甚遠，歌嘯日正舒。賤子獲聽履，自負龍門如。

送徐昌穀湖南纂修

取友在異世，貴此肝膽通。與子同鄉國，筆硯亦屢同。一别歲月速，那得不匆匆。宵戒一觴酒，起視夜方中。追子恐弗及，繆綢敍難終。夾居長安道，參商各西東。況兹萬里隔，目斷雙飛鴻。江湄長芳草，鬱紆傷我衷。

詠蠶食葉圖爲康修撰德涵作

啖葉勢未已，謀生意何愚。但知厭其腹，寧知用其軀。恩深報必厚，功高禍與俱。物理固若此，感歎將焉如。

張太史常甫得告

聞子有遠役，我心已南悲。菀彼桑與梓，藐在天一涯。恨無雙羽翰，高飛鎮相隨。持此一寸心，隱抑詎當知。宵起步廣庭，天高列星遲。人生有會合，世故多別離。別離勿復道，但問別者誰。

雜詩

覽鏡難自持，容顔豈常好。秋高風露勁，黄落紛弱草。豈無長生藥，馳心違至道。淨宇澄垢懷，冥觀契玄造。遲迴三十年，念此苦不早。瑶池與玄圃，微風蕩芝草。

釣臺

雙臺切高雲，碧溪下長風。本懷戀比鄰，長嘯辭王公。把釣已忘魚，入夢猶非熊。人境有舊廬，客星動高穹。江山自朝夕，禽魚或西東。朝市各取適，出處俱自躬。豈曰萬户侯，非此一畝宫。咄嗟保厥始，優游慎所終。

玉華雜詠三首

蓬壺

群仙歷萬劫，三山乘六鼇。琪樹連瑶草，珠宫貝闕高。歸來玉華子，新製六銖袍。

碧香閣

雨洗碧色鮮，風來清香遠。田田既堪悦，亭亭若可飯。幽期當南軒，微波坐成晚。

問月臺

月出青山外，浮雲爲掃開。缺圓緣底事，弦望孰相催。有言俱不省，流影照高臺。

宿佑聖觀候明發是日小至

宧業祇簿領，游目曠林泉。偶此山陰雪，來銜竇中烟。新陽一以長，天道會好還。招邀復材彦，探討事幽玄。初遵潛虬壑，還過種玉田。曲檻俯躍鱗，盤空墮飛鳶。時聞林端磬，幾遇雲外仙。相將願有遂，所適期無前。

武城觀漲因憶陳后山五月一雨涼中宵大江南之句情景悠然援毫有述

長河五月雨，一夜十尺强。大星映南斗，微風生蚤涼。坐此景物暢，懷彼路阻長。人生百年内，弦望倏相將。苟非金石固，動静各有常。大化無停息，仰視河漢光。

安山道中晚棹

洋洋水波逝，永欽川上懷。遂將去齊魯，明當度江淮。遠役謝塵鞅，高居理茅齋。沙田二三頃，婉孌東海涯。芳春景物麗，夕陽襟抱佳。耕讀有遺軌，長使願無乖。

題陳光禄惟順迎暾書舍二首

鷺嶺

白鷺斜行下，青山百里長。登高一以眺，風物近瀟湘。謝安如可起，飛去逐鸞凰。

寺烟

有寺隔東鄰，人烟日中滿。感此盈虛間，沉吟坐來晚。曠古達者心，尋山不辭遠。

近田詩并序

太宰松皋翁作《近田詩》，以示其冢子僎。僎奉以爲别號。深讀其詩序，窺見翁之實學近裏若此，因和一章。近世有講學者，長虛騖遠，賴翁此作，可以一變，深亦爲之惕然。蓋不獨可以傳之一家也。僎其寶之。

《國風》驕甫田，鄒孟戒捨己。載歌許近田，取譬同一理。許本太岳後，繼世疊金紫。煌煌示新篇，下帶有深旨。西周帝王基，累世由農起。千載公劉詩，配天后稷祀。致廣本慎微，舉遠必自邇。請觀阡陌間，東西僅尺咫。耕耘貴及時，稼穡便佐使。屨杖傍門廬，饁餉出童婢。收成俄頃間，焉用枉邐迤。心田尤近之，力耕從此始。請君聽我歌，我本田家子。

晨興見白髮

四十期有聞，覽鏡髮改素。古人悲染絲，一變不復故。神王自中恬，形勞豈外慕。伊余本懦儒，履滿每知懼。悟言《養生》篇，引領《遂初賦》。大化運自然，頹景不可駐。達人固忘我，君子保末路。華落見本根，相將歲寒暮。

裕州宵行車中聞雨

計程兩旬日，乘傳二千里。山川氣候分，值此廉纖雨。輦路斂輕塵，遥山渺烟樹。淅瀝響蓬軒，夢想春江滸。行役雖苦疲，陰陽有燮理。物情荷恩慈，天運賴明主。甘霖在咫尺，滂沱慰中土。

月下發河間

西北列玄陰，晨氣何凜冽。鼻息凝層冰，纖指不得結。出郊遂無際，戒類膚欲裂。崎嶇雖强禁，頗勝風沙没。

新城趨涿州喜見西山

杳杳青雲間，崒嵂黄金臺。行人多苦寒，常恐北風來。風起則黑氣如山當空，北人以爲候。漸近始分明，熟視驚還猜。相逢陌上人，顧問首屢回。所期既以遂，鬱紆開我懷。

送王存約赴惠州二首

涓埃難爲功，犬馬終戀主。新辭掖垣直，郡符遂中剖。平生弧矢懷，慷慨赴南土。身遠迹甚邇，愛深心愈苦。於惟孝皇仁，貽謀邁前古。網羅天下才，拔十望得五。鼎湖一睇瞻，臨風淚如雨。

二

朱方赤日永，揚舲江路長。亮無『沉湘』賦，寧少《伐木》章。川原孕靈淑，藻麗發景光。沖抱秉素尚，令德藹餘芳。徽音幸毋阻，一寄鱗鴻將。莫以仳别恨，置此冰炭腸。地理任險易，天運變炎涼。

寓谷亭二首

幽蘭出佳谷，託根岐路傍。路傍多風雨，侵凌良獨當。榛荆雜菅茅，紛紛遥相望。白日萬里遠，腐草流螢光。感此忽永懷，冰炭入我腸。千古曠達人，去住貴能忘。松菊有良侣，諒兹非故鄉。安得垂天翼，附之東南翔。

二

駕言登高丘，憑南望天涯。彷彿北堂樹，穠郁時敷披。心恍神與俱，長跪畢我私。初言定省違，次言苦路岐。三言近起居，四言長相思。五言母慈重，未能報男兒。滔滔殊不已，涕泗交相垂。浮雲自南來，雙目忽如遺。茫茫千里外，想仰徒噫嘻。日夕山下歸，露草青離離。

送朱子文令奉化

少小同鄉校，文翰事幽討。比身雙南金，抗志萬物表。鄙余慚先登，遲子在遠道。邇來叩帝閽，披腹呈至寶。經綸以爲期，勗哉善自保。

我有平生人

我有平生人，區區管鮑看。金石諒匪堅，何況蕙與蘭。聯袂慷慨歌，歌聲激雲端。青雲爲之開，白日照肺肝。恩情中道阻，盟誓日已寒。四海非不寬，吾心自不安。清宵入我夢，援琴爲君彈。

霜後拾槐梢製爲剔牙杖有作

金篦與象籤，浄齒或傷廉。青青槐樹枝，一一霜下尖。偶聞長者談，物眇用可兼。搜剔向老豁，其功頗勝鹽。兩堅苦難入，薄肉忌太銛。眷此木氣餘，柔中末逾纖。復有苦口利，用之代鍼砭。余官自槐市，日夕映齋簷。西風動中宵，乾雨鳴疏簾。呼童事收拾，把束若虬髯。試以苜蓿餘，風致殊清嚴。作詩示君子，取才慎棄捐。

江行望洪都

吴楚並南紀，風物共清嘉。澄湖富魚鳥，聯山起龍蛇。人力務稼穡，土膏雜桑麻。秋氣日漸勁，四野垂幽花。旌旗發前灔，樓船奏清笳。極目有嘉致，兀坐澹不譁。雲開帝子閣，水深高士家。南浦餘碧波，西山結綺霞。撫此大藩地，豈曰盛繁華。緬懈寄民瘼，何以答晨衙。

閒居三首

璧月墮止水，可翫不可親。幽人俯闌曲，羽扇一角巾。悟我真色相，澹然忘此身。

二

軒中何所有，四壁微風發。其大不盈畝，納此一輪月。嬋娟萬里情，徘徊照短髮。

三

晝簷浄流雲，鮮月代秉燭。上有梧樹枝，下有寒泉緑。夜深地復静，俯仰皆自足。

陸文裕公續集卷二

七言古詩十九首

吴中新刻臨川集甚佳雙江聶文蔚持以見贈攜之舟中開帙感懷寄詩爲謝

少小有書未能讀，暮年好書讀不得。豈惟簿領少餘閒，兩眼冥蒙淚旋拭。簾前見物私自憐，霧裏看花慣曾識。憶昔家住東海濱，世務耕農寡文墨。勉勤誦習起家門，每事收藏節衣食。一從觀國上皇都，十載具官充史職。長安朋輩心多同，古典探搜事尤力。荆文丞相宋熙豐，國監遺文舊嘗刻。猗予謬司六館成，手許校磨工未即。當今椺棗稱吴中，唐模宋板俱奇特。是非本定空愛憎，報復何窮恣翻覆。文章功業兩難朽，治亂興亡三太息。蘇州太守古鄰侯，貽我遠勝黄金億。樓船風雨滿章江，把玩新編坐相憶。

蒼鷹圖

蒼鷹瞥地風蕭蕭，狐耶兔耶狂欲跳。老拳未放輕一攫，側目政爾愁雙翹。天空秋老關塞晚，落日孤林萬山遠。覽圖令人氣滿膺，荆榛匝地移蘭畹。林生五嶺太平人，何理落筆心先嗔。忠貞立朝奸佞懼，貔虎負嵎山林春。錦衣周君人中傑，意氣要與圖争烈。封侯萬里看下韝，一灑平蕪遍毛血。

次答沈叔明石屏歌

效古初開緑野堂，偶置屏石增清光。此屏來自萬里道，産向滇南山水鄉。點蒼秀色多烟景，雲霧重重玉龍隱。星斗高侵太白峰，海天常拂扶桑影。疑有陰陽變晦明，卧遊坐對俱峥嶸。若非黑白分明見，必是丹青點綴成。猗予少日多遊興，今已白頭尋蔗境。愛月時登庾亮樓，歸田重理陶潛逕。摩挲此石得大觀，羲娥來往雙轉丸。獨倚巖巒酒醒後，便覺空同眼界寬。微茫雲外見新月，晃漾峰頭餘積雪。長夜高堂如有神，衣冠滿座皆含冽。多君珠玉羅胸中，落筆宛有唐初風。爲我石屏歌一闋，安得持獻天子明光宫。

次答姚子明石屏歌

乾坤奇秀皆儲精，老我山水偏多情。是中猶有愛石癖，一見奇石雙眼明。十年去國行八省，參謁咨請兼逢迎。晚蒙聖恩召自蜀，置之金馬白玉京。晨趨黄扉暮紫闥，左圖右史心無營。賜金月俸有餘鏹，買得一屏當座横。人言此屏本無價，我亦得意還若驚。烟雲縹緲天台路，巖壑隱映芙蓉城。瑶池東來降王母，仙掌擘出煩巨靈。有時坐對一長嘯，便覺毛骨隨風輕。滇南蒙段昔開國，此石充貢萬里程。攜歸東海添秀氣，聊與平泉作後塵。得君長歌更增重，五色光燄輝文衡。

七峰歌

七峰主人家七峰，七峰東來如七龍。地當北斗星辰見，派接南山雨露濃。緑江亭館連雲起，方丈瀛洲天尺咫。帆檣渺渺萬里船，烟波日日東流水。主人元是孫子荆，漱石枕流非本情。胸吞雲夢已八九，眼視四海皆弟兄。况有文章稱大手，遠追建安成七友。雲樹鶯花一萬重，琳琅金薤三千首。遥峰絶壑迴還孤，虧蔽陰陽自有無。寂寞可憐楊子宅，丹青空事《輞川圖》。觀國才華工好古，别啓圖書群玉府。黄鐘大鏞序殷周，太華長河儼賓主。門外聯翩長者車，峰頭縹緲列仙居。青天白日常應爾，金塢珠樓總不如。江南自昔多佳麗，誰復豪華誇甲第。桑梓依依見此心，弓裘永永承先世。天鍾形勝待公侯，莫因風物重淹留。願將郭隗千金價，更起元龍百尺樓。

丹陽孫思和新作七峰之居，與江山相映發。予曩在翰林時，許以題識，以冀身遊其間，爲偉麗特絶之觀，蓋久而未果。嘉靖癸未，思和東過海上，要予夙諾。聊成短歌，庸答雅尚。七峰其能出長風、盪穹林、與江聲海濤相應和乎。是歲十月既望。

竹齋歌有序

豐城王君鑑之，以竹名齋，游宦所至，輒以竹齋聞，蓋紀勝也。凡勝無常，物勝則人附物，人勝則物因人。仰七政而思舜，覩河洛而見禹，物之勝也。陶靖節之菊，林和靖之梅，人之勝也。物勝則重其人，人勝則物因之重，自古逮今一也。竹之勝，自孔門所羨清修節概之士，咸願附焉。鑑之其有取於竹哉，故予爲作《竹齋歌》。

君不見仙尉齋前數竿竹，勁於龍鬣嫩於玉。向晚冰霜如有情，多時盤筯寧無肉。一從手種春雨餘，摇動青冥散炎燠。未論留汗等琬琰，先須截管諧琴筑。曾聞子猷傲山陰，何如衛武歌《淇澳》。虚齋中含八面涼，恍疑瀟湘秋萬斛。軒窗隱映月漸移，枕簟飄蕭粉初撲。堪擬封侯自千畝，正有幽人在空谷。涷雷驚筍起卧龍，怪石蟠根解群鹿。遶簷日日報平安，一歲清風三百六。齋中本是瀟灑人，歲寒之交元有神。當年隨計赴上國，尚書宰相俱心親。人言松柏並奇操，共愛金玉尋芳鄰。燕京争誇見彷彿，黄金别築高嶙峋。劍江回首舊隱地，花縣拜命新行春。竭來小試釣鼇手，東海裊裊垂絲綸。九苞彩鳳下覽德，千里青雲高致身。仇香枳棘昔同調，蔣詡徑路今通津。蹔將形影照南浦，若比甘棠尤逼真。我歌竹齋君試聽，天子用爾清風塵，會須嶰谷逢伶倫。

怡菊歌贈童相士

品菊如相馬，不在驪黄間。以此復相天下士，伯夷陶令何爲顔。維時日月俱逢九，千山蕭森松柏後。且看歸去三徑花，況有生前一杯酒。酒酣耳熱歌嗚嗚，白眼仰視雲天無。虎頭燕頷祇俗輩，鳶肩火色誰丈夫。拂衣起就菊花舞，白頭童童風縷縷。金錢若解買秋光，更種明年一千樹。

送朱玉洲遊南雍

玉洲勝絶天下無，皎如秋月懸冰壺。連城豈爲索高價，千頃直欲吞江湖。幾年東海抱絶藝，邇來長安稱鉅儒。黄金殿前看落筆，滿紙一一驪龍珠。庭前郎君名進士，門下諸生朝大夫。自有鼇頭須手致，更從北闕向南都。千金駿骨非難事，萬里鵬風有壯圖。太史近占乾象好，文星明歲照三吴。

大風

雄風括地西北來，吹我狐裘薄如紙。吴兒愛熱不耐冷，我亦何爲行至此。丈夫有志事四方，阮籍劉伶畏生死。有人逐日走未休，有鳥銜石填海水。此事無成節可壯，錦帳紅爐是誰子。河山三晉古有靈，前唐神堯後唐李。兩家際會未易同，風虎雲龍共時起。紅塵莫漫障白日，待汝終朝聊爾耳。

山雞歌示徐元度

徐生妙小頭角殊，袖中能藏碧紺珠。客邊候我長安陌，雙手送茶行酒盂。汝爺今年未三十，見汝半尋如玉立。時時前稱丈人行，再拜乞我題詩急。感汝殷勤未能副，展卷驚看復迴顧。錦翼離離繡頸齊，一隻山雞墮毫素。漢世初傳樂府詞，殷宗曾感中興期。竹笴穿泥麥覆壠，五色鳳凰空見奇。鳳凰遠向西山逝，南國詩人歌泄泄。男兒容易厭家雞，古聖終然悲共雉。萬里烟霄早致身，望中一片五花雲。製裘未論千金價，形影尤堪補衮文。題詩贈汝還憐汝，聽我題詩作吴語。終當徐氏號麒麟，莫使王郎擅鸜鵒。

岐陽石屏歌喻太守子乾所惠

岐陽之民像侯德，遠致山中一片石。依稀宛見城郭面，彷彿尚帶山川迹。一從乘驄換五馬，霧渚烟村坐來隔。摩挲三復如有情，指麾從吏貽江濱。長卿多病枕書卧，驚起門外高嶙峋。倒屣相迎問來使，開緘再拜生陽春。荷侯此惠百感集，愧我家徒四壁立。忽焉屋底開暮晴，摇蕩虚無翠寒濕。新恩舊惠俱在眼，萬壑千巖互相入。滇南大理空自珍，江上數峰尤絶倫。天然飛走肖麟鳳，瑟爾瑩潤同瑶珉。坐當保障屹不動，豈免覩物終懷人。自是侯家有餘積，留待他年隔朝席。泥金孔雀映芙蓉，郎君近作乘龍客。胡爲致之向儒素，恐使湘靈動深惜。君不見唐朝太宗重畿甸，遍題姓字留宸眷。天生異質當大用，安得隨君獻入光明殿。

題鄭俠流民圖爲曹承之主事

近時畫手數吴偉，泰和郭詡差可擬。良工位置着意深，何但烟雲生筆底。此幅淺淡頗有工，描寫人物間關裏。骨肉牽聯老稚兼，衣裳繿縷面目紫。云是鄭俠《流民圖》，彷彿啼號聲滿耳。風回草樹生晝陰，翠壁華堂容有此。雲間才子曹濮陽，胸藏丘壑心如水。朅來射策光明宮，便欲飽煖同遐邇。俸貲積月數不盈，壁畫太半收書史〔一〕。時騎瘦馬向長安，買得殘縑大小李。會心論格不論錢，袖來向我陳終始。關同、荆浩久已無，馬遠、夏珪呼不起。郭生自是清狂人，東抹西塗聊復爾。太平有象雞狗肥，世路無情鄉井徙。君不見治亂興亡各一時，憑仗調和與燮理。民瘼寧知千百端，君門空瞻一萬里。摩挲此圖，展轉不已。荆文相公，熙豐天子。

【校記】

〔一〕壁畫：四庫全書本作『擘畫』。

月潭歌有序

月潭以盛宗舜氏聞，人境俱勝。每當秋月印川時，又若宗舜氏之在予目睫也。宗舜明於地理之學，予葬先太史公，宗舜寔有力焉。兹將謁選天官，作《月潭歌》送之。

青天一片月，墮影萬丈潭。上下本空同，水月自相涵。月潭先生人中豪，家住東海之東皋。心胸瀟灑了不染，肯與世路衝風濤。早年文史富筆硯，中歲節介何其高。秘傳別有郭氏訣，直欲萬里空秋毫。月潭子，真地仙，尋山問水廢白日，彈冠結綬還當年。方今天子神且聖，虎拜鵠立金鑾前。願將玉兔長生藥，并獻水底驪龍涎。乾坤朗照湖海静，予欲秋江弄月圓。

吕梁行

君不見吕梁之水天下奇，奔騰轟湱無停時。飛冰走雪燿日色，龍吟鯨吼啼蛟螭。恍如鼇足昨夜折，銀河倒傾忙驟馳。又如天鼓落下界，神丁六甲相追隨。舟人伏枕不敢睡，稚子未解驚滿頤。黄河源自星宿海，千里萬里歸天池。濟川以南數十水，滙同滎會來於斯。蓄受既富發泄盛，俯視此理良無疑。不信請看田道間，夜來春雨今朝泥。

題文徵明畫

筆下塵埃一點無，開圖知是賀家湖。秋風九月菰蒲岸，横着溪舟看浴凫。阿明此藝稱獨步，前身妙絶元姓顧。安得置之水晶宫，卧看雲烟落毫素。

七十歌

歲月流落何草草，古今七十世稀少。我生二十五始仕，自計五十歸須早。餘年二十付閒適，等此三分少壯老。邇來倏忽四十五，鬢髪斑斑志灰槁。況懷憂患在遠途，慘淡冠裳雪皜皜。

人生苦非金石固，恒恐形神不自保。悲歡晝夜正相半，此後信可知懷抱。欲從今日巧相補，利路名場迹如掃。五年縱復能幾時，一寸光陰璧非寶。虞翻骨相久已寒，子雲曉事恨不蚤。故園花柳雖未成，願得强健晚亦好。交戰要難爲達者，乘險那得窺大造。試將此意一問天，長風南來萬里道。

十一日安陵始得風過桑園

人生快意寧有此，帆腹飽風走溪水。憶昨躋攀分寸間，今之北船無乃爾。天公大運詎兩全，怨者自怨喜自喜。半生紛逐向畏途，首肯分明到物理。華閣滕王高宴中，青衫司馬扁舟裏。古來此事信有然，坐看明月江心起。

贈别殷子

殷子有奇骨，昂藏若駿馬。康莊在遠道，伏櫪甘土苴。長安一朝别我去，再三挽留不能住。潞河新有下灘船，到家正及朱炎暮。君家本在齊魯墟，楓林瑟瑟臨前除。小樓畫檻蔭林樾，中有前世千卷書。北窗慈母髮垂領，倚門望兒悲短景。小弟今年十四五，弄筆時時學馳騁。上奉母顔下課弟，日有餘功擬叢桂。病骨偏宜秋氣凉，藥囊閒却參苓劑。登高迴睇望泰山，怳見仙人時往還。翩翩白鶴不可借，流光日夜凋朱顔。朱顔一往那再復，惟有功名留汗竹。志士偏增日暮悲，佳人易感窮途哭。憶昔虚堂坐論文，辭鋒往往追先秦。談詩屈指數漢魏，歎息六代何無人。殷子奇氣鮮有匹，人間八寶光耀日。吴郡徐子吾畏友，每每到君賞高逸。君不見九方皋，胡能按譜求馬毛。願子加餐善自愛，天閑十二終當豢爾曹。

和王元章梅花酬姚時望

歲寒冉冉餘冰霜，留此一樹先春芳。山農能事數獨步，浄掃楮素摇兔芒。龍池波騰鸓眼裂，噴薄玄雲沁蒼雪。須臾樹梢送長弓，掛此一片寒潭月。賞心詩客多風韻，欲挽筆力回春信。競搜奇事出枯腸，亂插繁花向春鬢。青錢沽酒白玉缸，自勸一觴梅一觴。調羹有時會結實，物色夢落商家王。山林托交盟未冷，衆醉何須悲獨醒。中分一頃養鶴田，半頃種花泉半頃。

陸文裕公續集卷三

五言律詩五十八首

春早

春訊今年早，東風隔歲來。弄黄初上柳，試白已傳梅。高閣消殘雪，重淵動蟄雷。好花臨水背，應怪未曾開。

東池

梅花白雪塢，楊柳緑烟隄。野曠春偏晚，江深日又西。爲尋彭澤宰，如到武陵谿。茅屋人家裏，時時聞鳥啼。

花朝

故園新甲子，今日是花朝。雨意含高閣，風光到小桃。陰晴候農圃，山水動漁樵。夙有林泉癖，淮南謾見招。

曉發北津將過慶寧會鄭方齋通守

初破桃花浪，遥過杜若洲。禹功今尚在，江水正東流。浩蕩蓬瀛路，追隨李、郭舟。壯心何處極，聊此付春遊。

從丹鳳樓前渡江

春色臨江閣，年光遍海城。東風吹又轉，芳草望還生。天路青雲迥，鷗波白羽輕。平生濟川意，野渡更分明。

江上登望

江流何渺渺，孤帆澹秋暉。遥知三山近，復送百川歸。蜃樓横碧落，龍湫臨翠微。徘徊那可極，返照上人衣。

端陽

畝畝驚時序，端陽復早晴。遥知宣賜裏，空有侍臣名。舟子漁龍渡，騷人糈酒情。千年渾舊俗，地接楚江城。

五月七日雨中宿觀瀾亭

溽雨江天暗，通宵水氣多。壯心驚歲月，人語隔烟波。舟檝供高枕，江湖付短簑。浮沉聊爾爾，擊節自長歌。

舟中

稍稍時雨歇，悠悠午夢醒。極知行更樂，誰遣鬢成星。草長蛟龍窟，風回鸛鶴腥。滄浪聞孺子，一棹過前汀。

五月晦江上送宋義卿民部

重五期不至，望六送行舟。梅雨快初霽，荷風如早秋。天涯俱宦轍，江上倍離憂。欲采幽芳贈，因過杜若洲。

初秋對月

今夜新秋月，三江復故鄉。龍歸行雨後，蛩助擣衣長。梧葉三分變，蓴絲十尺强。人間自離別，天上亦河梁。

南翔寄姚文光

欲訪高人宅，先爲倒屣迎。何如溪上路，空復雪中情。風雅還千載，雲霄近五城。東流與歸棹，曲曲大江清。

別朱升之

淺交多別語，情極易忘言。送客風生柂，懷人月到門。夜長偏旅榻，秋早是江村。復向論心地，何年共一樽。

秋齋夜聽雨

林屋意自愜，雨交群息初。氣通琴幌潤，聲斷畫簷疏。獨火明深竹，方牀滿舊書。夜闌清更徹，豈敢少吾廬。

夜宿清江浦懷夏公謹

懷人不能寐，風雨滿船窗。爲問揚州勝，瓊花解作雙。河流赴東海，淮甸自名邦。並有澄清志，聯舟涉大江。

薄暮放舟

金鼓送歸舟，星河欲共流。微霜初入夜，落葉已辭秋。人語江聲答，漁燈岸影稠。逍遥吾取足，何處是滄洲。

十一月朔與錢國輔江門觀漲

水檻漂垂釣，江門不掩風。望窮東海若，身擬爛銀宫。浴日中流急，浮天一葦通。魚龍吾得免，消息任虚空。

與張山人夜渡

入夜水雲闊，烟霏共渺茫。遥空聞雁陣，遠火識魚榔。野渡虚舟楫，寒更犯雪霜。吾衰倦行役，復此戀江鄉。

雨夜

入夜簷花細，迴風雪片輕。歲寒如此候，愁絶最關情。燈火虚齋永，園林曠野平。重門須及早，波激大江横。

微雪不成

尚臘猶應雪，前春未謝寒。入簾看片片，隔竹聽珊珊。旭日含花動，流雲帶雨乾。來牟如失望，誰續腐儒餐。

臘庚申雨中步出西郊視葬先兄素庵

和淚北風雨，傷心西郭墳。江聲空逝水，山色有浮雲。未起隆中卧，先修地下文。池塘春又到，南雁不堪聞。

和答黄勉之

國器推豪俊，鄉評熟姓名。風帆同偃蹇，歌調獨淒清。故里層雲映，長河片月生。非君敦素尚，老去若爲情。

題西青小隱

幽人肥遯處，一片夕陽深。入望連秋水，横空帶晚林。琴書元寂寂，門巷自陰陰。雲路蒼茫裏，鴻飛不可尋。

乙酉歲除二首

燈火高樓夜，人間歲又除。團圞兒女會，蕭颯鬢毛初。椒葉頻傳令，桃符只自書。百年强過半，非是更何如。

二

揚燎明連漢，流星紫入烟。千門俱守歲，一夕共增年。寒勒梅香細，春回竹葉前。江湖身倘健，歌詠祝堯天。

和劉仲素雞鳴山

步入招提境，下方秋水浮。雪深枯壁定，雲遶遠江愁。鐘伴黄昏去，泉依白石流。共僧分一榻，十日不梳頭。

十四日濟淮

雲霞開曉色，舟楫亂黄流。千古濠梁意，當年帝業州。地靈山繞闕，天近水環樓。壯志隨丹檢，芳春感勝游。

湖泊阻風

風水一相激，江湖因改形。去來本無定，恩怨空有情。客路遥山暝，漁燈極浦明。卧龍何處所，歸雁自知更。

過故城

燕薊日已遠，薄行齊魯郊。孔、顏千古樂，管、鮑一生交。無復歌『長鋏』，何心學《解嘲》。舵樓風水急，落日掛林坳。

長至入侍内殿遇雪丁卯歲

夙直通明殿，雲空雪片飛。履高防失足，憐濕畏霑衣。宫蹕傳來遠，朝簪望不稀。陽和通帝德，瑞白滿皇畿。

自朝天宫還經海子雪甚有懷顧未齋

密雲逗晨光，澄湖抱上方。混鵝聲轉細，礙馬路偏長。道履三陽泰，花添兩鬢蒼。高樓正奇絶，清宴憶春坊。

再集五賢堂次至日登山韻奉答嵩野

路向高峰入，筵隨落日開。客憐今雨到，人擬古風回。遠暝含殘雪，新陽動蟄雷。愛君清徹骨，不爲看山來。

題來青軒次韻

禪定無來往，塵緣有送迎。每於冠蓋入，先動塔鈴鳴。天近多仙氣，山深少世情。極知公爲國，未問水雲程。

次韻何仲默别鄭山人兼柬李獻吉

歲晚同爲客，衝寒對别尊。獨憐辭帝闕，不羨曳王門。行計惟詩卷，相思有夢魂。南還逢李白，悵望幾黄昏。

人日過徐子容

積雪霽人日，苦寒欺客襟。相看一杯酒，不負百年心。劉向俱中秘，相如獨上林。共君回首地，十載賦春陰。

三日雪中入内署

瑞雪三陽候，祥雲萬里同。鳳池留伴待，鶴馭入群空。林花猶怯凍，宫柳未禁風。老覺才情減，梁園賦獨工。

與盛希道太史談玄二首

愧乏山林骨，欣逢大隱人。時參言外意，已識相中身。斜月前谿水，微風別浦津。青山誰可住，春入柳條新。

二

我有江南屋，花叢掛月痕。湘簾風不捲，寶鼎火初温。仰面晨窺牖，低頭夕掩門。千言難易辯，無語向君論。

謝類庵惠山菜數色

戢戢雲能把，盈盈露帶漙。琅玕難比色，苜蓿正虚盤。百事俱堪做，千金欲報難。偏慚名未識，細檢《國風》看。

自忻州還度石嶺關

北望沙場磧，南來石嶺關。遥山看圍合，新水送潺湲。短髮蒼茫裏，高情紫翠間。曉陰渾未散，暫此寄悠閒。

予入晉以四月二日宿權店三日過南關抵盤陀八月東巡還亦以二日抵權店是晚遂宿南關三日午餉盤陀豈有定數耶

一飯盤陀驛，青山是再來。登臨殊不盡，節物苦相催。樹色庭除古，秋衣篋笥開。天涯俱作客，去住莫驚猜。

萬善驛小憩

西山初出險，南日正隨陽。客路逢殘歲，人情懷故鄉。河流看渺渺，雲樹入蒼蒼。天地留形勝，中州古帝王。

望日觀冰

十里湖南路，連空入望遲。日華流寶氣，風景接瑶池。岸谷人間事，冰霜歲晚知。揚雄工奏賦，羽獵想當時。

井陘道中遇雪

三白豐年兆，連朝瑞更多。巖阿皆入畫，郢曲況聞歌。點綴乾坤好，調停節候和。青山如好客，乘興遠相過。

入平定州

雪擁頻回馬，山寒少見人。歲長不記曆，風暖即知春。泉石謀生薄，烟霞即事新。此中有真隱，能望豈能親。

曉發包家集

殘月曉猶上，清霜春正濃。背山過疊疊，前路去重重。野店客期集，沙村人力農。中原戎馬地，開運憶飛龍。

東鄉長至去歲巡萍鄉

至日復至日，萍鄉更東鄉。長途雙客鬢，浮世兩年光。水轉谿無路，林寒夜有霜。天時與人事，消息看相將。

露坐

露坐消江夜，開簾納水風。十年常作客，百計若爲工。星斗三天上，鄉園大海東。南飛烏鵲侶，未必羨冥鴻。

自山南過宣妙寺復會周約庵小燕

深慰停舟待，還承高燕開。雨中多寶樹，風外妙高臺。老愛塵凝榻，心驚夢破槐。空門多意味，欲去重徘徊。

送顧頤齋進表

有美文章伯，樓船出漢嘉。萬年天子壽，一統帝王家。灘静黄牛峽，江回白鷺沙。太官供賜酒，湛露映流霞。

習池

襄樊戎馬地，山簡愛高閒。勝事傳千古，江流抱一灣。碧山羅户牖，翠篠漾潺湲。東望增鄉思，宸遊正北還。

登祭江亭

春深羊傅廟，江湧鹿門山。一上孤亭望，遥空獨鶴還。浪沙明浴日，苔砌暈成斑。耆舊登臨地，高風乍可攀。

車厩驛乘潮順風北下

人生快心事，風水送歸舟。況復青山曲，頻過碧樹洲。草深藏乳鴨，波遠没輕鷗。苦愛觀風地，終慚爲國謀。

上虞道中

山海無藏秀，乾坤有奥區。土風兼百粤，習氣近三吴。潮落曹娥渡，天垂賀監湖。畫船牽錦纜，時復下菰蒲。

玉山西下换小舟乘月

平生愛山水，清興此宵偏。兩岸争開畫，中流獨進船。星河相隱映，波月共嬋娟。又向灘聲裏，珠明練倒懸。

次韻送李都閫

相望極天涯，兹行況近家。弦驚雲外雁，弓卧壁間蛇。南國收蠻霧，重湖静浪花。宏開仁壽域，那敢獻餐霞。

常州道中遇雨

片雨江南路，舟行幅畫圖。樹頭勾著翠，荷葉亂跳珠。秦望烟光晚，晉陵雲氣孤。所嗟舟子意，霑灑與泥塗。

荆門驛逢張常甫庶子

忽報荆門驛，俄傳學士舟。喜來狂欲舞，起坐病俱瘳。客笥衣重改，人家麥已秋。風波自淹速，意緒且綢繆。

五言排律 一首

夾馬營大風

不知遊子意，正切故鄉情。飄颻自南北，颯飌亂噌吰。撼樹動地軸，飛沙迷日晶。急流江故逆，去棹布頻横。前途勞問訊，舟子重論評。觸日白雲舞，漫空紅雨傾。燕銜泥不度，鵲託杪偏驚。高閣心疑動，危峰勢若撑。人間因苦樂，天道任虚盈。宋祖龍飛地，高皇虎脱嬰。百年兩陳迹，雙眼獨分明。更發斜陽裏，浮萍是此生。

陸文裕公續集卷四

七言律詩五十二首

春分日大風

九十日春分一半，四千里路長風沙。寒衣欲變難爲客，曉夢無憑數到家。關塞每憐新過雁，山城深護未開花。向陽贕有閒庭院，滿意東來吹帳紗。

大風

昨夜雨沙今大風，美人高閣怨飛蓬。柳條萬結渾欲斷，梨花一株容易空。豈是宋都過退鷁，亦愁鄉信阻歸鴻。江南茅屋吾所愛，莫教吹捲瀼西東。

早朝

聖人勤政百工良，鐘鼓聲嚴夜未央。仗馬但聞嘶落月，朝鴉不見帶朝陽。班成鴛鷺當堯陛，影動雲霞護舜裳。緩步歸來綸閣静，尚添官燭校文章。

出北城與嚴唯中倪本端同行

天門積雨洗炎蒸，日射西山紫翠層。白髮先朝老供奉，青衫騎馬向諸陵。幸陪鴛侶時相並，欲挽龍髯却未能。流水稻田城北路，去來吾記昔年曾。

題函谷草堂爲許廷綸

表裏河山故國西，昔人曾費一丸泥。逃秦客去雞猶唱，擬杜詩成手自題。天際浮雲横紫邏，夜窗燃火照青藜。卧龍未許終藏雨，指點南陽是隔谿。

對月

庭樹扶疏月轉陰，烟銷畫燭候虫吟。隔簾秋色三千里，伴影離人一片心。門寂紅顔頻對鏡，帳寒清夢尚揮金。去年燕趙今吴楚，指點明年意更深。

送黄子和主事赴揚州鈔關

潮弄船聲發建康，計程明日到維揚。官橋夜鎖初來客，輦道春摇故國楊。傍斗五雲常捧日，横空一劍獨飛霜。政成不隔來年路，儒雅風流日繞腸。

秦淮漁笛

桃花新水滿江流，一棹波連白鷺洲。網趂夕陽魚在貫，酒隨村店蟻初篘。高懷閒弄江梅曉，古調遥翻嶰竹秋。幾度曲終潮正落，有人指點説東遊。

題陶雲湖墨花水仙

淡妝高韻北風寒，傍水猶宜月下看。神女誤遺金約指，良工新製水晶盤。緑羅帶引風初定，碧玉璫含露未乾。細檢畫圖知苦意，春光不愛染雲巒。

子殤後一首

小巷深深日似年，柴門寂寂掩風烟。一川花柳春無賴，三五嬋娟夜可憐。狼籍頭顱多殢酒，飄摇魂夢但高眠。少年事業真堪笑，囊有殘詩近百篇。

苦寒歸心愈切次胡可泉韻

囊無楊震四知金，手種桓温柳十尋。殘菊傲霜如戀客，棲鴉帶日自投林。閒來曝背猶堪獻，驚起銜寒苦未禁。夢繞故園春事裏，烟波門巷落花深。

晚泊

風濤滿目月黄昏，晚泊澄湖獨樹村。漁艇隔溪常宿火，茅茨臨水半開門。夢從五夜多逢赦，古詩罪人多夢赦。人過中年易感恩。聖主如天司節候，陽和須向歲寒論。

閏月廿七日雨雹圓如龍眼書異

亂颭明珠玉不如，兒童驚喜走階除。拾來顆顆圓相並，望裏星星濕有餘。造物自應工變化，陰陽誰爲管盈虚。爲農復恐傷農事，細檢《春秋》起例書。

丹陽孫思和東遊每當山水勝處輒繪爲圖冬夕過儼山示我光福一段賦此

看君畫裏汎扁舟，今夕披圖數勝遊。水面青峰七十二，山腰黄橘幾千頭。帆開遠影江湖闊，天接中流日月浮。試問虎溪橋外水，爲誰烟浪下蘇州。

次韻白雁二首

秋傳孤雁過瀟湘，人在高樓望故鄉。顔色總疑新變態，羽毛錯認舊隨行。關山雪後寒無影，禾黍風前夜有霜。贏得光輝照塵世，久從靈沼近文王。

來從星漢下瀟湘，妝點楓林入醉鄉。錦字傳情通萬里，銀箏移柱送斜行。溶溶月色憐孤影，渺渺歸心滯晚霜。堪歎揚雄頭盡白，惟將《羽獵》奏君王。

度太行而西多土壠層複風物都澹泊自沁北行谿山間始見梨花道傍雜卉紅紫斑斑時四月二日也慨然有懷京國舊游

一路尋春何處尋，山中春色夏初臨。依微楊柳風無力，惆悵梨花月有陰。陶穴尚存三代制，耦耕應抱古人心。舊游忽憶憐芳事，雲路西南隔上林。

夜集夏桂洲宅送崔後渠

無限高懷付酒邊，燭花如爲吐紅蓮。雨餘殘暑消簾幕，月轉微風裊篆烟。東閣大開留别客，玳筵高啓列群仙。不知今夕爲何夕，疑在珠林玉樹前。

和答胡汝載

瓊林珠閣不勝寒，慚負時趨白玉闌。獨抱琴書耽寂寞，誰從花竹問平安。沈腰已瘦頻移帶，潘鬢新添欲滿冠。相對長安同作客，椷詩特地勸加餐。

和張甬川卧月書懷

可憐三五月嬋娟，度榻穿幃攪客眠。只照長安情不極，共看千里意俱懸。金波欲動江湖迴，銀漢斜流殿閣邊。萬户千門深夜裏，清輝應爲擣衣偏。

謁曹九峰先生墓

清才巨筆更逍遥，白玉樓成赴紫霄。池上夢驚生碧草，碑前人到奠芳椒。陰森氣候還松蓋，摇落年華但柳條。多少漢朝金紫貴，將軍只數霍驃姚。

自天姥望天台

何處天台有石橋，行人指點碧雲霄。劉郎欲度何由得，隱士難迴枉見招。齋磬出林春漏永，征旗繞澗暖烟銷。仙凡咫尺空惆悵，馬首東來客路遥。

慈化早起喜晴遂發

兩宿僧房病後身，高情聊與白雲親。青山似畫閒門少，紅日如輪世路新。吴楚地連多客户，瀟湘天遠有騷人。南中歲晚饒風雨，愛聽鐘聲報四鄰。

雪後入禁中供事

瑶翻層雪護黄金，天上清寒分外深。山遶帝京開玉障，氣凝宫柳長瓊林。鳳凰池畔風先合，鳷鵲樓頭月有陰。雲物不須書異瑞，祇占三白慰民心。

郊壇演樂

金湧隄沙接鳳城，西山晴雪照人明。閶扉出郭依黄道，臺殿凌空鎖太清。陽氣正凝南至日，禮官頻展奉常牲。聖人制作親遭際，身到鈞天聽九成。

禁中齋夜

寂寂齋心夜氣濃，玉河西下鳳樓東。忽驚凡骨留天上，賴有仙僚共雪中。蓮漏暗通風力勁，瑣窗斜映月痕空。大烹本爲牛羊薦，鼎鼐調和愧未工。

臘日嚴寒新製狐裘服之

六十一回經歲寒，狐裘初試向長安。南人不識千金價，北地尤珍一腋看。白盜已非前轍遠，紫貂雖好策勳難。衰慵尚戀君恩重，辦得朝趨候夜闌。

丁丑除夕

門掩虚堂畫燭輝，隔宵先自理朝衣。冰霜遠道臨青鬢，星斗中天護紫微。豈有涓埃報知己，且將身世付忘機。物情自與流年换，今昨無勞論是非。

别李時元下第

吴山蒼蒼共燈火，潞河悠悠即去途。乍可後期還磊落，莫因遠適悲江湖。晴風浪摇四月麥，宿雨帆輕十幅蒲。南國詩成須早寄，風塵清夢客樓孤。

和易欽之遊廣恩寺

春日忻逢水西寺，入門無數香烟凝。鄉園千里遠作客，塵土十年終愧僧。風光每向閒邊見，山色試憑高處登。未問西來柏子樹，可憐清沼玉壺冰。

視牲

向晚郊壇第幾巡，願儲精意奉明禋。去來路熟渾忘遠，西北山多欲礙春。終見牛羊歌帝右，未因鼷鼠變齋晨。東風又遍天街草，御輦須憐碧玉茵。

右廂齋居

槐影參差月滿空，橋門雲館鎖重重。齋心自覺春宵永，瘦骨偏承夜氣濃。北斗旌旗驚閃爍，南郊圭璧奠從容。相如最有凌雲筆，恨殺文章草漢封。

送陸良弼調楚雄

長沙才調賈生同，古郡滇南楚更雄。萬里驛程山共水，五更心事雨兼風。極知駿骨臺堪築，未爲齊門瑟轉工。交契十年情不盡，長安幾度别離中。

分題燈下細書壽副憲盧師召乃翁

青藜火底坐揮毫，猶有蠅頭滿薛濤。似與《黄庭》傳妙訣，還將白練寫風騷。懷人詩就石湖曉，寄子書成劍閣高。見説方瞳今已碧，更從天際送鴻毛。

清明日半軒前丁香盛開偶題

小院迴廊曲曲深，爲誰頻結雨中心。東風吹到第幾信，節序俄驚百五臨。簇簇紫茸如可嚥，蕭蕭華髪豈勝簪。故園買去開還早，相伴溪梅水竹林。

歸途再同林介立經行蓮塘

楊柳芙蕖一徑長，未秋先已動新涼。塵心到此消應盡，暇日來多儘不妨。空翠拂衣山有氣，柔芳過雨水俱香。千尋萬雉金湯地，信有人開吏隱堂。

送林以吉提學

泥封芝檢下青冥，帝輔皇畿重典刑。秋滿大江雙畫楫，風隨驄馬幾長亭。滿蹊桃李含時雨，到處篇章發地靈。更向斗南占氣象，雲開五色見文星。

食菱

一曲菱歌江上秋，畫船歸近望江樓。北來物色渾如玉，南望鄉關第幾州。風味疑從仙掌墮，水芳曾傍錦雲浮。歲寒獨枉佳人惠，消得相如一片愁。

食酥疊前韻

瓊花凝露拂高秋，玳瑁筵前十二樓。軟滑不須論北塞，温柔元自出南州。夜寒錦帳笙歌細，春煖金尊琥珀浮。慚愧清寒玉堂客，得聞風味破新愁。

謝顧未齋惠蓮實疊前韻

長卿病肺幾經秋，藥餌頻須正倚樓。忽枉新篇題玉井，渾如高誼借荆州。細傾圓實珠璣亂，尚帶清香玉露浮。見説功多心獨苦，采蓮歌罷使人愁。

疊韻答柴德美黄門

藻思芙蓉露下秋，遠過王粲賦《登樓》。時焚左掖三千疏，曾定山東一百州。獨客琴書殘臘盡，中天臺殿瑞烟浮。夕陽無限憑高興，與汝同懷北顧愁。

和俞國昌食鱸再疊秋字

鱸魚誰送海門秋，遠客思歸正倚樓。張翰因風辭洛下，東坡乘月向黄州。鱠成飛雪銀絲細，目斷烟波釣艇浮。賸有詩筒報知己，且憑斗酒慰羈愁。

戊戌元旦早朝

曉日曈曨映彩霞，先春欲綻上林花。侯藩接履朝元旦，聖主垂衣御正衙。楓陛天高嚴虎豹，繡旗寒襲偃龍蛇。九重禮樂登三代，四海車書正一家。

早朝

宫井疏鐘曙色催，五雲百和繞蓬萊。優游萬國龍顔動，森列千官雉扇開。寶鼎赤墀籠曉日，玉音丹陛隱春雷。城鴉高拂扶桑景，白玉橋頭侍從回。

初試羊毦予有一端藏笥中者十年兹教内館始製爲衣以禦北風感而有作

蕭颯頭顱感是非，半生何敢愛輕肥。相將歲晚看新製，指點年華亦故衣。北郭嚴凝隨瘦馬，西州辛苦到殘機。病來却恐渾憔悴，且試休文舊帶圍。

和宮端後渠玉亭賞蓮之作

玉亭清切五雲邊，盆沼誰移玉井蓮。來賞正逢初過雨，倚看須著半含烟。何妨絶代稱君子，准擬前身是水仙。四十年來同榜客，一尊相屬醉花前。

疊韻答嚴介谿賞蓮

紅衣翠蓋玉闌邊，一曲新涼聞《采蓮》。芳潤似擎金掌露，遠清疑惹御爐烟。主人元是瀛洲客，勝賞真成陸地仙。别後難忘定何處，一樓風雨五更前。

恭謁顯陵二首

曈曨曙色映祥雲，臺殿巖巒錦繡紋。春氣正濃連王氣，人文逾朗應乾文。水知宗海千川合，脉是真龍五嶽分。願獻周原『瓜瓞』頌，萬年長擁聖明君。

龍蟠鳳翥有餘奇，聖教皇情無盡時。華表欲棲千載鶴，靈風常滿萬年枝。橋山弓劍瞻雲闕，寢殿衣冠展月儀。地接三都中都祖陵，南都孝陵，北都七陵。元咫尺，天開一統正雍熙。

中秋月下懷高進之

浦溆虛堂欲暮秋，故人青眼夜深留。微風明滅漁舟火，四壁凄清戍角樓。身世渾疑非幻境，心期千載有神遊。庭前忽報中秋月，踏碎花陰未肯休。

送方矯亭赴南祠部

詞人南國古來多，又渡秋江渺渺波。兩地客懷俱復爾，十年心契奈愁何。鳥啼晝省常封印，簾捲鍾山且對歌。後夜黄金臺上路，雁書頻望下星河。

昨弘治辛酉南畿秋試獲識吴江錢廷輔廷佐兄弟若聯珠駢璧文采映射心竊賞之既别去無從晤言時時往來於懷今嘉靖丁亥夏廷佐以扁舟訪予江村始知廷輔方應郡貢去而廷佐先領正德己卯鄉薦矣轉盼三朝垂三十載而予亦老矣爲之感歎次韻奉答

秋風一曲伯牙琴，曾和鳴皋鶴在陰。别後相思多夢寐，重逢今日是山林。大鵬萬里須摶海，駿馬高臺爲築金。見説松陵富酧倡，直從皮陸到如今。今吴江即古之松陵。

陸文裕公續集卷五

七言律詩五十三首

遊儲芋西園池乘月夜汎

峰巒巖壑俯中流，何處三山與十洲。新雨不妨泥滑滑，好風先送水悠悠。鷗無機事迎人下，客有高懷盡日留。向晚星河迷上下，笙歌燈火木蘭舟。

縣衙隨班

幄殿高懸絳節朝，龍紋浮動瑞烟飄。地當東海開黄道，仗倚中天切紫霄。花縣千城臨禹貢，華封萬口祝唐堯。年時正憶臚傳裏，玉筍金鋪具百僚。

歲暮風雨中發藏書示楫子

歲寒風雨合江樓，燈火樓頭數夕留。新命誤蒙吾已老，舊書多在子須收。星辰萬里趨關塞，環珮三朝侍冕旒。抱得寸心終許國，未應猿鶴怨林丘。

三日雨後登儼然亭

蕭蕭竹樹夾溪深，一雨初晴長緑陰。真意倘違空老大，野芳雖少亦山林。好風似舊穿高榻，流水如知繞素琴。東去大江知到海，爲誰烟浪送歸心。

寄黄希武提學

憶昔長安夾道居，玉堂黄閣晚來初。槐陰滿院或共賦，藜火隔窗時校書。歲月悠悠成浪迹，烟波渺渺正愁予。聞君咫尺騎驄馬，病卧扁舟限所如。

夏日樓居

小樓長日轉朱炎，妝裹殘書手自籤。性癖真成文字蠹，官清擬辨水晶鹽。白雲出岫來當户，緑樹摇風送入簾。却喜到門塵事少，始知吏隱信能兼。

火花次楊東濱韻

巧憑銖兩結根芽，暗裏機關頃刻花。風火陣中疑帶雨，樓臺影裏半爲霞。催開始信由人力，摇落寧須待歲華。文菊瓶梨俱爛熳〔一〕，好開懷處是還家。

【校記】

〔一〕文菊：原作『丈菊』。

南溪

四面谿山如畫裏，扁舟南下更悠哉。薰風五月常先到，梅花一枝偏早開。茅作小齋俱背水，月臨午夜獨登臺。朝宗萬派俱通海，遥向鄱陽一脉來。

九日山居客至以大風不遂登高因次李空同集韻

澤國風濤鬱未開，長緣病骨懶登臺。無期遠客還能至，有幾重陽得再來。黄菊自應籬下看，清霜如爲鏡中催。當年空負凌雲氣，獨把茱萸首重回。

春日齋居對雪

盡日風雲掃不開，雪花如剪下高臺。幾家菜麥春猶淺，何處漁樵晚正來。去路欲迷南過雁，餘寒尚阻北枝梅。病來辭賦渾忘却，慚愧梁園授簡才。

病中簷外石榴花盛開

病卧高樓傷客心，隔簾花發晝陰陰。朱房宿露輝朝日，碧葉穿雲映遠岑。大宛移栽今滿地，茂陵回首欲霑襟。一枝爲插如年少，愁鬢天涯不上簪。

雨中宴莊氏東園留題山亭

洞中山石俯波光，窗外林花薦野芳。況有管絃相映發，儘教風雨佐清狂。虚疑四老烟霞地，正是三江雲水鄉。我欲卜鄰酬望想，自應團社寄篇章。

二日過唐橋莊

畫船如鷁水雲遥，閒過南溪五里橋。行人渡口出復没，急鳥沙頭鳴更摇。相攜看菊留茅舍，獨往尋源隨海潮。無限高情付江路，林梢落日見漁樵。

秋懷

斜風細雨滿蕉窗，蘆葉蘋花繞大江。潮上水痕魚六六，秋隨天遠雁雙雙。破除俗累還高卧，韜卷談鋒願豎降。物色若教供指點，青山合比鹿門龐。

甲申元旦待漏入縣齋隨班

樓閣參差一水西，攬衣猶自候朝雞。葭灰已應三陽轉，帝座遥瞻北斗低。步入花封和雪動，聲傳嵩祝倚雲齊。太平有象君王聖，天保詩篇手自題。

春晴登樓

新晴樓館拂雲開，萬瓦含風接上台。短晷漸隨陽漏長，長江元傍海門來。雲山疊疊春千里，世事悠悠日幾回。倚遍闌干思無限，黄金誰築最高臺。

鳳岡書屋爲寧波朱允升賦

鳳凰岡下結幽居，能讀先人萬卷書。手種碧梧深雨露，誰題凡鳥到六閭。楚狂空有歌相和，阿閣曾傳事已虚。見説上林工奏賦，白頭未必老相如。

六日始晴

春日常陰到人日，今年人日隔宵晴。雍熙有象回天地，鼓吹無能答聖明。江上舊便高枕卧，花間新辦小車行。東風又動吴波緑，流過閒居獨有情。

有拳石類靈壁嵌谽可愛作盆池貯之庭中

湖上青山得共分，映空摇漾緑生文。下蟠或有蛟龍窟，高踞疑空虎豹群。雨後愛看封碧蘚，月明如見吐游雲。九華雪浪留題品，願附蒼蠅次第聞。

送何雁峰郡伯入覲

六龍天上中興年，五馬雲間早著鞭。臺閣九霄圖畫裏，衣冠萬國冕旒前。淮南卧治須台鼎，宣室論才促御筵。試向王正占緯候，風雲日月滿堯天。

登南廣福鐘樓

百尺闌干圍暮鐘，江流曲曲卧真龍。望窮南畝棲禾黍，天放西風吹菊松。落日樓臺俱渺渺，浮雲舟楫自重重。凌空爲盡悲秋興，一上高樓興轉濃。

晦日出城送葬曹啓東憲副

入雲城堞俯危闌，石磴沙隄路幾盤。滿目山光無近遠，一番人事有悲歡。聊生政可三杯酒，進步何須百尺竿。細柳幽花倍惆悵，東風漠漠釀春寒。

秋日無聊偶然作

問余何事每悽然，尺璧光陰閲歲年。舊讀書今存蠹穴，新縫貂已剩鶉懸。常餘孤枕還鄉夢，頻乞東家買藥錢。自信英雄須到骨，業身隨處了塵緣。

贈别尤宗陽還吴門

臨岐莫怪恨喑喑，投贈天涯紙半函。澤國鄉音三泖北，江湖夜雨一燈南。浮蹤去住僧留偈，世味寒温佛飽參。歸去若逢人問訊，文章何用學春蠶。

懷都下友人

梅蒸懸榻晝慵開，徙倚堦除破碧苔。短夢空隨蝴蝶化，尺書頻問鯉魚來。迷人芳草偏留雨，極目浮雲忽送雷。千里相思多少恨，驅除無計且銜杯。

喬白巖太宰家山留題在邇亭

晉陽文物上卿家，小作江山殿歲華。望到白巖明玉雪，相去十餘里。由來緑野鎖烟霞。雲窗覆奕傳仙譜，石室藏書帶相麻。同是登臨還在邇，遠尋何用訪丹砂。

廿四日曉發平樂白巖追送山行數十里中途微雨有贈

山中秋色半陰晴，上相肩輿許並行。别有歲年悲短髪，與白巖别廿三年矣。謂予如昨，但鬚髪有白者。

老無文墨愧諸生。細談舊事兼新事，遥聽松聲共水聲。珍重桑榆最名勝，龍光咫尺是神京。

書院池亭忽有玄鶴下集因養于庭

横空一鶴下危闌，隱隱丹砂變羽翰。疑是歸鴻須繫帛，莫將野鳥誤稱鸞。青田到後雲天遠，北海從來歲月寬。白鶴千年復化玄。飲啄漸馴宜試舞，客衣偏感化長安。

東阿道中對雪

天爲山行借雪看，路隨天遠更漫漫。詩成驢背偏如意，病後狐裘少耐寒。授簡有才懷帝子，折梅無使寄長安。惟餘一片郊原興，白馬翩翩兔窟乾。

和陳中川秋燕東關寺

太原城畔東關寺，合讓元龍獨倚樓。回首風烟成隔歲，當時遊賞正高秋。黄花破帽寒猶戀，紫塞浮雲晚更稠。今夜燈前聞古調，三巴最苦若爲酬。

發平潭

流年如水客程遥，又是王正第二朝。關塞極天三晉國，風烟入望五雲霄。名山有副藏『遷史』，《擊壤》無功頌帝堯。千里不妨隨騕褭，一枝終自負鷦鷯。

送胡汝載丞武昌

詩律從來徹骨清，哦松端不負兹行。星辰南斗占郎位，江漢西來抱縣城。鸚鵡洲邊芳草合，鳳凰臺上遠山晴。春明門外衝寒别，欲折梅花重有情。

蕭海釣文明先生挽詩

朝野名傳翰墨餘，白頭空有讀殘書。南荒秋早逢摇落，四海人多問起居。塞下當年曾失馬，釣絲終歲竟忘魚。《八哀》此日還成賦，慚愧先生識面疏。

連日遲李獻吉不至有作

幾日都門長者車，風塵不見正愁予。只今對面還千里，何處相思有尺書。秋色天涯催客暮，山光樓外爲誰舒。空歌杕杜回長嘯，終愧緇衣歎索居。

西堂分韻得新字

帝里風光屬小春，橋門高燕集嘉賓。城臨北斗看山近，人愛斜陽送酒頻。憶昔圖南同作客，相逢回首各傷神。情深渾欲忘歸去，怕見樓頭月色新。

安鴻漸贈詩兼惠紅酒狐裘途中和答

恭承帝遣出詞林，珍重高懷抵萬金。醇酒已從心醉後，綈袍何止故情深。秦關日月時分照，遼海風雲忽送陰。一路畫圖隨馬首，據鞍聊得繼高吟。

寄曹孚若

憐予獨住神仙府，憶爾清齋御史臺。月近上元如有喜，賦成郊祀愧無才。香飄御輦和雲度，寒勒宮花待日開。已覺歡聲連萬國，更瞻佳氣滿三台。

送何文徵赴開州

江東文藻竟誰如，新綰銅章左佩魚。天上風雲元咫尺，兵前草木正蕭疏。烟樓夜遶三刀夢，露冕春行五馬車。便欲修成循吏傳，即看名滿薦賢書。

番陽察院課種竹

偶來種竹當公事，此去成林知好看。春雨龍孫過墻起，月明鳳羽滿谿寒。恍疑臺殿臨淇水，旋着闌干護石壇。欲報所思頻悵望，自將顔色比琅玕。

宿常山集真觀

病懷自愛尋山憩，面面芙蓉映遠峰。向晚樓臺棲宿霧，報晴鐘鼓動秋風。千重地脉閩關北，八月星槎浙水東。懷國望鄉俱不極，一龕燈火翠微中。

途中見縣僚迎春

綵幡銀勝颭微風，塵影人聲蹴踏中。殘歲雪消江柳外，一年春到海雲東。文明有象占天運，草野無才贊化工。須信烟波通雨露，輕陰催煖護真龍。

遊武夷

清遊妙得此山中，一度來過一不同。泉石烟霞時上下，陰陽昏曉自西東。溪流九曲層層去，雲鎖千峰面面通。向晚天風墮仙樂，月明知是武夷宫。

秋曉汎九曲

縹緲烟霞曙色分，蓬壺玄圃只徒聞。丹崖倒射潭心影，錦浪初生水底紋。合有仙靈藏蜕骨，寧無富貴等浮雲。櫂歌九曲應誰和，獨倚秋風弔二君。

遊歸宗巖

異境靈源閟復開，直從一水接三台。閩山形概何如此，朋輩登臨有幾回。片石隕空風出洞，孤松架壑晝聞雷。白雲已滿層臺下，雲裏更尋高處臺。

次韻答萬石梁大參

得陪騶從出城遊，況愛烟嵐向晚收。楊子何心能頌莽，仲宣無計且依劉。林間鳥並鶻聲急，雲裏江分燕尾流。酒量近來因病減，令人苦憶醉鄉侯。

長至班罷

歲晚滄江客未還，履長冠冕尚隨班。五更漏水浮銀箭，千里簾封傍雪山。舊典歲修知國體，孤臣身遠憶天顔。新陽一脉須調護，環珮歸來學閉關。

出北郊候客因入金繩寺獨坐

初過城陰駟馬橋，緑溪水竹正蕭蕭。得閑豈恨流年晚，愛客渾忘去路遥。風捲旆旌驅陸海，天寒樓閣霽烟霄。南中景物長妍麗，囊底無勞歎皂貂。

病後閉關

萬里橋邊萬里身，西風摵摵鬢毛新。天應憐我長爲客，事到求名始累人。滿院蒼苔行省宅，一川黄葉大江濱。少陵老去多秋興，且傍雲山結四鄰。

次韻酹衛溼川

蒹葭真倚玉爲林，虚負知音愧此心。世路百年風浪迴，天涯雙鬢雪霜深。依依別思俱通夢，藹藹春雲欲化霖。抛却簿書山水裏，停驂時得和齊吟。

遊烏尤寺

插天一柱障東南，高下僧房共佛龕。巫峽地靈勞鎖鑰，峨眉天險隔烟嵐。常驚虎豹蹲蒼莽，疑有蛟龍起碧潭。爲問魚蟲箋《爾雅》，景純曾此事幽探。

閶門登城晚眺

雉堞雲平臨北斗，橋門流水接西湖。綢繆巷落縈鐙火，輸轉東南鎖舳艫。西子館前多半夏，越王臺下有蘼蕪。晚烟生暈溪風静，欄檻千家入畫圖。

京師寄姚玉厓

十度書來九不酬，遥傳賓館是蘇州。文章合動群公賞，山水真當萬户侯。未見故知能薦馬，但聞東道暫依劉。相思又上金臺路，滿地西風吹暮愁。

寄汪思雲

白玉堂深午漏遲，黄山高處倍相思。人於鶴背腰纏貫，心似蛛絲手論棋。聽雨樓頭眠較穩，望雲天際立多時。十年萬里常爲别，獨對金臺一賦詩。

壽汪思雲六十

黄山六六歲華新，綺席宏開送八珍。手揮千金作義事，眼見四朝臨聖人。尋盟愛結煙霞侣，耽奕偏宜竹樹鄰。天上長生先註籙，共君華髮守松筠。

壽汪思雲室余孺人七十

越山高處入青雲，仙里華堂啓壽尊。日映萱庭花晚翠，風含椿樹露朝新。筵開緑醑重茵席，簾鎖斑衣五色文。從此耋齡垂慶節，會看花誥玉樓春。

陸文裕公續集卷六

七言律詩三十一首

送皇甫子循謫黄州推官

雪堂舊路君重到，赤壁文章五百年。一向東曹分郡檄，却從南斗望台躔。流塵遠道征袍上，宿雨清秋客鬢前。明發大江過夏口，中流應有濟川船。

華侍讀鴻山以紅氈紵靴相贈奉謝

紫氈絲履慰新寒，扈從秋陵路幾盤。飛舄空傳雲外到，舞裀不數掌中看。著來紅軟身先健，卧對青山夢亦安。情似綈袍人似玉，滿懷瓊玖報應難。

劉都閫以紅花本見貽

才賞名花當送春，移根西向伴吟身。爲誰池館能憐舊，到手風光又蔪新。謝令空題紅芍藥，杜陵偏感白頭人。公庭事簡餘芳草，留取青枝襯緑茵。

秋初望西山有霧氣如雪偶成

日照西巖曉霧封，恍然遥對雪山峰。奔波十載有萬里，雲水半生知幾重。天上樓臺新雨候，長安風物早秋容。長趨館閣慚無補，日近烟霄五色龍。

送劉甥兆元會試

天南春色探支來，遠送魁春折早梅。江上形容吾老矣，望中臺閣子行哉。科名莫以文章小，甲第須掄將相才。記得當年塗抹處，黄金城闕杏花開。

自睢陽入梁有懷何雁峰憲副

雲間遂作三秋别，濠上相爲一宿淹。人世百年悲喜共，客程千里雨晴兼。棠陰鶴乳思方去，玉節金符令更嚴。後夜梁園回首望，鼓城山月水晶簾。

送王禮侍思獻册封

八座清嚴玉署寒，新持龍節下雲端。分封典禮存周制，奉使威儀覩漢官。南斗文星占氣象，北堂萱草慰平安。還朝正築沙堤路，看草黄麻墨未乾。

次韻徐登州留别

相看把袂又微醺，春燕秋鴻各戀群。江上不題《鸚鵡賦》，潮州應少《鱷魚文》。先皇賜第恩如海，《五袴》歌聲響入雲。一枉朱幡更東去，行春空谷馬蹄聞。

送劉德徵赴夔州

昔從夔府望京華，今去江南萬里賒。亦有詩篇如杜甫，莫因辭賦弔長沙。人從五馬憐春色，地接三巴切暮笳。天子正思甦遠郡，長城時見倚雲斜。

利路紀雨八首

自廣元至柏林驛適久旱得雨口占識喜

甘棠寔恐負初心，時雨何期更作霖。行處萬山驚薄暮，望中一片見濃陰。飛揚豈爲催詩急，飄灑終憐潤物深。安有隨車方往轍，虚煩父老沸佳音。

抵保寧是夜雷雨大作明復晴霽出謁文廟遂由城北門過社稷壇轉入西門禮城隍神拜張桓侯墓復出南門觀浮橋廢置乃自東門還分司疊韻

慰却三農渴望心，通宵霑潤已成霖。客盤鳥道清新暑，雲護龍湫散遠陰。暘雨極知天意厚，節調空感國恩深。蜀川花鳥今無數，隔葉鳴鳩多好音。

自大寧至瀘溪館小憩復有雨意遂再疊韻瀘溪已入順慶之境以未忘閔雨故附之利路云

兼程計日竟何心，聊慰蒼生久望霖。疊疊溪山千里道，蕭蕭竹樹萬家陰。閒看行蟻占遲蚤，試策新秧問淺深。五月南來多淑氣，併將風雨佐虞音。

自射洪適梓州雨候同柏林驛三疊

人心盡處合天心，消得巴渝三日霖。自信本來調水旱，却緣底事怨晴陰。雲封蜀道千山重，江到瞿塘萬里深。舊是吾家歌吹海，放翁帥蜀，有『十年歌吹海』之詩〔一〕。買教絃管續餘音。

午後微雨明早發中江新漲壞橋拿舟而渡始知四郊得雨甚渥四疊

泉聲曲曲度江心，知是前山雨化霖。巫峽風烟天漠漠，巴渝歌舞曉陰陰。春回穲稏連村合，涼沁芭蕉到骨深。聖主中興多法古，宣王雲漢有遺音。

予卜以六月十一日履任六日到省中諸公憂旱甚勤九日晨入撫院遇雨未愜十日雨如傾注未已喜而五疊

飄蕭竹樹動鄉心，却是西川雨釀霖。水繞巴江流漸長，雲來巫峽氣常陰。不妨柏溜參天下，復愛棠棲隱地深。欲爲吾民歌『帝力』，《陽春》《白雪》有餘音。

十日晚同朱秋崖憲副鄭海灣少參同齋夜分禮成星月朗然厥明有事公堂小宴時得雨六疊

好雨知時慰客心，須將滴滴比甘霖。紫薇花下涼先動，翠柏叢中曉更陰。賦就漫誇神女麗，夢回已感聖君深。遥憐谷口躬耕處，試聽康衢擊壤音。

十二日復得雨大足七疊

浪博虚名愧此心，真成三日雨爲霖。谿聲一夜喧新漲，雲氣千峰結晚陰。喜極翻嫌歌管脆，病餘渾怯酒杯深。窗前最愛芭蕉響，疑有人傳太古音。

【校記】

〔一〕按：陸游《冬夜聽雨戲作二首》：『憶在錦城歌吹海，七年夜雨不曾知。』疑『十年』當作『七年』。

送徐伯臣出令奉化

徐卿家世更能文，新綰銀章下五雲。龍種擬看空冀北，牛刀聊復試雞群。氣横湖海神仙侶，坐擁江山錦繡紋。欲向風霜占大節，却從冰蘗樹奇勳。

送王世美赴承天寫碑

江漢星分本上游，中天一統帝王州。時瞻王氣蟠龍虎，實有文光貫斗牛。詞客曉從三殿下，筆端人擬五雲留。丹青琬琰俱能事，延攬登臨總勝遊。

十一月二十日次太平驛見梅花和謝僉憲邦正壁間韻

山雲黯黯復冥冥，釀雪爲霖總未成。忽見梅花如着意，即看詩草可憐生。月來粉蝶渾無影，風度黄昏似有聲。況與歲寒期更早，玉人消息最分明。

次韻答介谿志榮遇之感

風雲常護六龍行，慚愧恩題翰學名。碧漢遥憐通閣道，弱流元不隔蓬瀛。尚餘忠赤供趨向，豈有文章佐聖明。幸傍紫垣占象緯，泰階平處玉爲衡。

次韻答霍渭厓

西望遥山紫翠鋪，蓬壺瓊島切清都。仙才何用東求海，王會仍須繪作圖。金榜日高懸五鳳，玉河水滿浴雙鳧。遭逢若論恩波闊，憶向瀟湘萬頃湖。

送鄒東郭學士赴南院〔二〕

手綰銅章白玉堂，天南星斗避文光。清華官府真仙界，佳麗江山舊帝鄉。擲地賦聲添紙價，傳心書法長秋陽。河堤待築還朝路，雙闕天連一水長。

【校記】

〔一〕東郭：通行作『東廓』。

南還途中有作是日長至

兩日出城重作客，一年長至馬蹄中。屨霜夜展東陵祀，到海山迴萬里風。平望歲華摇御柳，南來王氣滿珠宫。何人寒谷能吹律，正見祥雲映日紅。

潞河候水次張石川韻

心同野鶴恣高飛，學得屠龍與願違。魂夢九天雙鳳闕，江湖滿地一漁磯。安身已辦烏皮几，稱體新裁白苧衣。賴有河邊同載客，不應林下見猶稀。

和答陶南川兵侍

片雲將雨過西山，望斷東歸水上灣。海近似聞龍卧起，天高不礙鶴飛還。桓公老去琅邪樹，白傅歸來洛社閒。更遣餘工擬叢桂，案頭湘管紫琳斑。

青羊宮餞顧頤齋即事

青羊翠柏白雲阿，又是春風一度過。宿霧欲收初露晃，餘寒猶在薄侵羅。行邊巷陌流塵遠，物外樓臺勝事多。無數鄉心山水隔，酒闌重與聽驪歌。

壽顧東川表弟

春明棨戟錦衣鮮，近捧丹符下九天。標柱舊題酧駟馬，繡筵新啓集群仙。人如白玉臨風樹，袖有《黄庭》煉石篇。無限韶光正明媚，杖藜攜酒過東川。

廖學士鳴吾孫園之招席上和曾都諫日宣一首

偶借春風半日閒，來尋緑野共開顔。蒼松翠竹含新雨，金殿朱旗對遠山。勝事已傳豐沛裏，高情多在水雲間。玉堂青瑣俱仙侶，文雅風騷莫放慳。

和姚尚美龍山會詩

金錢片片籬邊疊，買得天家一段秋。橙橘飽霜黄樹頂，芙蓉印水茜江漚。縱横數陣飛歸雁，欸乃一聲歌牧牛。人世都來能幾日，牀頭詩債會須酬。

老母自八月末失調至于十二月逾一時六日始離牀褥扶杖引步負暄弄孫于簷下若春木向榮朝暾屏翳前十月廿八日爲誕辰湯藥之中惟焚香告天不得備禮是日乃取巵酒拜獻團圞相保得遂母子姑婦之歡因志以詩

蕭蕭雪鬢病餘深，半倚蓬籠尚擁衾。教子揮金酧國手，抱孫低語調鄉音。恐驚舊日迴明鏡，喜是今朝捧御簪。重覓斑衣補春酒，長箋題遍鶴飛吟。

五言絶句四十七首

十二日試燈

三五近春宵，長空萬里遥。預祈華月滿，先借綵燈燒。

漫興二首

兩兩鳥對語，翩翩燕又來。草堂渾似昔，時有好花開。

二

簾紋青窣地，橋影碧涵波。江館騰騰路，漁郎欸欸歌。

初夏八首

兩打蝸牛篆，水回科斗文。辛夷花正發，咄咄欲書雲。

二

竹粉輕過院，秧針短出潮。瘦筇妨草耳，高屐距山腰。

三

行蟻醒槐夢，游蜂靜蜜衙。嫣然成一笑，更愛雨中花。

四

散步常依樹，高眠且枕流。北窗陶令宅，南國庾公樓。

五

雨意初蒸暑，林聲已變禽。兼旬斷來往，無日罷登臨。

六

竹閣開林樾，蘭舟過石塘。歲年占五穀，風物近端陽。

七

雨歇鳩鳴午，風行麥送秋。村村雞犬裏，疑有故時侯。

八

晚潮常帶月，夏雨不過田。身世江湖裏，人家水木邊。

敬亭

竹色寒不改，緑陰常到門。年年春雨裏，箇箇長龍孫。

思亭

杉檜鬱参天，山深倉紫烟。秋高霜露裹，落葉滿亭前。

醉窩

愛酒不愛醉，酒深如有神。同來送日月，無奈獨醒人。

觀水碓

圓機答高杵，急水激飛輪。桔槔已多事，愁殺灌園人。

西巖詩有序

西山在今都城之坤隅，是中多巖岫洞壑之勝。都閫劉君世臣燕産也，嘗遊其地，愛焉，即以西巖自號，雖宦轍四馳，人稱之必曰西巖云。西巖本出揚州之族，與予俱爲南人，同事西蜀，有鄉邦之好。爲作『西巖好』七章贈之，隨地可歌，不必在金臺之右、易水之左也。

我愛西巖好，桑榆一徑長。歲寒奇節操，摇落任風霜。

二

我愛西巖好，風光足大觀。微波分太液，咫尺是長安。

三

我愛西巖好，三台接九天。何時飛閣裏，東海看桑田。

四

我愛西巖好，巖中動八荒。五丁翻地軸，一矢射天狼。

五

我愛西巖好，居延出酒泉。星流白羽箭，風吼紫金鞭。

六

我愛西巖好，川西與浙西。林逋湖上興，杜甫峽中題。

七

我愛西巖好，他鄉説故鄉。揚州迴鶴背，燕國射龍光。

辛丑歸途中絶句五首

忽憶乘高躅，因知遡急流。陶潛初罷令，李廣不封侯。

二

野曠餘長畝，家嚴具敵樓。舊巢飛燕子，古壁篆蝸牛。

三

柳徑縈隄曲，柴門逐水開。無心論出處，有客賦歸來。

四

四十年前路，三千里外心。人生幾兩屐，閒處萬黄金。

五

畏影常依樹，尋盟每問鷗。天邊孤竹國，雲裏仲宣樓。

過宋玉墓

楚國餘文藻，當春過故丘。爲君悲不已，安敢向高秋。

和蒲汀顯陵道中柳陰小憩四首

花霧濛濛遠，山雲冉冉高。幸陪金紫客，時覩赭黄袍。

二

寢殿祥雲合，山陵王氣高。風光饒帝里，春色滿恩袍。

三

路細青山轉，天空白日高。同來三扈從，碧柳蔭朱袍。

四

天子岡頭路，風雲北斗高。穿林迴雉扇，度嶺耀龍袍。

和安鴻漸登樓曲

團圓三五夜，待月上高樓。誰知風共雨，又妒一年秋。

方春野挽詞三首

春野依然在，春風依舊來。去年巢裏燕，不見主人回。

二

楊子談玄宅，陶潛漉酒巾。一時俱寂寞，愁絶不堪論。

三

樹遶滕王閣，溪流徐孺祠。昔年遊賞處，花落雨絲絲。

書扇寄李百朋

錦浪生春水，茅亭盡日孤。十年身不病，天遠共江湖。

詠石七首

呂公中峰有二竅如呂字

呂公本俠士，詭稱回道人。黄金亦可變，誰云非法身。

簑衣真人石紋縷縷下垂若簑衣

真人已忘我，猶著雨簑衣。一朝塵劫盡，風雪不知歸。

麻衣道者瘦長人立皺若襞積

當年錢若水，寒夜撥爐灰。若是公侯骨，定應期不來。

邋遢仙形骨昌侈不受束縛

古來神仙侶，均爲柱石材。得志有廊廟，有時居草萊。

劍石背呂公而聳透石劍

葛陂化爲龍，八公亦鍊石。借身遠報讎，凝血今成碧。

紫雲

積翠競萬壑，孤頑自離群。因風欲吹墮，夕陽明夏雲。

紫芝峰

采芝堪療饑，煮石亦可餐。悵望商山老，浩歌蜀道難。

題江海看雲卷三首

南有一片雲，因風墮東海。彌天作霖雨，望之若可采。

二

海上會看雲，飄飄迴不群。扶桑紅日近，錦繡總成紋。

三

我愛看雲客，江行復渡江。東風一夜雨，夢遶紫荊窗。

陸文裕公續集卷七

七言絶句七十首

春日送客即事

春陰漠漠晝沉沉，度嶺穿林深復深。關路望窮人正去，野花開處鳥能吟。

漫興

水郭江村不受塵，惟將石竹伴閒身。玲瓏漏月看雲骨，瀟灑含風對玉人。

登樓

掉臂歸來萬里身，倚闌無數物華新。細尋往事知多少，我是明年五十人。

雨窗春興

泉石烟霞共此身，總於春雨長精神。窗前更有芭蕉樹，一夜輸心似向人。

題畫

溪山疊疊雪初寒，江水悠悠一釣竿。着得羊裘竟何益，簑衣和月下前灘。

晚放舟東渡

扁舟摇蕩浦雲東，疑有神仙向碧空。製得六銖衣試着，新涼浮動一襟風。

題陸封君怡梅卷

我家放鶴坡頭樹，種近西湖處士居。獨板橋邊山十里，杖藜來探雪晴初。

吴江長橋奉和邃庵閣老

長年此地往來過，風景時時付短歌。千尺卧龍如未起，水光山色奈愁何。

買得一小舟往來江上題曰水晶宫

三江西下五湖東，風月烟波四望中。我買一舟輕似葉，分明摇動水晶宫。

架石

摽排甲乙位高低，愛殺山翁手自題。多少黄金教歌舞，落紅空濺雨中泥。

客至小酌花下

客到東軒慰病身，嫩涼天氣露華新。人生有酒花前飲，酒色花枝俱照人。

春日雜興

惜春無計爲春留，獨倚元龍水上樓。無數飛花隨宿雨，海門東去更東流。

題屈處誠雪竹

蕭蕭雲物滿堂寒，屈老風神向筆端。帶雪琅玕三百箇，蔣家徑裏見袁安。

爲方思道題畫眉折枝

中山紫翠護層層，合起高樓對雨凭。愛汝一雙花底鳥，爲春啼殺海棠陵。

張仙斜

驂鸞歸去是何年，覆釜山頭有墓田。名姓却隨丹竈在，縣人相對説張顛。

重陽後六日登鏡光閣五首

層層樓閣俯京畿，一帶清溪白鳥飛。直北長城千萬堞，江山如此美人稀。

天涯秋色倍思家，南雁歸來萬里沙。今是重陽第幾日，登高無處問黄花。

曲闌矮几坐晴波，柿子胡桃落葉多。爲愛城西好風景，相期一日一來過。

並馬來尋水西寺，春風憶我慣曾遊。壁間題字悲歡共，簾下爐烟盡日浮。

城外光陰日易斜，城中車馬足風沙。此時極目登臨意，舊有雲山幾片遮。

送楊百川赴南太常典簿

南國容臺我舊遊，淡花疏竹映高秋。送君秋日容臺去，無限鄉心逐水流。

寄襲錦子

春風三月滿汀洲，來看瓊花憶壯遊。二十年前文墨社，思君不見過揚州。

任城題楊闇直夫泉香書屋二首

水紋花氣鬬精神，疑是成都賣卜人。傳得一區楊子宅，藥苗閒洗雨中春。
常山人家畫不如，君家宛在畫中居。草堂新開何所有，半貯參苓半貯書。

崇法寺刻竹

養花天氣帶微寒，林下輕烟製月團。忽過僧寮題竹坐，春醲如酒對琅玕。

馬嵬

秦關山勢拂雲來，才過驪山又馬嵬。今日豈知當日事，凋花含笑爲誰開。

予素不能飲酒昨至成都僚友並勸予蜀燒酒云可祛暑濕也命家童以蜜和之初吸半醆漸至引滿復能加一酌極有效自後每晨起便飲飲之輒沖和與年少時苦酒迥異不意老來始知其趣乃爾日飲兩三度陶如也家童驚喜謂自飲酒來顔色頗異豈於此將有所得耶笑成一絶

向來酒醆太無緣，多負風花雪月天。今日天公憐老大，放懷加量到西川。

都司紅蕉爲逸騎所傷

粉墻高映緑成陰，待看紅芳雪裏深。一任摧殘付蹄齧，人間何限惜花心。

桂洲夜宴出青州山查薦茗

南珎盧橘與枇杷，北果紅秋帶晚霞。清潤入脾消酒渴，甆甌如雪更宜茶。

張西峰少參以詩促曆次韻答之二首

幾時不見張公子，風調才情正可人。頗怪歲寒催短景，爲君遲送一年春。
祇辦送迎酬過客，那知城市有閒人。何須鳳曆看時令，才有花開便是春。

病起獨坐東堂

病後光陰迥不同，怯寒嗔熱怕當風。不知短髮緣何事，盡點霜華入鏡中。

來青軒和玉溪韻

磴轉峰迴年復年，古藤喬木暗流泉。西天正在西牕外，一片丹青落照前。

送人往姑蘇

春病春愁撥不開，欲因東海望蓬萊。扁舟不得從君去，同上姑蘇百尺臺。

嵇忠穆墓

滿川花柳鬬春分，城日初高艷綺雲。恩怨一空人代换，道旁猶表侍中墳。

曉過鹹寨

壁間黯黯路漫漫，茅舍雞聲夜向闌。浮世無端渾似夢，春來客夢更無端。

題西域圖

自從博望通西域，唐代諸豪最盛强。今日玉門關外路，不須請組繫名王。

自劉元海嘯起中原，馴致契丹、金、元之盛。防微杜漸，令人三歎息於《徙戎》一論也。西北諸胡，回族尤黠，鷙猛嗜慾出於其性。此圖簡遠，頗得其情狀於丹青之外。蓋錦衣沈君所藏。展閲之餘，不能無感於近事，因書一絶其後云。

題竹送王秉哲

平安不用報泥金，春雨龍孫看過林。贏得清風滿人耳，汗青留秘玉堂深。

題雙嶼

水面波心相對開，海門西望妙高臺。不須更問蓬瀛路，獨棹扁舟自往來。

題畫鷹

素練秋高草樹枯，來從東海勢應孤。即看一擊還千里，更愛凌風不受呼。

雪後次西峰韻二首

長安旭日照西峰，照見峰頭千尺松。龍甲虬枝風鬣動，蒼顔翠色露華濃。

獨上高樓望雪峰，有人卧雪伴長松。不知門外停車蓋，鐵被觚稜睡正濃。

題倪雲林畫壽齋詩轉壽唐龍江

倪郎逸筆壽齋詩，轉壽龍江海鶴姿。如此山林歲寒節，便揥千丈鬌成絲。

題黄斗塘詩畫

飛鴻雪迹爲誰留，筆底青松走翠虬。憶得縣衙公事散，聽風聽雨水西頭。

送顧生文美遊瑞安

碧峰黄葉釀高秋，滿架圖書手校讎。見説遠遊南海去，好隨龍氣望瀛洲。

題馮會東雪竹卷

强項折腰還一時，要看雪裏兩三枝。春風桃李花無數，白白紅紅吹又吹。

寄南莊

相看無限故園情，獨倚西樓向晚晴。秋水一奩天上下，荻花楓葉隔江城。

贈董子元

汝家舊業天人策，漢室公卿第一流。猶有箕裘待華胄，杏花春雨曲江頭。

題畫萱

樹背殷勤祝歲華，短鋤將雨護春沙。朝來省識丹青意，留取堂中日日花。

題畫寄陶良伯

東谷先生谷水東，黑頭歸去五雲中。門前五柳今如許，不負陶家有祖風。

題悦茶卷

水竹交居事事宜，更將春思鬬槍旗。分符調得中泠到，未放松陰鶴夢遲。

予與龔錦子别凡十年矣丙戌冬初再得書不勝馳想題此寄之

人間真有揚州鶴，海上寧無青鳥書。一紙應須萬金價，相思又是十年餘。

題馬麟畫蘭

秋風九畹正離離，畫裏相看一兩枝。欲寄所思無奈遠，閒拈湘管對題詩。

梅雪絶句三首

嶺南多梅却少雪，塞北苦寒花絶無。争似吴峰千尺白，暗香疏影兩三株。
主人亭子青山曲，雪護梅花傍綺疏。扶起隔宵淹酒病，裹頭袖手仗消除。
淺沙細水獨相親，無賴飛瓊妒早春。本是玉肌偏耐冷，捲簾孤負惜花人。

挽人失偶

春辭原上花銷雨，鸞去臺空鳳獨飛。寒夜燈前開故篋，不知淚滿舊縫衣。

題竹隱卷

抛却閒緣謝畏途，短床方簟竹間鋪。睡餘滿地西風後，亂掃枯枝下酒壚。

過無錫

泉聲高下青山裏，樹影蕭疏廢堞前。無數客愁驅不盡，買魚沽酒唤開船。

人持元史至用二十陌得之

囊中恰減三旬用，架上新添一束書。但使典墳常在手，未嫌茅舍食無魚。

壽陽察院次壁間韻二首

無心隨處夢魂安，古柏臺深五月寒。自笑青山老居士，松窗閒殺舊蒲團。
疏慵聊與拙相安，華髮蕭蕭鏡裏寒。門掩萬山深院静，古槐成蓋緑陰團。

試院初寒偶閲陶詩

三日無詩太好奇，放翁事。莫將胸次惱希夷。不知彭澤緣何事，十七年來九首詩。

寄姚文光

白鶴江頭白鶴村，水芳沙暖有名園。谿南九月黄花信，欲覓餐英夜過門。

鄉人送菊列之堂中

滿堂秋色又年華，白白紅紅客到家。不似東籬老陶令，只愁無酒對黃花。

前十年顧豐堂曾識金宗魯後十年宗魯之子復至江山如昨而余已老矣不知今吾故吾寧何如耶漫興一首

曾看老馬五花紋，驥子風神又出群。世上驪黃總相似，不知誰爲掃千軍。

過溪莊留題

漠漠平田水漫流，溪莊端合雨中遊。主人愛客千金壽，報爾天香萬斛秋。

謝何登之惠玉蘭

揚州何遜最能文，江水東流隔暮雲。我有好峰三十六，玉蘭花發正思君。

陸文裕公續集卷八

序八首

贈楊司封仲玉序

我朝兩都並建，士大夫宦歷同謂之天子禁近之臣。自北乞南者，著例輒聽其去，非獨以便臣下之情，亦以養廉静之操也。自南入北者，必以薦拔遷擢論，不得自乞，其法意微矣。楊先生仲玉以桐鄉令五月調開化，三年政成，入爲刑部主事，閲三月，以養母便乞南，改吏部主事去。予方卧疾于家，聞而慕之。及起告來，先生之子兵科給事中士宜以行卷請敘先生之行也。予不及送，顧有言焉。及讀少宗伯東江顧先生所贈序，稱楊氏之先世積善于己，獲報于天，故先生兄弟父子之間，科第人物，聯美並秀，爲一時郡邑冠。昭乎天人之際，可以勸矣，予何加焉。惟昔往歲以使事過三衢，方是時，先生令開化。適群盗發饒、信間，而開化當盗衝。先生亟請城焉，既得命，親閲版築，屹然保障，而開化可守矣。巖村者，開化之間道也。先生眎其地曰：『僻而捷，請守焉。』上官不以爲然，賊竟由嚴村口入。賊既入開化間，先生據城，不暇寢食者凡六旬，獨以恩信招集勇敢，殺賊甚衆。及上首級，歎曰：『殺人以成功名，吾不忍也。』卒爲有力者冒去以得賞。賊既退，殺掠慘酷，居民凋耗。上官欲按舊籍定賦，先生曰：『亡者民也，存者籍也。亡者實，存者虛。以虛存徵實役，其何以堪，吾又忍爲之。』遂躬歷鄉鄙，閱實口數，以新籍從事。余採諸道路之言如此，復訪諸士大夫皆然，予竊識之。今得牽聯書諸簡末，使後有考焉。先生蓋勇於爲善，而獨廉静於進取者耶。楊氏之獲於天者，宜益厚矣。則是行也，果不足以盡先生，而足以爲先生賀。先生之兄伯玉憲副，與予爲忘年交。憲副公直諒，不喜人諛佞，年未及而身先退，廉静之操尤爲卓立。夫屈伸進退之間，君子所以與道消息者也。余無似，不足以與於此。士宜幸有以質之。

縣侯張八峰考滿序

嘉靖癸卯，八峰先生令上海之三年，今上皇帝中興之二十有二年也。仰惟皇上深仁厚澤浸漬海隅，而綜核之法精；我侯以宏材碩學輔理赤縣，而循良之政舉，蓋千載一時也。侯舉戊戌進士有聲，當道者器之，試令於海。海，東南壯縣，素號難治。侯之令海也，先德教而後政刑，敦本實而汰浮冗。嘗有言曰：『使吾有赫赫之名，吾寧徐徐之爲愈也。使吾爲快心之舉，吾寧遜志之爲務也。』是故一年而道行，二年而信孚，三年而化成。海之爲海，亦既改觀矣。今獻績于朝，當爲治平第一，侯自此升矣。夫君子學成而仕，患無其時；時矣，患無其遇；遇矣，患爲他奪而業之不能竟也。我侯身際聖明，道合當軸，而又實以三年之俸曆，志遂而業成，上獲而下得，可不謂千載一時也哉？

卜日戒行，邑之士大夫相與餞之江上。有爲達才之論者曰：『侯豈百里所能淹哉？司封駁持諫諍，以左右天子，發舒輔相之業。吾海上固桐鄉也。』有爲留行之計者曰：『天下一縣之積也。使侯之道行，必有轉移感應之機。風動阿衡，猶運掌也。』兩者不能決，以諗于深。深曰：『皆是也。凡人之情，有愛之者則不忍其去，有望之者則不願其留。雖然，大小則有間矣。與其私於一方，孰若公於天下，八峰其行哉。昔王文正公子明，宋之賢相，其送薛簡肅之爲轉運也，曰：「東南民力竭矣。」薛公一奉其言，爲世名臣。竊意當時文正深居廟堂之中，未必親覽東南之實，且真、仁之朝，宋事將非矣。顧宰相一言，雖百世猶頌之。惟我聖祖肇基淮甸，皇上龍飛江漢，東南氣勢，豈前代所敢望哉？況今天下一統，幅員萬里，又無燕雲、興靈之役，中外臣工注意根本之地者，謨謀迭出。海實東南之一邑，固在衽席之上矣。但今日之事，則我侯之所身親目擊者也，侯亦有意於文正之言否耶？今制，凡考滿自外入者，先上其事於考功，考功殿最之；乃上其事於天官卿，天官卿殿最之；然後上其事於朝，天子親殿最之。其高等則有錫宴賜敕之典，或有面對輪召之舉。侯時在列，倘以東南民力聞於上，事有所濟，則回天沃日之功，又當出王文正之右矣，是誠千載一時也。』侯唯唯，相與載拜而别。御醫顧君定芳輩前趨以告。諸士大夫曰：『古者行必有贈禮也。斯可以爲八峰贈矣。請書于簡。』

鯉庭雙壽序

嘉靖甲申歲秋九月未盡一日，董徵君三岡翁初度辰也，寔開六袠，配孺人氏宋同焉。翁、孺人有德。德翁與孺人者，咸以雙壽壽翁。初，翁屢舉子輒不育。昨歲始得男，男甚偉長，必後。董人尤以爲仁者之報。進士董君羽用既祝焉，曰：『是宜稱鯉庭雙壽，庶以彰天之報仁人。』乃手書翁之懿行足以祈天永命者百十，以告于儼山人陸深曰：『翁，子儀之伯父也，子儀猶之子也。知子儀者伯父，深矣。伯父母之壽，故子儀之慶尤深焉。夫可慶者壽，可傳者文，可文者情。文以彰壽，壽以徵德，德以永世。於有道者望也，此子儀之情也。敢請。』予發書，不敢當者久之。子儀之請至再而益勤。因念今世號稱巨族世家者爲不少矣，而詩禮甲科之盛，則吾郡聞焉。吾郡詩禮甲科之家爲不少矣，而父子兄弟之盛，則董氏擅焉。乃若出處之皆賢，繼承之不替，則尤盛於董氏。予初登朝，從廷尉中岡公、郡伯宜庵公之後，而太守守庵公寔有京闈同年之好，已復連姻。曩歲拜太夫人於里第，時與三岡翁游處信宿，醇然君子儒也。方時年甚强，氣甚壯，偉貌而玉晳，真貴介公子也。退乎其容，縟乎其禮度，謙謙乎不示人以城府，則名門之令器也。聽其議論辯而理，考其踐履密而誠，觀其運用出而不窮，蓋練達經綸才也。游心物外，不以世慮紛擾，茂林修竹之間，杖屨往來，却而望之，又神仙流也。予敬且慕焉。頻年以來，德義益聞，惠澤益廣，充養益邃，而春秋益以高矣。承事諸兄間，藹然孝友之光，爲世矜式。天眷明德，俾有賢嗣，翁殆今之仁人耶。傳曰：『仁者壽。』夫仁道之難也久矣，千載一人，若猶接踵，况於並世而雙，一家所萃，饗偕老之福如翁如孺人者。是又國家禎瑞之符，而非董氏一門之慶。雖羽用愛深情至，恐亦未得專而慶之也。自是而壽愈升則慶愈大，慶愈大則傳愈永，傳愈永則德愈深而風愈遠。古人所謂不朽者，蓋若是。深知翁故史官也，庸書以俟，并以復羽用云。翁名懷，字世德，御史介軒公之季子，别號三岡，人稱之曰三岡翁，亦壽也。

壽沈西津方伯六十序

大方伯西津先生沈公，既致蜀政歸，歸數年，年始登六十。今嘉靖辛卯六月九日，實惟初度之辰。僉謂公官至二品矣，用之尚未盡其才，或者天將益之以筭乎？深曰：『何但已也。聖明圖治，惟才是求。惟求老成，是事天子。且用公於六十外，益之以筭者，庸知非所以盡其才乎。』僉又曰：『然。是宜賀且祝也。』相率先期登堂舉禮，請詞爲侑。

沈氏之良有雲谿先生者，明於大道，善爲盈虚之詞，曰：『榮名外也，神明内也。外益形，内益生。外厚矣，而生無益者有之，未有趨於外而中之有也。其惟核之存乎？其惟兑之塞乎？惟聰之黜而明且闇乎？以無爲爲爲乎？吾家弟之所知也。是故抗志物表，獨超大原，雖涉世多虞，而險夷欣戚之境藐焉不一概於中，是壽徵也。』有百户侯昌甫者，志於大業，善爲康濟之詞，曰：『文經武底，治之道也；禮禁法防，理之制也。故變化消息與天地俱。大人思以一身易天下，故曰：「安我所以亨天下也，存我所以厚蒼生也。仁壽之效成，而吾且與共其不朽。」吾家兄之所辨也。是故歟歷中外，卓有政績，居常未忍忘世，於凡國家理亂之原，聞焉必議，議焉必詳，精神意氣之駿發日盛而月新，是壽徵也。』於是進士存肅捧觴趨而前，曰：『二父之言良是。夫修身以至於永命，爲邦而迄於治安，此豈常人所能哉？吾叔父實兼有焉。雖然，古君子之道，放之則運六合而有餘，斂之則藏一身於無迹，此豈有二致哉？吾叔父豈有聞焉。顧吾叔父廉直自信，動與時忤，耳順云及，冡器尤虚，天道於仁人何如也。方今天子神聖，斷然爲威福之主，清問明揚，使是非忠佞大白於天下，以究中和位育之化。吾叔父葆真延祥，誕毓多男，以衍螽斯瓜瓞之風。存肅忝以詩書承公後，歲歲當率宗人如此一觴。此存肅之志，亦存肅之所爲祝也。先生以爲何如？』深聞之，曰：『懿哉，雲谿之言淵乎有兄道焉，户侯之言秩乎有弟道焉，進士之言藹乎有子道焉，是可以訓矣。深少而鄙，公有五年之長，竊幸同朝猶兄弟也，膏馥所溉，亦既多矣。

使公之道行，與公之身壽，方且恃以爲重，寧非慰且願哉。自惟沈、陸世居海上，百年以來，迭相婚媾。先世長老皆淳樸和厚，故多壽考，至於今未衰也。又幸從公以科第起其家，益有榮光焉。一脉之承傳，又寧無望於公哉？公將邁期耋，閲歲寒，巋然松柏之韻，使宗黨姻戚永有矜式。庶幾人以道尊，年以人壽，此又深之祝也。是故特書爲序，以張之鄉邦，且使兩家子弟共聞焉，世敦之，抑世守之。固有出於言語文辭之外者，不知公以爲何如也。』

海國留春卷後序

右『海國留春』之詩，凡若干首，弁以『海國留春』之序一首。此鄭侯啓範自上海令赴召起，而上海士大夫所爲作也。蓋以留侯，侯不可留，遂以思侯云。侯，莆田名家，弱冠舉進士，負奇傑之才，博學而明於理。令上海滿三年矣，惠政焯焯以百十計。最其大者，右文興學，稽古卹民，有丕變焉。海環地六百里，齒聚而易爭，故好訟。海地之所産，利薄而費穰，故吝財。訟之至也，至於忘曲直而擾公私。吝之至也，至於逋賦貢而喜怨誹。二者，海之難理也甚矣。自侯之來，百事改觀。固未嘗遺一介行境内，又未嘗輕取一介於人人，故海之民甚安之。其去也，海之民甚思之。夫海之民能思之，未必能言之；海士大夫能言之，未必能傳之。故彙而帙之，并以贈侯，將使天下後世知侯者衆也。衆謂深宜序其後。深辱侯知且舊，顧不文，未必能傳侯。

乃爲之序曰：

環數百里而爲縣，壯縣也。以進士令壯縣，擇而使之也。進士令壯縣舉矣，才也。舉壯縣滿三年得召，才之著也。召去且將爲給事中，爲侍御史，當其才也。夫縣令、給事、御史，極内外之選也。雖然，縣令、給事、御史，品皆在第七。自進士爲之，皆初階也。自此以往，陟臺省，與國政，充其才也。雖然，其事則皆縣令之事也。縣令之事，吏、户、禮、兵、刑、工，古之六官也。故縣令才也，然後爲才給事，才御史。故初之難者，縣令也。上海視他壯縣尤稱繁鉅，侯舉之已無難矣，而況于其他乎？自此而陟臺省，聞國政，特出其餘耳。深病且老矣，願拭目以觀侯之進，且以永海國之思也。若侯之留於海者衆矣。故序。

鄉同年會序

弘治辛酉，南畿録士凡百三十有五人。正德丁丑之春三月二十有四日，會于京師，與者凡二十六人。越七日，再會。前此甲戌之春，嘗會矣，凡四十九人。至是則會愈數，人愈寡，而情愈親。嗟乎，士方年壯志鋭，輒欲盡攬天下之材傑而交之，然嘗患乎不專。及夫歷閱久而事變更，升沉散聚概於中，然常患乎不樂。暢湮鬱之情以聯涣散之勢，是則兹會之意也。朋友之道，其來久矣。惟近世同年之交，同升而臣，有兄弟之義；同師而出，有几席之親。是故疏而密，遠而近，間有不識面目，一問姓名，而情好已敦。雖其子子孫孫，猶將世世講之矣。況於地鄰人接，生長千里之内，爲鄉同年者哉。是則兹會之不容以已也。雖然，情必附義，私不勝公，此古之道也。諸君子知所以會者乎？以同年之好也。亦知所以爲同年者乎？國家設科以待天下之士，固將以同文求之。夫文同則道同，求同則進同。然而出處顯晦、中外遠近、大小蚤暮，勢有不能盡同，而同力同心以報國致志，無乎不同者，是則兹會之光也。深不敏，敢以爲諸同年告。與會之士某授某官行也，因以爲贈。

歸田録序

《歸田録》者，沙邑陳公詩一編也。公在英宗之朝，仕爲河南布政都事，公既歸老之言也，其後人録之，以昭公之志。公卒之餘三十年，其孫璵始由閩省檄貢在今天子之庭，既留南雍。又二年，始歌《鹿鳴》於應天。又二年，始出録，俾同年友陸深咏歌之，既又屬以序。頃嘗奉君語，間及先公，嘗婉辭以避，或中語則輟。察其意，蓋悼公之不得志，又重慮聞者之未悉也。乃盡扣之，曰：『先公士乎？』曰：『士也。治經讀史，負不群之志，操筆摛文，時輩退服。』曰：『先公仕乎？』曰：『仕也。廉明有識，長於劇治。但以氣岸自高，不知爲小官也，以是爲當道者弗容。然窘孽百至，竟亦莫能加。民譽日增焉。』曰：『先公歸乎？』曰：『歸也。有田數畝以給食，課童婢以足衣，讀書賦詩以終日。英氣壯志，常發於酒酣耳熱之後。』深之得於公孫者如此。及讀公是詩，果樸素英發，古之風節人也。徐考所至，皆不稱公。公有經史，胡爲八舉皆北？公有才政，胡爲官不再遷？是豈皆遇也乎？由今觀之，則天之報公也，不必於其身，將隆其後。靳於一時者，流於百世。高階通顯，有與公同時者，今其鄉鄰子弟有不能舉其名，尋其門户，亦就凋廢。公雖一命之士，去於世也遠矣。天下之士，識與不識，咸樂繹公之美。讀是録也，皆知於今有公也。進而與公之孫交也，皆知公之有後也。於公孰賢哉？公諱某，忠肅公之後。璵字良玉，積學富文，將盡發公之藏者。是爲序。

壽唐母張孺人六十序

唐母張孺人以辛丑生，今歲再行辛丑，花甲重周而始開七袠，古稱中壽是已。十月十有二日爲初度之辰。兩族子姪暨郡邑姻婭，相率登堂爲壽，而以侑觴之辭屬予。惟吾郡士族多舊家，而張、唐尤顯。城東三節之門，尚書南山公擅焉，孺人其女孫也。唐氏居金匯者，世世以積善稱，郎中西園公復以甲科起其家，孺人其冢婦也。予陸氏亦望松郡，忝列朝紳，適從尚書、郎中公後，且敬且慕。辱兩家皆不予鄙，子楫遂娶孺人之季女，有媚好焉，故知孺人爲詳。復念竹溪君游締之雅，故敬孺人爲最，蓋有年矣。予適蒙恩歸休，楫亦以廩卒業太學，侍予南還。數請於予曰：『唐自西園公違世，家遂中落。賴我竹溪公以詩禮纘家聲，以儉勤保家業，彬彬然日益昌大。孺人内贊之力居多。兒將以此爲祝。』予曰：『是婦道之常爾，未足爲孺人壽也。』楫曰：『再自竹溪公違世，家日益凋。賴我孺人周旋百蠱，訓迪嗣子，以有聲太學，唐祚之衍未艾。兒將以此爲祝。』予曰：『是母道之常爾，未足爲孺人壽也。惟孺人之大節在造唐，其足以格天也必矣。茲當食報之秋，吾知天之所以壽孺人也必矣。孺人惟一子自治。方其早失怙也，孺人憂其無以立，夙夜訓誨，身兼師保。今自治之學有成矣，氣體充裕矣，當俾西園公爲有孫，竹溪君爲有子。而自治將多男，則含飴錫類，其所造唐者比於安國運，豈出忠臣良將之下哉？今茲稱壽，正祝頌之始耳。兒輩觴酒豆肉，足爲賢母榮哉。』於是楫跽而前曰：『是兒之所欲言而未能者也。請書爲賀。』遂書。

陸文裕公續集卷九

序九首

送臨江俞節推之任序

天下之事必有始，故善作者不廢，善成者不遺，斯古今之通義也。雖然，道化與時隆污，殆未可執一而論。其始卒未嘗不在，豪傑之士必先識之得之以爲理，相時而動罔不吉。其至也，率於化，會於道，而天下之理成矣。今天下之理，曷爲乎始？孔子之言曰：『飲食必有訟，故受之以訟。訟必有衆起，故受之以師。』夫飲食者，嗜慾之道也，生人所不可一日無者也。有嗜欲而後有爭訟，有爭訟而後有師，又天地之大義也。故自《乾》自《坤》，自《屯》自《蒙》，自《需》而《訟》而《師》，雖聖人之序《易》也，亦不得而與焉。訟者小刑也，師者大刑也。今之世，即使刑措焉，而六官之職弗理者，未之有也。國家百有餘年，涵煦而生息之至矣。閭閻之下，以聚以嬉，日用飲食，詐僞日滋，漸張勢也。故所在相告訐，深文巧詆，鞭笞不得停，囹圄不得隙。在上之人，有以齊之，而以理理之，法固當爾。雖使聖賢復生，理今之世，純用禮樂焉，而於刑罰不究，其有能致理也乎？竊嘗研推三代之治與今日之宜，斷然以刑爲之始，而不能不厚望於司刑之官也。惟我皇朝於刑，是審是慎。内而兩畿，則以臺憲重臣董之。外而諸藩，則屬之按察使，若府則特設推官一人焉，是蓋配六官以爲理矣。歲時復出大司寇屬巡行天下，加詳允焉。至今刑未甚措，而禮樂未甚興。將予之所謂始者非耶？抑司刑者未得其理而理之耶？皆未可知也。今天子踐祚，百度更始，首降德音，拳拳於欽恤之道。士也乘大運，膺官守，攄夙學，庸非一時耶？

吾郡俞君世美，以成化癸卯鄉進士，屢上春官，富文史，識道理。今年夏謁選天官，天官卿才之，俾節推臨江府事。臨江，大郡也，民庶而訟繁，僉謂非君莫宜。將之任，謁余，言爲行李敍。君固豪傑之士，其於天下始固識之得之乎哉。今出佐大郡爲詳刑官，將舉而措之不難矣。雖然，計君之職亦難矣。夫環一郡之刑獄，皆於君焉平反焉。然非能自致於理也，必且合乎上之意，以得乎下之情。夫上得以勢位臨之，下得以利害動之。惟上之狥則廢職，惟下之狥則廢法，二者不可均也。一視之於理，禍福利鈍不遑計焉。雖然，處下易，處上難。夫下之人，動以利害。世固有不畏利害者矣，而下之利害，且有時而不行也。惟上之人，不但臨之以勢位，又能以名動之。世鮮有不好名者矣。徒取敏捷辦事之名以爲榮焉，而下之情多失其實。雖知而不問，問而甘心焉，何取於理哉？君且安焉食其禄，居其位，可乎？不可也。深不佞，敢以告君，并以風當世之詳刑者。

通判原公利民偉績序代作

地勢入於東南，吴故澤國也。松爲吴甲郡，地分東西鄉，東瀕於海，乃高阜；西薄諸湖，則洿下焉。時或霪雨兼旬，則西爲巨壑；或彌月不雨，則東或龜坼。民於是乎艱粒矣。夫一郡也，而利害迴異。旱潦在天者不可必有，相之道則存乎人焉。故古之言治水者二，濬與防而已。今天子向意東南，軫念及此。蓋自府僚縣佐而下凡職是者，皆慎其選，匪賢且才弗得任，視他特加重焉。先是，水利掌於浙臬。慮其事兼而任分也，故特出部署一人以代之。又慮其官暫而權輕也，故特命今郎中傅公某專掌之。而吾侯以倜儻卓犖之才，服是命而期至。上下得人，一時胥慶焉。

粤惟東南之地，既非西北諸方比，沃壤宜稻粱，故莫利於水。一失其平，轉利爲害，猶反覆手也。而吾侯心切民隱，慮關國家，廣詢博訪，諏厥便以爲利民計。相時之宜，度地之利，高者濬之，以疏其堙淤漲塞之妨；下者堤之，以殺其奔騰澎湃之勢。蒼農老耕，皆安所業焉。某也試以目擊一二言之，概中類推矣。肇家濱密邇縣治，自邑以西阡陌皆取給焉。故嘗堙淤，民恒苦之。侯至自松，覽厥地，以爲是當疏者。乃檄諸縣，鳩工集財，夫丁凡若干人，皆即日從事。侯又親臨以程之，畚鍤之聲相聞於道。未及浹旬，而向之堙淤者類皆通焉。是河遶學宫之南迤邐而西，蓋當一邑文明之地。源脉久蕪，不獨田夫有旱暵之憂，雖登臨弔古者，平沙淺草，淒涼溢目，蓋有感歎而興怨者矣。今既得侯以通，豈復有昔日之遺恨乎？故嘗循河而舟焉，則啓土成畦，累累然若山之障乎兩旁也。又嘗登高而陸行焉，則碧漸縈匯，宛然乎一邑之襟帶也。鷗鳥浮沉，帆楫下上，遂爲一方之勝概焉。嗟乎，是豈直爲文觀哉？居民授田其旁者，負耒耜而欣欣，伊誰之賜歟。夫《春秋》之法，凡勤恤民隱者，皆在所當書。以侯之績之偉如是，固大書特書不一書而後已也，顧非其人歟？侯姓原氏，某處人，官今松江府倅云。

賀大理丞李仲陽序

今上將用一人丞大理，下公卿議。議以監察御史李先生仲陽名上，報可，而先生遂進爲天子輔弼之臣矣。監察御史林君孚可合同官者，而問賀於深。深應之曰：『先生所謂當世之才，而名位則未極者也。昔先生從先封君遊嘉定矣，深少而聞之，知讀其文矣，贍以博。長而登朝，先生賜之交，獲識其人矣，粹以雅。既乃南巡，得被其政矣，正而理。曩過桐鄉，考於其治矣，豈弟而民思之也若是者。深竊以爲用先生之未及盡，而丞大理亦常資也，於先生何賀焉。』孚可諸君子各以意對。曰：『天子懸位以待天下之賢者，賢者必得，然親疏之感異，固人情也。仲陽吾之所知者，而吾獨得無情乎？吾是以賀。』曰：『此朋友之義也，可謂進而不忘者矣。』曰：『天下之要，以天下之賢者處之，不賢而處天下之要，吾等與有責焉。仲陽所處，吾可以慰矣。吾是以賀。』曰：『此秉彝之心，可謂公而有體者矣。』曰：『君子之仕也，行其學也，非榮其位也。而位弗相值，則有枉其學者矣。仲陽值其位，而大可見之行也。吾是以賀。』曰：『此公善之心也，可謂仁而同物者矣。』曰：『天子爲官而擇人，人得而官理。大理者，古廷尉之官，所謂天下平也。平而天下之理可幾矣。吾是以賀。』曰：『此社稷之志也，可謂忠而及遠者矣。夫進而不忌則有功，公而有體則有勸，仁而同物則有容，忠而及遠則有章。有功可以大也，有勸可以化也，有容可以受也，有章可以久也。大而能化，受而能久，請以是爲先生賀可也。』遂書爲序。

送黎侍御巡按南都序

議者皆曰：今之御史，美官也。御史而巡按，又美也。按而得善地，又美也。其不以士之學而仕，仕而行，仕有不得盡其學，而行有難於仕者。而御史者行之，易也。御史而巡按行之，遂也。按而得善地行之，而速其效也，是其所以爲美也。雖然，以僕論之，殆所以爲難也。御史以言爲職，天下事御史皆得言之，言之而善，其後夷考其人如其言，不已難乎？其出而巡按，則尤難焉者。夫獻其言，盡其議，其成與否，顧緩與速，我猶不得獨任其責也。一旦奉天子明命轄數百里之地，數百里之地左仰而右望，一人是賴，固非曩之徒言可概，又況浹歲責其成者哉？維僻遠之地爲易稱耳。蓋事簡俗變，簡則有餘，變則有功故也。非若通都大國，百廢具舉，刻期而集，心條手撝，有日不暇給者矣。而縉紳大夫又瞠乎其後也，議其得失如較白黑，毁譽之來，固朝行部而夕廊廟。若此者，皆僕之所以難也。由其難以成其美，豈非存乎其人哉？

新喻黎君乾兆，官至御史，御史而巡按，按而得南都，南都固善地也，今之所美備之矣。然度君果舉是也乎？僕知黎君者也，真其人哉。夫士必有學而後行之大，必有氣節而後行之沛然。君聚書充棟，暇則較閲，若經生然。間嘗奉緒論，叩其所得深矣。其立朝，屢抗大議，蹇蹇諤諤，不少狥俗，挾其所有。如是乎可量也。然則今日爲御史，御史而巡按，按而得善地，有不舉，舉而難者，未之有也。於是嚴吉士惟中，乾兆之婣家也，喜是行必成其美，率我同館之士凡三十輩，賦詩餞之。既成而屬序於僕。維昔《崧高》《烝民》，此同朝餞送之始也。然成於一人，止於一篇，未有若今日之盛也。而二詩者，於山甫、申伯之德業極其鋪陳，若不容口。至於今讀之，人不以吉甫爲佞。故僕於序是詩也，舉其美，列其難易，而并著黎君之大者，將以諗於天下後世。天下後世之人讀是詩也，亦不以僕爲佞，固願且幸也。時黎君之母太孺人適登八十，乾兆素謀歸壽壽。今便甚，將遡江而上，率其族人子姓共拜於堂下。然後循江而下，以視事焉。共其公以慰其私，此《皇華》《四牡》之所無者，是又一美也。故序。

賀君内子輓詩序

婦人之德，無故無稱，凡稱必故也。婦人之職，不越閨門。其稱賢婦繫其夫，其稱賢母繫其子，匪專辭也。專辭則故，故者婦人之厲也。相夫子以正，終無得而稱焉，斯婦人之道也。武昌賀君天爵之内子某氏，婦人之賢也。不幸蚤死，其賢愈顯。余來南雍，辱交於賀君既久，竊歎其於人也有三。讀書綴文既工既勤，氣鋭志專，無少外奪，其敏而學一也。賓至則潔觴豐豆，有餕有芳，酒醴以時，殽核惟旅，其恭而禮二也。衣皆麻枲，不御繒帛，雖質而整，望之有章，其儉而衷三也。及是内子之卒，予然後知君之賢與有助焉。卒之日在南雍之寓，殯殮既具，天爵嗚嗚哭不休，曰：『天乎奪吾良仇。家蠱集心矣，吾曷以究吾學？中饋無所託矣，吾曷以飲食吾友？衣裳顛倒矣，吾曷以取吾衷？』衆聞而悲之，乃訪古《蒿里》《薤露》爲詩若歌，以悼其厲，以寫其賢，以吊賀君之不幸。君重惟内子客死且無嗣，恐遂湮其賢也，乃彙次成帙，屬予序而傳之。予謂君之内子，厲莫大焉。享年不得望三十，相其夫不及食其報，客死之日無三尺之孤。此豈惟賀君之所痛，天下之所共悲哉。將死者有知，未遽逝也。雖然，氣之聚而生，其散而死。方其聚也，不能不散。脩短數也，惟有賢傳則爲不朽。厲而以賢，其與不厲而不賢，又果孰爲脩短哉？

於是乎生者死者，宜皆無憾也。夫詩總若干，係於左方，覽者當各得其旨焉。故序。

張母翁孺人八十壽序

孺人氏翁。翁，莆大族也。入我朝，有謚襄敏者，官至户部尚書，爲時名臣，孺人之祖也。孺人幼有淑質，以女德聞一鄉。擇歸東崖府君，遂相府君以文學起，仕至龍門令，以婦道聞一郡。東崖府君，吾上海令張侯國鎮之父也。國鎮以名進士令海，有美政，豈弟慈祥，人父母之。士大夫望侯容色如楩楠杞梓，鬱茂參天，又如明珠玉樹，光彩照世。退而私相語曰：『侯固學成，意必有本。將山川之間氣耶，亦父母之訓成也。何淵源迴異若此。』侯嘗貽書吾兒楫，曰：『秉壺有母，行年八十，養在里第，瞻雲千里，靡日不思。母每作手教至，必曰：「汝父所蓄，出焉尚餘。汝之上海，猶龍門也，其一心爲國，以報天子。」又曰：「循良之政，古人所賢。汝之上海，乃製錦也，其加意民瘼，以無負所學。」則又曰：「功名之際，官有三事。先襄敏公之望與東崖公之名，舉目在前。汝之上海，固發軔也，其懋思先德，以振家聲。予老且康，無予思也。」秉壺每得書，必焚香百拜，奉之惟謹。故海政矗治，惟尊翁儼山知之。不識果能慰吾母否也。今歲辛丑十一月廿又五日，實惟初度之辰，將致一觴爲壽。惟儼山一言侑之。』予聞之，歎曰：『此一世之賢母也。吾邑六百里，孺人之膏潤及焉。予何敢愛。』乃作而言曰：

世稱八母，惟嫡尊且貴焉。而壽，世之所難也；壽登耋耄，尤難也；壽矣而賢，又難也；賢矣多男有如國鎮後之者，則又難也。制，進士有録，録世系也。録必先嫡，至貽封亦必先之。孺人播《螽斯》《樛木》之風，以大張氏之後。東崖公三子，孺人姙保過於本生。國鎮爲季，已先録之。方將入爲臺諫，馴至卿輔，孺人當踰百齡，鸞封鳳誥，一品之貴又將先及。此則古今之所難，而亦古今之所敬且愛也。敬愛所萃，歌頌興焉，是《關雎》《麟趾》之義也。莆陽文獻，當有鉅作揚之，顧予不類爲歉。聖天子將采詩陳風，孺人之懿又當先及。孺人於是可慰，而國鎮之爲養大矣。乃製爲三祝之詞授侯寓歸，俾歌之以侑觴。其初曰：『瞻彼壺公，峻極于天。時出雲雨，覆露八埏。壽筵啓兮當筵前。太夫人中坐兮擁列仙。』其次曰：『東望瀛海，中有三山。六鰲引首，蟠木爲關。流霞再進兮同潺湲。笙歌沸兮舞斕斑。』其三曰：『二儀交會，六合同春。邑有賢令，家有慈親。對南山兮綺席宏陳。回古風兮今孺人。』

新江十詠詩序

君子去其鄉則思。何思？欲見之也。欲見之者何？厚之道也。何爲欲見之厚也？重本也。凡事必有本，水有本源，木有本根，作室者有基本，而況於人乎？人之生於是鄉也，山嶽儲精，水土孕靈，父兄宗族之攸萃。一旦去之，曷爲而能已於思乎？既思之，遂去之者何？古者男子始生，則懸桑弧蓬矢，志四方也，將行道於四方也。夫以孔、孟之聖賢，轍迹幾遍天下，而獨於齊、魯之邦未嘗忘情焉，凡以重本也。夫人之情，既不能無思，思而不能遂見，得見其似者可矣。此圖畫咏歌之設，古人之所爲不廢者與？是故輞川以摩詰之丹青，平泉以文饒之手筆，彼皆百世傳也，而況于今乎？

林君德潤，鄞産也，來教於吾海邑。居常爲重本之思，其鄉士郁古淡爲作《新江十景圖》以慰之。十景者何？曰梁山伯祠；曰石將軍廟；曰高衖義冢者，古也；曰龍潭禳禬者，功也；曰葉庵齋鼓；曰寶慶晨鐘；曰夾塘觀漲；曰新渡横舟；曰五港秋月；曰百丈春波者，勝也。士大夫聞之，各因題賦詩焉，浸成巨卷而授予序。按，新江，左鄞城之西十里許。而所謂十景者，相望於三四里中，於德潤之居環而列焉。德潤當鳴鐸授經之餘，每一展玩，按圖咏詩，則水木桑梓之念勃然以興。他日致位顯融，所到益遠，相與提攜之久，又有今昔之感，而益思所以爲鄉邦重者。不必親到其地，而凡杖屨之往來，童子之遊釣者，已歷歷在目，不自知其身之爲客也。是卷胡可少哉？凡有事四方者，可以法矣。

贈翁憲副存道自松赴浙序

松，天下之雄郡也，朝廷必擇士大夫之賢且才者守之。士大夫之得守松者，亦以賢且才自待。是故松治常天下之最也，而守輒遷。及夫遷而去也，民各因其治思焉。其民之雍然以長也，其治和；其民之穆然以深也，其治肅；其民之驩然以固也，其治惠；其民之秩然以婉也，其治文；其民之儼然若有慕也，廓然若自失也，其治寬以仁。君子率於是乎有考焉。

潮陽翁侯存道，以名御史出守松，不及三年，遷爲浙江按察使副。其去也，民思焉，所謂雍然長者、穆然深者、藹然固者、秩然婉者實兼之，而儼然若慕、廓然若失者尤甚。蓋侯之治以寬爲之本，是宜繫民之思。推郡莆陽李君與侯雅知善，來攝海事，率其屬役往送焉，蓋從民之思也，而謂深宜序。昔侯爲御史時，余初登朝，從班行末望而偉之，廉問焉，曰翁御史。辱從朝士游，稱有風裁者，亦曰翁御史。又間與湖襄之士游，數能按者，亦曰翁御史。閩之士從旁首肯焉，又曰：『是嘗治吾興化者，固宜然。』侯所到皆有聲，去皆見思若是。然則自松而遷浙，又自浙而遷而去也，其民有弗思者乎？其士大夫有弗交譽者乎？夫浙亦天下之雄藩也，將於異日乎有考焉。前松守宜春劉侯，今爲其布政左使。劉侯之治尚嚴，翁侯往以寬濟之，其有合乎？兩松守並時俱莅於浙，又皆賢也，藩臬兼資，政刑相弼，浙不謂得人矣乎？故得牽連書，以爲浙之士民賀。

壽汪思雲室余孺人七衮序

大江迤南，山川雄麗甲宇内，而生人稱焉，多偉丈夫奇男子，隱顯不常，而常可稱述，蓋自古然。我朝涵養休息幾二百年，宛然《周南》之風化。徽歙又江南之上游也，山益高，俗益美，氣益完固，蓋不獨男德爲賢，而又有女德焉。汪生尚庠，歙産也，遊上海，以母壽請爲祝，曰：『吾母余孺人，今年以八月廿又四日登七十。尚庠謀捧觴歸，敢以聞。』孺人，思雲居士汪處全之配也，予聞其賢舊矣。尚庠雖無請，予當有詞，況請之勤乎？

予乃進尚庠而告之曰：『家之興以婦，子之賢以母，夫之相以妻，汝知之乎？汝父思雲與予交三十年矣。雅懷貞操，挾高貲游江湖間，求一世豪傑士與之上下，其意氣重義尚禮，無世俗翻覆之態，殆以商隱者與？然什九在外，而家門之政，自孺人一身當之。思雲三十未有嗣，孺人每語之曰：「吾無以侍君。汪之大事未遂，君寧獨我望與？遠近良家子求可得也，胡爲栖栖若是儉乎？」思雲感其意，爲置側室。已而孺人即舉三男，而側室繼出三男，人以爲賢淑之報焉。六男繞膝，孺人撫之如一産。暨長，一一爲婚娶。恒誨之曰：「爾父不得已業商，爾輩各宜以經學光汪氏，吾願也。」於是二子遂以邑庠士遊太學，聲名藉藉起，鄉人榮之，行將以科第顯有日矣。孺人之教澤及汪氏者何如也。且夫梁鴻之譽，賴孟德曜而益彰；范滂之學行，則自其母成之。

若孺人者，宜於家，繁於嗣，善於室，所謂令妻壽母非耶？雖然，壽亦多端矣。蓋自五十之艾以至于期頤，均之謂壽，而七十則人稱之爲稀年。若孺人之賢，亦世之所希有也。夫以希有之德而享希年之壽，此固天道之所厚庇而陰騭焉者也。尚庠歸，以予言爲孺人壽觴侑。孺人倚几聽之，亦必喜而悦。既喜且悦，則心日樂而氣日充矣，由是而底期頤可俟也。』尚庠乃再拜請書，遂書爲壽。

陸文裕公續集卷十

記四首

小沼記

劉子奇進窾地爲沼於庭，庭方廣不踰尋丈，沼居其半，側足行庭中，衣前後裾常欲涉沼波，是故曰小沼。京師地高燥，水泉雖曠野皆難得，況城市乎？必欲置諸家庭間，雖小又難也。初，劉子作沼，課僕汲井輸水日不足。既而時雨適至，沼遂溢，因甃以磚，而水始渟涵，僅乃一泓。蒔藕其中，浮以蘋藻，於是沼成。陸子淵過而翫之，俯見眉髪歷歷可數，藕若厭淤而藻若緯波者〔一〕，徜徉終日不忍去。劉子遂命觴於沼上。子淵賞其奇，顧而問曰：『夫見不足者羨有餘。孟子曰「觀於海者難爲水」，見至足也。子楚人也，而家於洞庭。夫洞庭，天下之觀也，浩渺瀰漫，千里一望者。嬰而習之，見而狎之矣，又奚羨此一勺爲哉？』劉子仰而笑，俯而歎曰：『夫亦各適其適耳。吾固不知洞庭之爲大，而兹沼之爲小也。鳥適於木，非必皆鄧林；獸適於陸，非必皆鉅野。是故水一也。余誠生長洞庭之上，見敗舟没人，而洞庭之害者衆矣。而吾兹沼幸不至是。且一物同適而安危異焉。吾未能相易也。』子淵聞之，曰：『近於理。』作《小沼記》。正德二年三月六日。

【校記】

〔一〕藕若厭淤：四庫全書本作『蘋若壓淤』。

塊庵記

吴江東陸生以塊名庵。夫苟物雖微且惡，或中於人之所好。木之朽折，薪好之；塵垢，醫師好之；糞壤，老農老圃好之。況其尊者乎？獨塊何好，眎之塊然而已。人無知愚賢不肖，授之塊，皆弗欲。生自少日放言高論，希大慕遠，已不見好于其鄉。既學文辭，脱棄時尚，求世之所不好者爲之，反而行古人之道，正其本，責其末，斥其浮，崇于實。人皆望望焉其去之也，不有類于塊，故得以塊自居。雖然，塊也者，積而至于尋丈，放于頃畝之外，皆塊之爲也。滋稼穡，養百物，出其力以利于世。及其至也，諸侯藉是以爲社稷，天子因之曰有天下。塊之德，生恐其弗勝也。敢記于壁。癸亥之歲日長至，自爲文云。

遺橘軒記

金橘，橘類也，其大如彈，小者如豆，其味酸，其木扶疏，其實純黄，可以實賓豆，或以之漬蜜，香美可久。江南園圃多有之，或以爲庭實，秋冬時纍纍，隱映可觀。而蘇之洞庭擅厚利焉，一名金柑。昔人所咏分金者，是殆其一種與？弘治末，江南連歲大寒，河冰盈尺，凡物之附熱者輒死。柑橘無遺，雖洞庭百年之植皆盡。往往吴人之所厭飫者，顧取給於他方。余家西堂庭中一樹，先大父手植也，可五六十載，輪囷盤屈，有奇觀焉。正德戊辰，余以憂還家，林木變衰，花竹蕪萎。而是橘也，獨以其蔽於屋一角尚在。方其盛時，園圃聯榮，美實充牣，奚獨顧此。一旦經變之餘，人方幸其無恙而加愛焉。豈知向日之所蓬藋而蒿艾之者，亦是物也哉。夫事有時貴，物有託存，此類非耶？遂作小軒臨之，除去穢壤，疏剔條幹。其僵凍未凋之色，與余哀毁僅存之形，又相當也。因題其楣曰『遺橘』，且用比之於桑梓云。己巳二月朔日記。

鶴沙家慶圖記

雲間山水自西來，結滄海東匯。其最勝地曰鶴沙，晉華亭侯别業也，因得名最古。其地最著姓曰談，蓋自司空公而後益繁焉。談氏之子弟其最佳者，余皆獲與之遊焉。曰舜年者，與同筆硯攻進士業，最相友善。舜年之兄曰舜耕，與同場屋角藝，俱敗去，因而相知，於是以文義下上者十年，於兹矣最久。雖然，余未獲升談氏之堂，而於其昆季群從猶未數數然也。竊意必有仁厚壽考之人與文章博雅之士相稱，以當兹地之勝。正德丁巳，余自史局東歸，談茂才曰寶之者謁余江東，手持一圖曰《家慶》者，再拜言曰：『寶之家翁杞石先生與家夫人金，今年登並五十，六月八日誕辰也。兩從父東石、西石先生繪此圖爲壽。先生從父之知己也，而家翁之願交焉者也。敢以文請。』挹其容煦然而敬恭也，聽其言粹然而辯也，課其進退夔夔，若有承而出之也。余甚異之，迺進自賓階，與之坐而諾焉。杞石先生者，名某，字舜錫，舜年之最長兄也，以行誼聞。昔人稱王、謝子弟靡不佳者，其故家流風致然。今夫以舜耕、舜年者爲之弟，而有寶之者爲之子，又故家焉，其人何如也。余所謂仁厚壽考者，其斯人與？余聞談氏愛石，葺洞庭之祕，發靈璧之藏，環居而山焉，巉巖峭巘，類海上三山之爲，而奇峰幽洞足以供瞻眺。人詠歌雲霞縹緲之中，時有驂鸞駕鶴者彷佛來焉。於是舜錫稱杞石，舜耕稱東石，舜年稱西石。夫山氣之融結者也，其德静，若君子之廉介而有恒者也。故孔子曰『仁者樂山』，繼之曰『仁者壽』，以類從也。夫居山樂山，聖人尚因其情以占其效之必至，而況嗜好之篤如杞石之爲，其效又何如也，又況厚之以耆舊之風，衍之以詩書之澤者。然則今之五十慶之所由始也，他日將膺國慶，天子且致慶，願少徯焉，豈特家云乎哉。雖然，舜耕、舜年之繪圖者，弟也；寶之之乞言者，孝也，皆不可以不記。

跋三首

跋世壽堂卷

夫金玉之純固也，山嶽之静常也，松柏之貞茂也，物且然耳。若周氏之世壽，固有本哉。深竊論周義翁之壽足以繫興亡之故爲不徒矣。三代而下，惟宋失天下最無罪，惟元興最爲事變。嗚呼，能夷人數百年宗社於强弓健馬之間，而不能禁一老坐觀其子孫之澌滅瓦解何其快也。若翁者，手挈華夏之禮，以還華夏之主，於克復華夏之始，又何其奇也。翁六世孫震以名進士筮仕鄱陽令，嚮往未艾，是能毗輔華夏之道以益昌翁之世者，又不徒爲壽而已矣，震其懋之哉。深乃於鄱陽觀是卷而書之。翁生於宋景定之五年，鄉飲禮行於皇明洪武之五年，卒於鄉飲後之六年。震生於成化之五年，舉進士於正德之六年。深書于七年，寔震令鄱陽之明年也。

跋鄭文峰所藏劉松年赤壁圖

右《赤壁圖》，宋劉松年所畫。按，赤壁之勝，具於蘇子二賦。一時景物，復具於此圖。當是一幅，今釐而爲二，爲鄭司徒文峰先生所藏。予家有鮮于伯機行書《後賦》，因舉而歸之。文峰遂裝成一卷，相與賞歎，以爲物必有合，固龍劍也。予謂合不合無足論，惟物之得其所托，似非偶然者。文峰高雅，所至有江山之助，以爲廊廟之儲，竹頭木屑，猶在所録，况圖書也哉。雖然，黄州赤壁托東坡以傳，樊口赤壁亦傳自曹瞞之攻戰。後世忠憤之士，多幸周瑜之有功，至雪堂留滯，皆以爲舒亶、李定輩承附時宰。故江漢間兩赤壁各繫漢、宋之事。覽斯圖也，千載之真是非定矣。此卷胡可少哉？文峰其寶之。

跋定武蘭亭卷

『昭陵永閟千年蹟，定武猶存幾様碑。』今人間定武又閟不可見矣。世遠則同歸朽滅，何物不爾。金石爲傳世之器，果足盡情耶？近時禊帖稱汴中者絶佳。予金陵購得此卷，紙墨又佳，蓋數十年前物也。又安知後之人不興歎於此耶？

書二十四首

與董中岡二首

恭諗榮還，即欲趨侍，以悉夙懷。顧多病多事，然此心南嚮已久。令姪至，，知已弄璋，是足以當二品官、千鍾禄矣，他尚何足芥蒂〔一〕。時下春和，倘能一出，深當作侶，以搜奇選勝於茂林修竹之間。浮世得喪，不過夢幻。想高雅之懷自有妙悟，非深所能助也。如何如何？

深登堂展謁，無日不勤。比緣舊痾殘暑，遂負中秋之約。方懷慚悚，忽奉手書，情誼藹然，措躬愓若。少伺扁舟南浦，敬下陳榻也。再承全篇累幅，明珠良玉，令人把玩不釋手。勉爲效顰，蹇澀難繼，容更請教。所示紫岡之卜，敬如尊命，無不可者。兹草草具目以上，俟議定，以原契去也。但孤姪在縗绖之中，圖襄大事，意望今歲之租，尚煩執事者指揮爾。如何如何？委曲事宜，悉告來使，幸扣之。倘有示，不吝别紙。病暑憒憒，裁答不謹。

【校記】

〔一〕芥蒂：原作『介帶』。

與郁直齋七首

唐橋舟次，奉違教範。忽復經歲，瞻仰惟勤。想公愛我，當不異此懷。恭審道候清嘉爲慰。往時梁上蹤迹，得伏法否？近聞崇明之警。天下事，養亂釀禍，率皆有漸。故園薪木，何嘗一日不在念也。潛消鎮定，屬望要途，亦恃有卧龍長嘯，如何如何？深處此，隨分供職，頻作谿山之行，遇會意處，亦復忘倦。第苦目疾，殊不快暢。何當數追左右，以助麈尾耶。舍姪相自武當登廬阜東還，扣之或有奇事也。遥計壽筵宏開，必隨賀賓上巨觥致頌。餘惟台亮。

相姪還，曾具啓達。伏諗台慈萬福爲慰。今歲夏熱殊酷，適以事過江州南康，乃在廬山之麓、番湖之陽避却，秋來兼攝湖東。兹將上懷玉，盤桓上清宫，以尋神仙之窟宅。樓船已次龍津，便中特以奉報。世間齷齪齟齬事，已付之度外。王法公道，吾静以俟之。儻不遇，亦已矣。自古至今，士之不遇者何限也。往歲嘗告執事，欲求故鄉一塊安樂土，恐亦未便可得也，奈何奈何。餘非面莫盡。近見鄉録四五處，文氣皆和平，世道豈將復耶？跂予望之。餘不盡。

昨承惠古紙，感感。詩帖改字，尤雋永，荷荷。作詩一事，古人論之詳矣。要先認門庭，乃運機軸。須發之性情，寫乎胸次，然後體裁格律辯焉。方今詩人輩出，極一代之盛。大抵古宗《選》，律宗杜，可謂門庭正、機軸工矣，惜乎過於摹擬，頗傷骨氣。昔宋時有優人誚館閣者，衣破碎之服，揚言於衆曰：『我李義山也，爲三館諸公𢷾撦至此。』今日《文選》、杜詩，亦可謂𢷾撦盡矣。惟直翁可免此，聊爲道之，幸見教一二，至望至望。小兒近日又作得經義五篇，皆朋儕中擬題。奉爲令孫與黄生一目，同作爲教，兼煩老手細批各篇後，乃見推愛。若徒以好語復之，非所望也。至禱至禱。

嘗聞前輩言，今世無文章，但有減字換字法耳。不意衰老及見之。吾夫子稱堯、舜之德業，以爲焕乎其有文章。文章一也，無古今之異。有此等文章，則有此等事功。大可憂也，豈可以尋行數墨間爲小事哉。恨吾菲薄且病，惟有感歎與退避而已。若主盟斯文，一變至道，不得不有望於當世之大人君子。吾直翁豈可多讓哉。偶得《瑣綴録》在几，奉去。雖未敢據以爲準則，有多少朴質，前輩尚可想也。幸教示。

深此行匆匆，寔多懷畏。辱拳拳教愛，臨發遠餞，尤深銘刻。叨庇歲暮履任，隨分供職。所幸寮寀多故舊，兼有湖山之勝，但覺興味迴别。老態殘生，固應爾耶，奈何奈何。近小兒南來，念欲從二三名士游，以廣見聞，此又舐犢之常。顧辱憐愛，惠之好言，此意尤難忘也，謝謝。所要明經士，想爲令孫輩師模，須校選奉報，亮之亮之。時下春明，伏惟尊候多福，吟嘯爲樂。浦上園亭花竹當漸佳，恐耆舊赴召，未得具饗也。不盡。

昨承枉顧款語，領教益多。故舊凋謝，景入桑榆，雖日日得此，猶爲不足，又何暇知身外事耶？敝廬賴庇落成後，即讀書教子，自可爲局中末着矣。此意執事或能亮之。適得京中七月廿四日書，報晉溪公此時尚未有凶兆，荆山真孟浪也。白川南轉，恐亦未爲的實。知之。兩生文卷納去，此如上路人取道不謬矣。但要脚頭不住，京洛可到也，無事他求。陰雨愁人，聊此不具。

聞公種樹，且將架石，令人欣然便有山林之趣。深適東渡，故園竹木森秀，果實叢生，摘取數顆，奉消南行詩渴。此事即争三五年，有實受用矣。連日齋居清晏，《海叟集》亮入品藻，如之何？此老詩有氣骨。往時年少喜方人，嘗以爲高過吴中四傑，人多不服，惟王文恪公以爲然。追念長安詩社中品評編校將三十載，而獻吉、仲默俱已下世，爲之慨歎。此老别有全集，俟著眼後更須裁訂商量也。

與戴子孝一首

别去懷仰殊苦，不識何日是君故鄉團圞之會。途中亦復無恙否？深叨遠庇，客居粗安，但覺與世齟齬耳。思與君孤舟漫遊、高樓劇話處，恍然一夢，而事都不如意。然後服君之練達，而始悟僕之迂狂也。無奈賦性頑鈍，雖蹶而不悔。近得秘法，朝參之餘，杜門焚香，一味參禪習静，雖書册盡皆掃去，乃大有益。瞻望千里，何緣得與君極論耶？所留卷尚未寫得，緣釋褐後即有入館事，繼之國哀匆匆，容徐圖之。故鄉知契，見間即望致意，便風附問，指不多及。

與唐竹溪一首

昨者問俗亭餞送，高情雅愛，無任感刻。別來途次賤累輩叨庇俱安，將抵灣下。忽蒙恩命，孤遠之蹤，辱聖主特達之知，出自望外。顧菲劣無以報稱爲懼。入朝躬謝，皆幸成禮。五月望後已到任。屢蒙宣賜，品物絡繹在道。近拜侍經筵之命，寵光恩禮，遂與卿輔略等。榮感之餘，惟增慚懼。忽忽月餘，未間報謝，乃辱遠使多儀，豈勝慰浣。

與顧東川表弟二首

自灣中分首南路，備經憂恐。出閘河，始就順境，舟次幸不熱，士大夫頗多慰藉甚適。至六月六日始抵家，暑濕煩毒又耳聞目見者，豈魑魅之區耶？鄙之不忍，笑之不可，欲泣而道之不能，雖一日不得安處。又吾弟日望不還，正如芒刺。了却楫兒婚禮，又候過半月，遂南來。不知吾弟是何日到家，爲何事留滯乃爾。自杭州，尚望追及也。七叔以八十之年，率諸子弟輩爲湖山之遊，却又是一段奇事。七月廿三日，遂汎錢塘。一路溪山如畫，風水兩便，兒輩遊嬉藹藹，頓忘旅懷。八月初度嶺，皆安好。入武夷，過却生朝，極登臨躋攀之樂，形容不能盡。有一二門生追伴，四五日窮九曲，尤奇勝。此處却寬廣，有田成段落，源頭活水，分槳而浸。時正見秋黄之際，至此雖描畫亦不能盡矣。鮮魚白飯，輕徭薄賦，極可治生。人世仙界，無以過此。廿一日上任，廨舍皆寬敞，後有高丘園亭，流泉繞階除，入厨中。時時拄杖登高，谿山皆入几席。府治中風俗甚佳，豈羅仲素、李愿中之遺化未泯。士夫只有三四家，皆朴實勤儉如古人。卜居無以過此。吾弟能飄然一來，可商量也。人還附此。不盡。

深再拜。九月十九日往謁羅豫章先生祠堂，山行去來計五十餘里。還見張禎者，得手書，始知北歸，慰喜無量。此處一一皆有北信，不過四十日，世態反覆若此，深之南來，殆有天幸耶。簿書簡稀，溪山佳勝，且風俗淳朴，真可以忘老矣。楫兒學業日有進益，比之京師大不同。早晚與之論道理，講學問，殊不落莫。古稱忠義之人，是處便有山川鬼神呵護，此理不可誣。但所謂天之君子、人之小人，且須受之，不必校，不必校。今年故鄉歲事如何？吾弟得暇扁舟南來，儘有奇趣也，跂望跂望。鄭侍御被劾，可念。近日有信，要作乃翁墓碑，别有數處請文，乃苦事，苦事。餘乘便再啓。

與董子元二首

山亭舊遊，殊動世契之感，故不能久留。迴舟遂抱病，甚苦。不意發奇石相贈，益令人悵然，慚愧與頌謝交勝也，奈何奈何。衰老之人，復蒙璽書臨門，誼當趨命。松城得握手，尤望尤望。《臨川集》脱落，當覓一全本奉觀。官箋三，寫去舊稿，承命也。

昨承顧，兼小兒承教，無任感慰。所留紙寫去，途中寄白巖先生二詩，以吾子元有通家世契爾，能和至，尤望尤望。聞收蓄本朝先達紀載甚多，乞一一目出寫至，與寒家所有者比勘之，如何如何？張月鹿云，祝枝山所著《蘇材小纂》在文府，亦望發來一目。山居卧病殊苦。春寒有文話商量，不識扁舟肯北下否。拂榻以俟。

奉宗溥從兄七首

西門别後，在途備嘗辛苦，幸不落入賊手。道路之難，未有甚於此時者，言之可懼。六月初，冒暑入城供職。七月間乞恩，得給賜敕命兩軸。但念先母平生受盡勤勞，竟不能少俟爲恨，涕淚如何。弟宦況如故。京師風土頗相宜，無恙，報此足矣。秋成不知如何。山東北直隸盜賊猖獗，此有大氣運，無可奈何。郁希正還，便時在閣下看教職卷，聊此。古人云：『烽火連三月，家書抵萬金。』不知此書何日到也。餘萬萬不能盡。

自十月五日八郎死後，苦痛萬狀。此兒聰慧過人，今既殀死，後事可知矣。往時雖屢遭此，但今氣血已衰，尤覺難忍。幸九郎得好室，人漸健，客中聊爾遣日。天道遠，未可測。觀之國事、家事、人事，意欲求退。此計已決，少俟機會下手耳。主上務明察而英武獨斷，爲臣子者精白承休之不暇，甚爲可愧可懼也。王世明房宅欲交易，若果成，爲歸老之策，亦是鳩居鵲巢，省後來費力，且恐浦東不是安居也，幸斟酌。兩月來心事憒憒，百念灰冷。聞宗潤兄病已全愈，但澄之兄尚未脱體，不知近來如何。吾一輩兄弟，數年來衰謝若此，豈是不肖叨冒寵榮，爲天所厭，或是不能積善隱惡所致也，可懼可懼。大伯、七叔處，皆不敢報書，倶煩吾兄奉慰一一。張約齋先生處，望申悃。愁腸病骨，不能盡述。

去歲一冬不得家中消息，極爲想望。深居京，庇及如常。近日聖駕東還，例霑金織賜衣，紅青二品，寒暖三時，但虎彪花綵，似借武階，得爲便服，皆出制命也，榮懼兼之。約齋先生或能備道時事，當就問其詳。歲暮有書，止家屬之行，所慮道路饑荒，風波不測。若夏麥有收，可作行計。伏望自老父而下慰安之。向承示及前程一事，曾與約齋先生細議。高下前却之間，吾兄惟意所安者，深當量力處之，更望裁示。老父今歲八十有一，恨不能遂戲綵之歡，兩小兒或能作嬰兒真態也。興言及此，不勝神魂飛越，惟吾兄體之念之。

比承手教，不任感激。賤累輩極荷周旋，北來途次亦安穩，於客居甚爲團圞。但南望老親，不覺涕泗之交下也，此情奈何。顧門户事大，聊復隱忍於此，以有所待。向來守官粗遣，近方謝印，上下之情不至枘鑿。而抗顔任怨，勢須久而後定也。大比在邇，吾兄沉鬱已久，理宜大發。秋風消息，已爲洗耳，歲暮擬對床於長安矣。小考聞已過，尚未有的信。今歲方在例頭，恐取人之路太窄。入簾免至冬烘，亦一便也。

新年來不得家信，又聞家小北來，心甚疑望。二月壽筵不得預，如負芒刺。此時正在禮闈校閲將定，辱二主考先生許壽以文，而同事諸公俱作壽歌。都諫俞國昌題曰『禮闈遥祝』，將成大軸寄歸。弟因居家閒久，兹來供事，誓竭公誠，但過勞病作，僅能畢事。今歲場中主於崇雅黜浮，貴理學，變文體，而一時負名之士或不在選，所得皆實才也。舒芬、王正宗二卷，皆本房奇作。舒以經學勝，王以後場勝。後舒遂大魁天下，頗愜輿論。今特寄二子卷併場中批語，試細觀之，或出與鄉中諸後進一看，可以思齊。他尚有佳作，因人事不能盡録，陸續可寄也。靳公竟以物議去國，真可惜矣。

比日家人至，得書，兼知吾兄所以拳拳爲弟之情，百凡加意，何敢忘，何敢忘。弟自入冬以來，病勢漸去。十月初，間議有南司業之行，便欲欣然承之，復有留行者。近又有司禮監教書之命，生徒幾三百人，皆權貴，難制馭，而批授問難，極爲勞攘。五日一往，徒步十里，似非病後所可堪也。奈獨客萬里，懷老念幼，無時少忘。屢欲爲退休計，顧家門事大，未敢輕爲自便，如何如何。京中時事，人心安堵，天命祖德，宜若無事。但聖駕一還，則無復他慮矣。朝士間有送家屬還，兼引疾去者，亦各行其所見耳。弟之家屬，勢須一來。舟可用自雇，府縣中決不可干。茲雖有書，特致問訊，此事不欲與之言也。臨行事宜，更望斟酌，或決之龜卜耳。十二月初還遣一信來爲行止。承示宗澤兄葬事如此亦可。其間委曲，吾兄自爲善處。古人所云忍之一字，或可行之。大抵此人倫之變也。吾兄出處事，弟亦謀之。俟有便，委曲當別陳。

京中事體委曲，約齋先生必能道之。約齋行後兩日，而司業之命方下。目今移居到任，俱已定疊。叨祖宗厚廕與夙承訓誨，厠大臣之末，霑侍從之榮，所得不爲不多矣。自度任益重而官益冷。夫任重則人之責我者益備，官冷則我之副人者甚微，能不重爲戒懼？此言惟吾兄知之，審之。思老念幼之心，無日不切，祇恐南都卒難得耳，奈何奈何。春初家屬權且北來，乘機旋處之，不敢不安於命也。

與徐伯臣二首

卧病索居，思一見故人而不可得。如長谷，尤難爲懷。不知新涼可期否？向許寄邵復孺先生詞稿，近亦收得一二種手筆，即當奉覽。前輩盛美，付之落莫，庸非後死者之責耶？臂病將廢，衰殘可憐。適示銅物，當爲漢器，是天禄辟邪之類，制作甚佳，惜斷其尾爾。餘候面悉。

遠諗道候清吉，仁政展布。念昔遊佳勝，恍然身在海山奥區。顧老矣，爲之悵望不能已已。昨自望日，扁舟出行，田舍迤邐，至青龍江上。舊置竹林池塘，結數椽于上，九峰當前，歷歷在目。其右枕白鶴江，吴淞抱之而東，因榜其門曰『歸』。從紫閣黄扉裏住向青龍白鶴間，頗憶長谷不得相與指點之。然鵬摶鷃笑，固物理不齊爾。臨啓作報，忽漫及此，一笑一笑。

題陸文裕公續集後

右《陸文裕公續集》，其子楫既刻前集百卷，外集四十卷，復蒐輯遺逸，以成是編，爲十卷，合百五十卷。嗚呼，富矣哉。禮部尚書華亭徐公，謂公問學宏博，詞賦精工，在國朝可與宋文憲、李文正爭衡。信斯言也。考其篇帙，實與《潛溪》《麓堂》相埒。蓋公自舉進士，取高第，即讀書中祕。進官翰林，編摩史局，講讀經筵。中雖宦迹邅迴，間親民社，而模楷成均，紀綱學政，典奉常，職宫詹，終身周還於文儒之官。故其啓沃宴閒，粉藻極治，折衷往者，矜式髦彦，既有以鳴一代之盛，而緣情體物，闡揚贈處者，無不領袖風人，華衮當世。下至瑣言尺牘，亦皆握瑜披錦，人傳寶之，是以若是其富也。抑公嘗語師道曰：『昔人言，人未五十，不可著書。吾爲此言所誤。五十以前，志氣壯盛，耳目精明，不以此時有所就，過此僊矣，悔之何及。』公是時年始踰五，論撰甚富，而言若是，豈公所謂著述，别自有在，而此特其緒餘耶？蓋公生有美質，髫丱大成，才既卓逸，志復英邁，肆意於學，奔軼無前。故能窮該百氏，研極六籍，精括天人，細入蟲魚，無所不窺。見之論議，直欲凌轢『風、雅』，軒輊『盤、誥』。而究其所存，則雅志於立德立功，故氣節政事稍見端緒，即足以風厲百世，而卒不登大用，以盡展其所藴，世方惜之。其以文士名藝林，固非其所屑也。及至懸車之後，乃作《傳疑録》，屬纊之年，方集《山居經》，則始斂其大有爲之志以爲立言計，而非向之區區應世者比。然後知昔人五十著書之言，似不專爲理明見定發，亦以用舍默語，固當於艾服決之耳。而公所爲悔者，其果有意存乎？然公著述之旨，雖若在此而不在彼，而公應世之文，乃彬彬作者，成一家言，天下學士大夫咸宗而歸之。蓋惟其有立德立功之心，故言必載道，而氣節政事之風厲於世，又足以重乎其言，則其爲不朽者莫大於是，而又豈專意著述，無本以出之者之可及乎？若夫卷帙浩博，楫必欲窮搜而並存之，則邵文莊所謂道極乎變而後可以言道，文極乎變而後可以言文，亦欲以見公之全也。昔曾南豐序王回之文，片言半簡皆附而不去，曰欲明深父之於細行皆可傳於後世。則楫之用意，其固仁人孝子之心也哉。

嘉靖辛亥夏五月朔長洲陸師道謹題。

陸文裕公行遠集

林旭文　輯校整理

重編陸文裕公行遠集目録

重編陸文裕公行遠集序

前代正德、嘉靖之間，姚江盛談良知，北地矜言復古，士大夫靡然從之。終明之世，學術文章日以訛失。蓋雖豪傑之士，冥然莫覺其非者幾二百年。而吾邑文裕陸公生於是時，獨能心知其非是，微言緒論，時所指斥。于是歎前輩淵源深遠，學識堅定，不爲交遊名譽所傾動。百世而下，猶令學者因公之言知所自立，以不失其家法。其言於朝者曰：『陽明討逆平蠻，功在天下。至其講學，吾未之知。』又筆之於書曰：『今諸公併與性即理也一言爲不通之論。夫義理要在悦心，如登高然，高一步則所見自別。若未至其地而議之，何益之有？趙函谷司徒至以《太極圖》爲真贓實犯，此何言與？』其語學者曰：『文字當各寫胸次，落筆成家，如江河之潤，日月之明，乃可傳後。近有作者，繩趨尺步于一字一句，曰吾學班、馬，吾學韓、柳，作者果如是乎？』又曰：『張文潛謂無見於理，而以言語句讀爲奇，反覆咀嚼，卒亦無有，文之陋也。此言切中今日之弊。』又引林竹溪之論曰：『歐、曾、老蘇、東坡獨絶唐後者，以其詞必己出，不蹈襲前人，又自然耳。蹈襲非剽竊之謂，但體製相類，筆力相似，皆是也。斯言甚足救今日之弊。』又曰：『《左傳》被近時學壞，成一套子。』其論詩者曰：『詩貴性情，要從胸次流出。近時李獻吉、何仲默，姑論其近體，似落人格套，雖謂之擬作亦可。』嗚呼，公反覆致辨于學術文章之變者，可謂微而中，約而該矣。抑嘗攷公年譜，王海日先生主江南省試，公爲解首，與陽明交好如兄弟。及陽明講學授徒，數貽書與公，往復多不合，而集中不傳，豈惡啓争端，削其稿耶？公爲庶常時，何、李屢相唱和，而平生持論，不爲苟同，後且誦言其失。蓋公崛起海濱，逮事成、弘諸公，雍中則師張文懿，館中則師李文正。他若羅整庵、魏莊渠、顧東江諸公，皆謹守家法，不眩新學。耳目所及，問學彌深。故能别黑白於未定之時，辨淄澠于交流之日，爲後之崑山、虞山，近之當湖、安溪導其先路。嗚呼，公所謂豪傑之才也。

文集歲久漫漶，耳孫景房取其伯祖永寧公明季時所刊《行遠集》，重加編校，定爲二十四卷，示余讀之。景房於予爲表叔行。自其少時，尊大人鶴坡先生出先世藏書嚴督之，詩、文、字、畫，皆本家法。又辱以余爲可教，時時招至日涉園中，相切劘以道義，因獲側聞文裕公議論風采之萬一。兹集也，豈惟一家一邑之文獻是徵，抑亦有明一代之學術文章所可緣是以考見其同異離合者。景房之才將起，而大文裕之傳，能無汲汲於斯乎？雖然，公之文未嘗屑意摹古，而立言多得大體。記、序、誌、銘尤雅健，其佳者殊不盡此。《外集》所編，皆裨實用，删節尤難，盍取全者訂之，庶嘉惠於無窮。景房曰：『是吾志也。當世嗜先公之書法者，未必知其文章；慕先公之文章者，未必知其學術。子姑務明著之。今稍見梗概，而後以全者繼焉，奚不可？』余遂不辭譾劣，而僭爲之序云。

康熙六十有一年季秋月朔同里後學曹一士謹序。

原跋

先曾叔祖文裕公《文集》一百卷，《續集》四十卷，《外集》四十卷，嘉靖時從叔祖小山公校刻，行世已久，卷帙繁重，學者往往苦其難購。歲丁丑，小子承乏江右之永寧，出入廬山、彭蠡間，追念先公昔嘗參藩是邦，政事文章與江山相映發。迄今求其遺集者，所在多有。蓋古者思其人猶愛其樹，況其發之心而宣之爲言者乎？小子不敏，愧無以塞賢士大夫之請，簿書之暇，屬從弟元美日録數篇，積久成帙，爰付開雕。既成，識之曰《行遠集》。夫言之無文，行而不遠。先公之述作，可謂文矣。非敢謂掇其菁華，盡於斯集。嘗一臠而知全鼎，謂之知味；覩一斑而窺全豹，謂之辨色。大雅君子，庶不存見少之思云爾。從曾孫陸起龍謹識。

先文裕公挺生明代，嶽嶽公卿間，學術正，人品端，不獨以文章重也。然讀其文，可想見其爲人。齡自總角時，先君子嘗手裒全集，庭立而詔之曰：『我陸氏家學在是。立身行己，當以公爲法。』小子識之弗敢忘。全集原刻凡一百八十卷，先伯祖吉雲公宰永寧時，重付剞劂，慮其繁也，什存一二，簿書鞅掌，未暇編定，公諸當世。今藏板尚存，齡謹奉庭訓，重編卷次，且補其漫漶闕失者。海内君子即未覩其大全，亦可略見梗概，知先公之學術人品，有卓卓不可磨滅者，而文章特其餘技云。五世從孫陸瀛齡謹識。

陸文裕公全集原序

文裕公既卒踰年，文集梓成。今大學士徐公既敍首簡，其子楫以余與公雅有事契，俾識其後。未幾楫死，嗣孫郯復以爲請，意益弗懈。昔宋薛簡肅公無子，嗣子仲孺類次公遺文於三十年之後，歐陽公序之，稱仲孺能世其家，謂薛公爲有後。今郯亦文裕公之仲孺也，余忍不有一言以慰答其孝思耶？夫文豈易言哉？必才以騁其辭，識以博其趣，勤以要其成。然而非學無以足其用也。是故淵源浹洽，雋味道腴，體具而氣始充，識博而志乃達。體有未具，志或未凝，則出之無章，語焉弗詳。雖菿蒨蓊欝，而空言無實，識者鄙焉。我國家以明經取士，士苟有志用世，必專研經旨，委瑣括帖，以求合有司之尺度，固不暇言文。及仕有官，則簿領章程，日以困塞，非石道山清峻之地〔一〕，鮮復言文。永樂以來，乃有庶吉士之選，俾讀書中秘，積學翰林，以基大用，即古制科之遺意也。然今之吉士，實未始得中秘書而讀之。惟學士之領教者，限以經書，課以詞賦，而程試之耳。公自爲舉子，已能博涉群書，遊心古學。及以高科入仕，首被是選，獨能於程限之外，益事貫綜。群經子史，禮樂名物，陰陽律曆，山經地志，下逮稗官小說，靡不披覽，而將以勤劬。生平所作，無慮千數，而高才卓識，足以驅獲推衍。故摛詞發藻，迥出輩流，品騭精詣，咸有據依。見諸論著，莫不合作。若其端居自守，不與物競，慷慨激發，不能與時推移，立朝無幾，輒見排退，官雖久而弗究於大用，則天下之所共知而深惜之者，徐公序言既詳之矣。

前翰林院待詔將仕郎兼脩國史文徵明著。

【校記】

〔一〕石道山清峻之地：疑有衍字。

宗伯陸文裕公卒之明年，其孤楫手撰年譜既成，奉以告林子曰：『嗟此先大夫生平也。予嗣而弗録，後世何觀。願開首簡，以信來者。』林子曰：夫死生名實之際，可無慎哉？故國有史，家有譜。譜者，撰次其平生，舉名實以備太史采焉者也。然以垂信觀後，非隱詞約實，文核而事稽者，有遺論焉。故士有列於朝，其行業名世者，没而宜譜，譜而不詭于實者傳。若今之有位于朝，没而宜譜者，則文裕陸公。公當代名世大君子也，其文章行世，世無問知否稱公。公出當弘治、正德間，方海内興文章，士之游中朝稱藝文者數家。公始以藻學雄蓋東南，出而與之並驅。一時秉毫翰名家者，互爲題拂，世咸宗之。其得由公途徑望下風者，則曰近陸氏東南機、雲也。而公所與同侍禁近者，又皆館閣之良。風猷宇望，炳蔚相先。至英敏辨博，則尤推公，以方之先朝宋文憲、李文正云。則公聲實，有大者與信且著者，已在海内品騭矣。然世多以文章知公，故是宜所著行業，不大矜耀，疑以文掩。據譜中所敘，公生平率章章多可述，有可當太史之采者，是宜譜之，以流陸氏之傳也。夫有而不傳，與傳而不能信後云者，世並少之。則陸氏茲譜，其傳且信，世固有定之者，舉以例信史也，豈獨備陸氏家乘哉？公文章行實、世系爵里，其大者，别具碑銘志傳；其所履歷次序，則詳是譜。譜則其孤楫奉以藏之家者也。楫積學修行，能文章，故善録其先人。後之欲徵世德與觀陸氏文獻者，讀是譜可考也。

嘉靖乙巳夏五月吉賜進士出身翰林院庶吉士後學郡人林樹聲序。

五世從孫陸瀛齡重編補刊。

國朝諸名公品鑒

王弇州先生曰：陸文裕公天才卓逸，翰墨名家，流輩見推，彌布朝野。詩文遒健偉麗，所至動人。尺牘結法無一筆苟，雖尋常家人語，施於所親狎者，亦精審遒密，有二王遺意。小楷尤不易得。又曰：先生《寶應雪夜翫月歌》，則出入北海、吴興，雄逸超爽，有秋鶻春駿騰騫絶影之勢。陸之於李，歌辭不妨衣鉢，書法更自青冰也，因合而藏之。

董玄宰先生曰：國朝書法，以吾松沈民則爲正始。至陸文裕，正書學顔尚書，行書學李北海，幾無遺恨，足爲正宗，非文待詔所及也。然人地既高，門風亦峻，不與海内翰墨家盤旋賞會，而吴中君子鮮助羽翅，惟王弇州先生始爲拈出。然蘭之生谷，豈待人而馥哉？《草堂帖》所結集，多文裕書，與文氏父子尺牘具在，世有具眼者，試一品題，知余持論非爲鄉先達私也。顧汝繇伯仲筆出入文、陸兩家，而得之陸者尤多矣。

莫雲卿先生曰：李文正小篆、八分，足稱能家。行書效勝國時諸人，稍作意法，頗露俗骨。陸文裕自言：『吾與吴興同師北海，海内人以吾爲取法於趙』，是意不安於趙也。究論其風力，實出吴興之上。要之二公當代名流，一語片札傳之人間，皆可珍重。而文裕之書，識者尤爲近世莫及。王長公『青冰』之喻，是爲得之矣。

陸文裕公出入館閣幾四十年，每見國朝前輩，抄録得一二事，便命子弟熟讀，曰：士君子有志用世，非兼通古今，何得言經濟。先儒所以貴練達朝章，而魏相條晁、董之對，特見重於朝，良亦爲此。朱子有言：知古不知今者，葉正則也；知今不知古者，陳同父也；既知古又知今者，吕伯恭也。今世學者，儘有務爲博洽，不究心當代事故，一問及朝廷典故及一代之經制沿革，恍如隔世，縱才華邁衆，終爲俗學。《移愚齋筆記》。

莫中江先生曰：陸文裕公崛起瀕海，入緯國華，放辭瓊琚，雄視一世。其子楫思豫殊有父風，業冠棘闈，以忌者阻抑，鬱鬱竟卒，纔三十有八齡。所存筍《蒹葭堂集》，詩不滿百，而命詞遒逸，屬思沖和，務嚴體裁，弗矜色澤；文不數十，而議論慷慨，率依名節，深切世務，薄視浮榮。總厥撰著，非苟而已也。

五世從孫陸瀛齡重編補刊

陸文裕公行遠集

序

送九江太守王吉夫之任序

天下之治，出於朝廷，奉而致之下者，群有司之職也，而守、令爲先。由守而上，其勢遜矣；由守而下，其權易矣，而守爲尤先。是故守得其道，而天下治矣。且夫守莅一郡，其地足以普其施，其位足以行其志，而其分足以親乎民。此上所爲擇賢而使之也，王君其將有意乎哉？今夫簿書以爲勞，催科以爲功，其事上也順而多文，其臨下也威而任法。故其上説焉，其民畏焉，而郡事因之以集者，此世之所謂能守也，而非今之所謂賢守也。使民不欲盡其力，用民不欲盡其財。上惟無惠，惠則宣之；下惟無隱，隱則達之。是以其民驩焉而不慕，其政卓焉而易聞，此今之所謂賢守也，而非古之所謂賢守也。愛民以爲心，勤民以爲務，身以率之，禮以一之。故上之人不見其迹而收其功，下之人不蒙其恩而饗其利，此古之所謂賢守也，而今不可得而見矣。能守者期於得功名，功名得而止矣。然有意於徼惠，非君子之道也。今之賢守似矣，然其功微，故其效淺。託焉者不終，思焉者不遠。君子非無取焉，而非貴也。古之賢守，則以行道爲心，以天下自任，所謂生則父母之，没則俎豆之，斯固聖賢之徒而百世之功也。王君將爲今之賢守耶？其又不然，則進于古矣。王君先世多聞人，自宋迄今，蔚爲名宗。一時父兄伯叔，皆天下俊傑之選也。淵源固已如此矣，而且爲輦轂之臣也久，明於大體，習於理道，若利器而加以淬之，何施不可，其勢又非但爲賢守而已。聊于是行乎卜之也。

送曹主事序

曹子瑞卿將官南都，行也，陸子酌而送之，酒半問所以爲理。聞之先王之理天下也，以安民爲本，以除夫害安者爲務。於是乎制爲五刑，使司寇之屬掌之。又其大也，制爲五兵，使司馬之屬掌之。司寇之論刑極于斬馘，司馬之論兵極於夷滅，其實有大小，其于除害而安民一也。雖然，兵固先王不數數然用也，而時備之刑。今曹子司寇之屬也，亦惟是安民而除害者奉行之然。昔子爲諸生，讀《春秋》有聲。夫《春秋》，儒之法律也，備而持平，嚴而存恕，漢廷公卿以之決大事，即是物也。惟是《春秋》之法舉行之，如此有不理乎？且曹子之爲人，文武孝廉。或曰文可以爲理矣。夫一舉而歌《鹿鳴》，遊成均，每試必先六館士，再舉而取進士上第，彪炳煇郁，可不謂文乎？或曰武可以爲理矣。嘗奉命贊于遼，度山海，行數千里之險，騎馬戎服，左右弓矢，日馳百里，明日復如之。迨其竣事也，無他虞，可不謂武乎？或曰孝可以爲理矣。日吾遇之于道，睨其色倉皇太甚，扣之，其母病也。語不及竟，馳馬去。質明問焉，其母愈矣。可不謂孝乎？或曰廉可以爲理矣。平居或不能養，而家又素貧。試政司徒，銀幣嘗數百萬出入其手，卒不取一錢，可不謂廉乎？陸子曰：皆可矣。夫文，理之經也；武，理之制也；孝，理之基也；廉，理之道也。文必有義，武必有勇，孝必有仁，廉必有智，持是以往，其誰曰不可。且夫刑也者，殺也，因殺以爲理，其蔽也有之。惑陰騭者求故而必生之，喜功名者求故而必殺之。夫求故而必生之，失之玩；求故而必殺之，失之刻。夫法玩焉，則害安從戢；重刻焉，又何取于安哉？是二者皆非刑之理也。夫苟有文以經之，有武以制之，有孝以基之，有廉以道之，而又《春秋》以本之，曹子吾知免矣。於是曹子起，洗醆更酌，賦《隰桑》之卒章而别。

詩準别序

昔人嘗謂古今不同，而删後無詩。予竊惑焉。今夫江自嶓冢汶川，東馳萬里以入于海。其間爲溝爲渠，爲滙爲沱，爲淵爲湖，爲沼爲渚，爲懸注，爲波濤，爲湍射，爲清爲濁，爲曲直洪纖，爲汎濫湍漫，或風蕩之，或山硋之，或隄決之，萬狀難名，然水一也。故夫詩緣情而爲聲，聲合律而成樂，樂足以感人，而聖人録之以爲經。猶水之海也，彼嶓冢汶川者，人聲也，古今豈有二哉？

墓表誄辭祭文

祭少宗伯

惟公圭璋之質，瑚璉之器。幼負宏材，壯躋膴仕。銀臺之長，六卿之貳。四方是瞻，天子是比。百僚敬共，鄉邦倚庇。屢建大節，爲天子使。親藩拭目，登車攬轡。出納王命，譬彼指臂。宣德如流，達隱若吹。如公所存，是曰國瑞。謂宜優游期耋，九老齊聲。從容顧問，若漢五更。奈何皇天喪此典刑，四方失其仰賴，天子何所使令，百僚無以著鑑。而況深閭里之至情，感德念舊，豈勝涕零哉？惟公遭際盛明，貴聯聖后。中、甫在前，陰、鄧繼後。蘭玉滿前，並都官守。霈恩厚典，皆公所有。聞望彌彰，是曰不朽。敬依德幃，奠以清酒。

寄奠姑顧母

於乎，我姑之恩，與我母同。我報我母，抱恨無窮。戊辰以來，我實在疚。得見我姑，如見我母。壬申南使，哭我姑夫。我姑憂勤，變豐爲癯。丙子起告，姑來送我。托我門户，示我坎坷。好言慰姑，當享福壽。念此暮齡，隱惻安受。姑思長子，復念其季。我柬屢馳，以告我弟。丁丑歲暮，家賜手書。謂姑邁迍，汝當起告。口不敢言，心先憂作。舉手扣天，尚冀勿藥。戊寅之春，鄉人南來。遂致訃音，驚我心灰。爲位以哭，製我哀服。衆來弔慰，諒此恩育。謂姑之德，近於古人。我謂我姑，德難具陳。我圖南還，計秋有期。哭于几筵，以寫恩私。玆叨上命，轉官國子。公義有制，悵望千里。於乎哀哉！惟先大父，暨于大母，深仁厚澤，以昌厥後。五丈夫子，三姑如玉。我姑尤賢，實光于陸。數年凋謝，兩叔一姑。我姑最幼，竟棄桑榆。我病久客，有淚如雨。緘詞遠告，割我心膂。

行狀

顧府君遺事

顧府君者，廣南知府顧公英也。卒于正德戊辰，將葬，時予爲史官，誌其墓，迄今三十餘年矣。嘉靖辛丑，予在詹事府，一日會同官少宗伯西園馬公汝驥閱邸報，見有徐、淮之間民饑盜起，乞發帑銀，遣大臣經略賑貸者。公謂予曰：『此直有司身任之耳。某幼時聞故老稱説，吾延安成化間，有同知顧某者，上海人也，在位最久，多惠政。當其視篆時，值歲祲民饑，死者枕藉。顧見而惻然，即移文請賑于撫院，相去千餘里，計往返無及，遂出粟賑濟，全活者甚衆。後自詣撫院白狀，撫院責以不待報擅出粟若干，公免冠謝曰：「某固知專擅，特不忍坐視吾民轉死溝壑耳。敢請伏罪。」撫院亦悟而嘉之。九載滿去，延民相率上書乞留，會已擢守他郡。此先生鄉人也，亦聞之乎？』予因歎公善政縷縷，居鄉口不自言，故後生多不能悉也。往予按狀誌公，今聞馬公之言，不已失其大者乎？因語其孫御醫定芳，爲著《顧府君遺事》，以補其闕。

論曰：史稱汲長孺使過河内，見貧人傷于水旱，便宜發倉粟以賑之，歸請伏矯制之罪。武帝賢而釋之。小司馬贊曰：河南矯制，自古稱賢。公亦其庶幾矣。

說引

五行説

水之生木也，以濕潤薰蒸之氣；木之生火也，以鑽摩燃灼之功；火之生土也，以煉煅變化之漸；土之生金也，以零星瑣屑之積。是故爲幾微次第。至於以土尅水也，以水尅火也，以火尅木也，以木尅土也，則皆勇烈猛悍，反覆在俄頃之間。蓋生屬成，尅屬敗，天地間成難而敗易，固有自哉。

火最剛，土得中，木剛過於柔。體剛而用柔者金也，體柔而用剛者水也。動而能明者火也。火之照物也，有及有不及。静而能明者水也。水能定萬物之形，是以君子貴於慎動以致静。

家大人七十乞言述

家君名平，字以和，別號竹坡。嘗以例授品服，美髯覆胸，長身玉立，人皆望而偉之。少好遠遊，足迹幾遍天下。嘗北走榆、玉之隘，度遼水以觀山川之所極。返而居于天子之都，以遨游諸老之間，出入齊、楚、秦、晉者三十餘年。南遊荆、襄，頗愛其山水，以自放於辰、沅之間者又數年。然後歎曰：是亦可以息肩矣。遥歸，奉先大父以居，課男耕作女績布，種竹數畝，因號以志晚節。遣不肖深學于縉紳先生間，乃日與農夫野老問時候，談稼穡，講醫卜。暇則焚香燕坐，披閱圖史，頽然以自適也。天資宏博，兼以涉歷多所，熟識典故，寔有經濟之具，而人未之及知也。深嘗侍側，聽其言論，若吴之水，淮之鹽，秦之馬，兩浙之税，水之漕，陸之運，若西北之□情〔一〕，籌其利害，如指諸掌。深時得其説之一二而出之，人皆以爲奇，顧其不試者尚多也。家居尤有禮度，諸父四人與家父而五，同産也，至頭白相友愛如童稚然。其急于濟物，殆若嗜欲，諸族鄉鄰賙之，雖屢屢不懈。嘗寓臨清，晨起獲白金兩鎰餘，守其主來還之。諸如此類者甚衆。

明年壽登七十，二月廿五日其初度也。不肖深尚未敢言歸爲奉觴之舉，膝下雖賴有一兄一弟之侍，然深之私其容已乎？況深之不與壽觴者亦屢矣。壬戌之春，以計偕阻；癸亥、甲子之春，以監期阻；乙丑之春，復以試事阻；今歲來春，則徒以職守耳。夫以人子而不得奉親壽六載，其何能安？又況古稀之年，人子所願欲於其親而不可必得者也。苟不得大人君子四海之所取以爲信者，表而出之，其何能子？唯深出自門下，兹敢百拜以請，辱賜一言，非特深之私賴以白，抑亦傳家之寶也。

【校記】

〔一〕按：文中『□』當爲『虜』字。

題跋

跋雁宕圖凡二十則

大龍湫之水，自雁湖合諸溪澗，匯成巨淵。淵側石檻如井，檻中作四壁數百仞。自下望之，如懸布隨風作勢，變態不一。如散珠，如驟雨，如飛麵，如煙，如霧。或飄轉而中斷，或左右分而下，或直落如注，或屈曲象蜿蜒。觀者每立於潭外，相去數十步，水忽轉舞向人，衣帽皆濕。忽若轟雷，或爲風所遏，則盤桓而不下，寔天下之奇觀也。故雁蕩之勝，大龍湫第一。雁山諸峰，惟剪刀屹立澗水中，旁無所倚，高數百丈，上分兩股如蟹螯，自遠望之，又若剪刀，峰之最奇而秀者也。第二筋竹澗，能仁寺在焉。謝靈運伐木開山之所，最爲古迹，有謝公嶺。第三本覺寺，山路所從入也。第四靈巖寺，龍鼻泉在其後〔一〕。泉在大石龕内，龕口高數十丈，四圍皆石壁，中山半橫石作鱗甲狀，陷入石中。從下視之，獨見其脊隆然外露，宛若龍形，繞下數十丈〔二〕，勢盡乃垂入龕底，作懸鼻，如小瓠壺而稍長。鼻端有孔出泉，時時下滴，最極幽勝。第五靈峰寺，石室如廣厦可居。僧寮不設屋，就室卧起，冬温夏涼，幽深秀絶。第六石門寺，有兩崖對峙如門，水從中出，匯爲巨淵。水底有井名龍井，光怪夜出，人時見之。第七寶冠寺，石梁在焉。石梁拔起地上，如大梯倚屋簷端。檐下入空洞，中可容千人。地上石脚空嵌類腐木。第八羅漢寺，以石羅漢得名，緣溪有石船。第九淩雲寺，有嵓嵌圓白石，望之如珠。天柱、石柱峰在焉。有高簷峰，並起如卓。嶺曰刃鷹，潭曰梅雨，曰沐浴。有駱駝洞在兩澤之間。第十雙峰寺，有東西兩高峰對峙森秀，資深堂在焉。十一浄明寺，由白谿口入，山水秀異，誦經巖在焉，嵌空軒爽，舊有維摩室。十二瑞鹿寺，今廢，道松洞即其基也。洞前有大石方正，名方石巖。其下有白雲庵，朝陽峰在焉。十三古塔寺，有石龜、谷口二巖之勝。十四飛泉寺，面飛泉，相對曰雲峰。其後爲火焰峰，以形似名。按山如筆架，絶頂峰巒尤勝。十五真濟寺，白雲嶺在其下，常有雲氣，可俯而觀。

其上爲靈峰巖。十六普門寺，山川環抱，有兩溪會其前，焦巖若案，幽勝之境也。十七華巖寺，有長叫峰，亦有火焰嶺。十八天柱寺，平霞嶂在焉。溪山平遠，往往遊人之所憩息。十九江心寺，在温州城外，昔宋高宗航海時常駐蹕于此。本江海間一勝處，然無關于雁蕩，圖之者以其近也，故列爲二十。

【校記】

〔一〕龍鼻泉：原誤作『能鼻泉』。

〔二〕數：原作『勢』。

跋遊三巖排律後

予詩無工，即事乃止。惟和篇必欲韻自己出，然亦卒不能工也。草池自滇南傳予友升庵先生論予書點畫皆有法，斯言誠過當，然予自以爲知己。方池當今詩人冠冕，或能評予詩否？予舊在翰林，以詞翰爲職業，所交游皆一世名士，得聞緒論。詩本性情，書須有韻度爲勝。近從事吏文，因而棄去，然時一爲之，未暇也。比遊三巖，徧觀宋、元以來題識刻石，具見古人高雅之蹟，非今人所可及。摩挲其下，與方池昆季俯仰歎息不能已。已乃由中巖登上方高閣，爲草池結字賦詩，以酬佳勝。

書啓

與邑侯

深聞先人言，吾邑風俗甚厚，士大夫於鄉閭甚有惠澤，鄉人極知尊敬。士夫雖流寓異地，一及鄉士夫之名，甚有光榮。每遇科第，則闔邑雷動，有助喜之意。深少猶及見之。後來此意漸微，士夫惠澤之路漸狹，而鄉人如無情矣。近年以來，則大不然。士夫以鄉里爲吐啖之具，而鄉人遂懷恩怨之心。此吐啖之不得，則假勢附權，以變亂其黑白，必欲遂其欲，則騙局開矣。彼恩怨之不足，則繼之以要望。士夫欲廣利路，則於彼要望之小小者，亦或姑罩籠之。鄉人之黠慧習見如此，要望之不足，然後反誣士夫以謀害。陽爲怨毒，以陰遂其要望之心，於是始兩弊也。當道者悉其情狀如此，故待士夫甚輕。士夫不知，猶欲掉口舌其間，以爲文奸飾詐之計，而當道者愈不平矣。故今日士夫，非惟不能免親厚者于難，而并與身家亦受難矣。嗚呼，誰任其咎，豈不大可哀耶？

與楊東濱

此行只投石峰老先生，足以濟事。僕屏居一禿翁耳，何能爲，何能爲？況計筭迂拙不合時，一應親知事，皆不敢與，獨於東濱不能忘情。大概機會容易失，議論不可高，務須靠着實地，方有效驗處。深老矣，閲世頗深，每見一等用智之士，陽沽美名，陰規厚利，豈惟爲豪傑所笑，犯物理多矣。吾東濱慎之。只此迂拙奉獻耳。

與瞿親家

昨承顧，併示世明、九皋寄到書，備知近事，頗以爲念。然此事豈深輩所可與力者哉？瞿門自有尊屬，畢竟是他兄弟。但此事深往年在家時親見，伯翔臨終委曲，南山先生實主其事，具有成説。自深論之，香火繼承之意微，而田宅產業之心重。萬里、九皋，如出一轍，吾嘗兩笑之，而不敢有所主也。雖老舅見示一二，吾亦笑而不答。但立嗣一節，在今事例，自有成法。生而無後，則聽立其所悦；無後而死，則當論其昭穆。若生而有所不悦者，猶得告官别立，況既死之後，而欲苦苦以其所不悦者承之，此豈立法制律之本意哉？前年朱玉洲來京，嘗及此事，亦承外母太夫人、萬里俱有書及。彼時裁答，特爲婉辭，深望其以仁義處之。不意日新月盛，以至於此。此豈瞿氏門祚之福哉？向時亦曾托吴敬之從中調停，今聞其偏有所黨，渠輩不過以愛憎之情，視强弱之勢耳。復如陳際時者，亦視時趨向之人，本無定見。萬里而聽信之，又豈萬里之福哉？况彼本弟兄，雖成仇隙，然自先尊長視之，均爲子孫，必欲聞官，須俟萬里先發，禮律固在，曲直必有所歸矣。深輩不能爲深遠之思，惟盡目前勢力，妄有厚薄，致有所偏。今縱忍爲，他日何以見死者於地下乎？決難從命，薄劣所見止此。在親家必有感化之術，深願觀其成焉。

與潞郡公啓

推轂勸駕，功莫大于薦賢；懸車杜門，義當揆于揣分。旅求艾蓄，深愧禮羅。兹遇某官拔俊萬人，專城千里。當三年有成之日，具八面受敵之才。不遺孤遠之蹤，仰承天子；備陳儀物之數，近捧部符。筐篚充庭，果核惟旅。朋尊用享，特牲致儀。賁光增丘園之耀，泰道成茅茹之風。自顧匪人，叨逢曠典。於今爲盛，振古希聞。深早忝甲科，粗通章句。叨分藜火，才何有于三長；旋擁皋比，敬未洽於五教。徒傷風水，遂中膏肓。制禮一本先王，賢者雖不敢過；涉險以奉遺體，孝子其何忍安。况當四十五十之無聞，願竊一丘一壑以自老。恭承敦遺，自分衰遲。駑駘之足，縱鞭策以誰施；麋鹿之群，望山林而長往。未效涓埃，志雖存而力不逮；若飲江海，腹有限而味無窮。晚節易訛，盛名難副。倘庇二天之幸，聊藉一枝爲安。所奉腆儀，竟成完璧。

千金之價，須令冀北空群；一飯之恩，徒感王孫必報。舊疴勿藥，尚思歌詠于太平；去日苦多，欲事補裨于末路。天惟可鑒，言實由衷。速望收回，俯慰悚仄。

請沈西津小啓

微雨澹雲，正是養花天氣。輕舟短棹，雅宜沽酒溪橋。人生行樂，春事將闌。倘高蓋之惠臨，見大川之利涉。青芻白飰，薄言具之。茗枕爐薰，聊復爾爾。

五言古詩

留别南都諸君子

相知易東西，嘉會每不久。感此仳離懷，刎剄亦何有。伊余本吴儂，發身藉文藪。求友之四方，修途畢奔走。茫茫河海間，千里一回首。明明群賢關，範模况顧耈。高風諒所欽，良契亦何負。僦居青山隈，短榻明窗牖。舊業異日朗，虚懷期仰受。所嗟兩春秋，貧病互結糾。翩哉懷故鄉，雙淚迸及肘。倦鳥思舊林，窮猿悲覊守。買馬出西門，買舟須我友。僕夫告登途，問夜屢辨斗。遥遥山水間，骨肉攜數口。諸君濟時彦，别意良獨厚。殷勤古道傍，再三猶執手。余生一何艱，良愧從君後。時明會無難，努力期不朽。中道苟違言，同居而相醜。

春日行

大堤花欲然，芳郊草不歇。冶服誰家子，良人争馳突。寶劍本侯家，金鞭自俠窟。共矜百金裝，相誇千里骨。雲散歡未終，月明還城闕。朱門徒御稀，青樓歌管發。倡女盡朱唇，貴主俱鬟髮。衣向車中更，燭從筵上没。誰論墻東生，白面羞干謁。

七言古詩

大將北捷歌

弘治乙丑六月，北□乘我大喪，薄我大同。今上握符正極之始，神武雄斷，發德音，舉廟筭，廷命大將，面授方略，期於掃蕩而後已。自古師出，以喪禮處之，本哀懼也。夫哀則多思，懼則多謀，必勝之道也。況我師之出，適逢大喪，烈烈行師，既哀既懼。又是月也，正周宣王勝玁狁之時耶。夫兆必有先，數不偶合。空王庭於漠南，繫單于於闕下，有不足言者矣。臣忝以文字爲職，敢預作歌，將以薦諸凱還之燕。

六月炎蒸如甑炊，天驕合兵犯西陲。腥風穢氣溢不解，烽火告急明星馳。天子諒陰赫斯怒，醜□自絶皇天慈。黄麻夜草大將勑，平明宣召當彤墀。大將身經數十戰，虎視炯炯虬髯吹。天子御門親授鉞，自閫以外卿便宜。繫以金印大如斗，許以熊羆百萬師。大將舞蹈稱萬壽，以少擊衆臣能爲。師行在練豈在冗，請以甲冑二萬隨。帝曰俞哉卿算勝，大官宴錫黄金巵。微醺擁出長安道，白馬蹀躞挑青絲。簇花錦袍紅的皪，五尺佩劍光陸離。皇皇大節出宣武，誓師禡纛盧溝涯。銜枚疾走向雲朔，雲朔地險胡天低。疾雷殷殷動金鼓，旭日晃晃摇旌旗。部伍連連魚在貫，馬首矯矯雲騰螭。蒺藜宵嚴帳外壁，刁斗復遶轅門池。王師節制本無敵，曲直已定分雄雌。指揮諸將摇白羽，進戰以正接以奇。先聲并得風鶴助，大勢欲撼河山移。犬馬隊中夜相擾，大酋囓指驚還疑。初傳漢兵卒未出，何物神武速且治。□□所恃在弓馬，皇天效順霖雨[illegible]。牛筋弦解鵰羽澀，豐泥塞道沈烏騅。我師技長□技短，昏昏殺氣天地悲。奇兵更令出山後，直擣巢穴爲糠糜。□人聞之愈憂恐，形魄故在神魂褫。欲進不能退不敢，三三五五成阨羸。野草既清外援絶，狼貪豨突將安施。倉皇已同失穴鼠，技窮有似臨江麋。大將庚牌出麾下，□□覆滅當此時。功名機會不可失，須效奇節稱男兒。我師呼聲震山谷，氣吐長虹吞赫曦。手掄朱鎗丈有二，身掛犀甲輕銖錙。棄糧刼騎奮直前，左馳右突春草靡。兩軍既合勝負見，弱者伏地壯者尸。竿杪髑髏懸冒頓，馬蹄腥血蹀閼氏。腦肝狼籍膏平野，脂肉饜飫烏鳶饑。皚皚枯骨雜沙礫，星星鬼燐昏參差。敗弓折矢絶北返，委棄機械如京坻。名駒宛馬驅入塞，維縶老稚何纍纍。吁嗟醜□長不度，漢家兵力雲天垂。頻年侵軼付不較，先帝欲示包荒私。一朝遺孽蕩塵坌，大將文武誠兼資。狼星夜墮□天浄，長城萬里鐵作基。翻空露布敍戰績，捷音曉入天顔怡。武皇徒聞五出塞，班超空勒燕然碑。仁義之師若時雨，暴亂即止休窮追。開天武功今第一，雪洗千古光神祇。須譜鐃歌薦樂府，載拜稽首臣獻詩。〔一〕

【校記】

〔一〕按：詩中『□』多爲『虜』字。

和張子醇盆梅韻兼有南遊之約

高篇屢枉牀頭放，睡起春寒弄春況。憑將消息問梅花，梅花爲報春無恙。情知粉署正含香，復有張衡錦繡腸。可憐不踏江南路，千樹梅花一草堂。草堂有客渾如玉，細嚼梅花尚嫌俗。聞君雅意欲東遊，八月仙槎能共不。揚州南去是蘇州，莫向丹青畫裏求。衹恐廟堂須柱石，凌烟會上最高樓。

丹青篇壽楊邃庵先生

今歲何歲辰何辰，鶴書鸞馭往來頻。仙家日月原無筭，意象丹青俱有神。海嶽千年生國士，共羡當時楊伯起。南極光中上相星，三台座下尚書履。往歲燕然已勒銘，別有胸藏百萬兵。會看麟閣圖儀像，復道金甌覆姓名。金甌永作邦家寶，麟閣高臨風日好。彩霞兩兩鳳凰笙，緑波渺渺蓬瀛道。觀國年年浮洞庭，岳陽樓外度雲軿。人誇墮地能千里，天爲斯文壽六經。傳經堂上時横几，魯國顔生與曾子。陶鑄人才晉産奇，吹嘘文物秦川美。師道何如濂洛尊，相才猶似范韓存。手攀北斗斟元氣，坐鎮中流當海門。三朝元老今誰比，八柱擎天更堪擬。金紫身留霄漢間，江湖夢遶烟霞裏。北闕上書頻乞歸，南山佳氣對朝暉。中朝人士歌山斗，天下蒼生候瘠肥。和德先天天不老，臘盡春風報春早。瑶文擬獻翠虛篇，瓊芭一薦金光草。復有恩光照賜袍，龍紋浮動紫絲絛。共祈國壽身同壽，何但年高道愈高。

五言律詩

侍遊萬歲山

漢主鑾輿出，笙歌閣道聞。衮衣臨曙日，閶闔覆春雲。渠柳龍池合，宮花雉扇分。御爐香藹散，淑氣正氛氲。

其二

宸遊息萬機，商輅坐垂衣。丹壑臨朱旆，紅雲護紫微。花香浮露氣，山翠藹晴暉。恩解湯王網，春風任鳥飛。

從驪山頂應制

天仗出彤闈，鑾和上翠微。飛流喧鳳吹，空谷轉龍旂。樹色連宮掖，花香傍衮衣。皇仁敷億兆，賓從落餘暉。

登龍華塔

試倚危欄後，身心一恍然。俯窺從地狹，翹望若雲連。野鳥低鳴樹，江潮接遠天。曉來看浴日，東海亦無邊。

順慶真如寺宴集謝雒三谷僉憲

古寺欣微雨，朋僚慰客居。郫筒酒易醉，江水字難知。壍弭新臺節，曾傳舊諫書。蜀山青萬點，一一使君車。

過樂平

客裏重爲客，山中又過山。地形隨步異，心寄去雲間。未識穿巖徑，先依噬水灣。有時凌絶頂，唯見鳥飛還。

望雲居

物外亦何有，青山還白雲。鶯花二三月，道德五千文。長嘯逢知己，歸耕續舊聞。本無傳世念，疏草不須焚。

釋耕莊

伊尹來莘野，南陽起卧龍。林泉藏暇日，禾黍助秋容。雨過城如錦，雲來畫正濃。暫將廊廟意，辛苦問三農。

應制撰潁殤王挽歌

寶册分茅土，金旌擬奉常。《螽斯》元有咏，《麟趾》尚流芳。勝地蟠龍虎，高岡集鳳皇。寢園鍾秀氣，草樹有輝光。

壽李封君楝塘

春日經行處，高人下榻留。好花開古楝，勝地接滄洲。湖面青山繞，橋頭錦浪浮。莊生有椿樹，共擬八千秋。

騎馬

騎馬長安市，遲迴日下春。塵高驚獨客，雪少望三農。古柏寒猶緑，浮陰晚更濃。袖中懷尺素，驛使幾時逢。

自石城北行涉水頗險

新漲桃花水，芳塵燕子泥。齋心朝帝寢，戒路候鄰雞。地望今和嶽，人聲古大堤。漢江龍卧起，舟檝更輪蹄。

五言排律

予赴召承殿撰余方池先生贈詩二十韻仲氏草池同送之江上爲三峕之遊夜坐水月樓上清言小酌漏下二十刻始各就寢詰旦微雨中爲别因借韻聊敍景物併以爲答

有美三峕勝，幽探俯斗樞。澗泉和玉潤，石笋倚雲孤。地僻真仙宅，功高《大禹謨》。鶴歸巢古樹，魚唤躍新蒲。臺殿諸天近，嶔岑一逕迂。抽書藏副本，治水秘靈符。拂石留題字，穿花出午厨。依微緣鳥道，空曠接鴻衢。山雨青霞映，江流白練敷。主人能愛客，從者戒先驅。風格方三謝，文章似兩蘓。高門誇接武，昭代讓名儒。伯氏元中秘，季方今大夫。拔茅方用《泰》，樂宴且當《需》。龍虎還相感，豚魚信有孚。聖神居大寶，陶鑄啓洪鑪。自是朝堂器，終同鼎鼐徒。燮調通至理，位育願良圖。惜别知交誼，披文識道腴。鍾英自申浦，躋世上唐虞。

送程静夫歸省還績溪

鳳皇臺下路，雪霽馬蹄輕。對酒揮長鋏，臨岐憶短檠。官亭細柳緑，客路舊袍青。去去共人子，勞勞念友生。襟期俱磊砢，遺贈乏瑶瓊。座失春風力，盟添夜雨聲。心親身不遠，别短恨偏羸。山暗餘椒桂，洲芳長杜蘅。驥無中道步，□有望洋情。計日歌眉壽，隨時愛令名。薄懷攄鮑叔，厚望副陽城。申旦青山遠，意中人正行。

挽徐主事父母殁後膺封

疏雨欲昏黄，蕭蕭打白楊。孤兒兩行淚，萬古一封堂。急景沈黄度，悲風怯孟光。過庭遺澤杳，投杼苦心長。出海雙珠耀，歸城一鶴翔。人開梁木壞，天闕紫泥香。丘壠冠裳改，山原草木芳。來休仍未巳，餘馥故難忘。碑碣人傳誦，麒麟曉欝蒼。九京如有識，含笑正相忘。

挽薛司訓夫婦

聯璧玄堂莫，雙珠井逕秋。合銘鐫琬琰，連理長松楸。無復眉間案，徒懷地下修。囊螢遺業在，丸膽舊方留。宦轍鹽車進，賓筵剪髮羞。赴樓先借路，分鏡復同丘。絳帳多遺淚，荆釵範末流。騏驎蕃後祉，苗裔足前修。隱德書難盡，高風播未休。獨憐寒食雨，草色上眠牛。

七言律詩

遥望泰陵有感

泰陵西望夕陽偏，惆悵生成十八年。今日不堪揮淚盡，當時空着賜袍鮮。萬山雲氣常爲雨，三月風光又禁煙。一去龍髯竟寥落，只疑勤政向鈞天。

茂陵

神宫靈寢倚雲層，共識皇家第五陵。山静似聞雙鶴語，風來如見六龍乘。詩歌『帝力』康衢在，詔遣祠官夜殿升。二十四年仁厚澤，至今涕淚尚難勝。

初冬扈蹕同渭厓少保甬川少宰謁長陵

萬年王氣萬重山，鳳舞龍蟠紫翠間。日照芙蓉圍黼扆，雲開虎豹擁天關。遥瞻玉殿題金榜，想見神功識聖顔。扈從北來叨附驥，鼎湖雖遠尚能攀。

扈從沙河宿煖閣中寄甬川

十年世路長風波，此日高眠托藺窩。楮飾小軒殊爲明潔。天傍九重龍氣繞，山開三面鷲峰多。人間容膝真餘地，夢裏還鄉亦笑歌。輦路風清宫蹕遠，頻將消息問如何。

師相李序翁兩考書滿之期是日文淵閣前盆荷首作一花亭亭直上稱以爲瑞紀相業也

朱明綸閣颺南風，初試盆蓮一朵紅。佳兆已符中令考，高標元代帝天工。開從内直黄金闥，地切深嚴白玉宫。芍藥一春傳勝事，何如六載表奇功。

元宵赴白僉憲東關觀燈

煉石圍爐續補天，滿城燒柏散輕烟。二事唯此州爲然。星河路迴虹橋接，牛斗光侵火樹懸。萬里未歸人漸老，一春今夜月初圓。絃歌況有衣冠會，共賞山中大有年。

十六夜張燈待月不得

滿城簫鼓隱樓臺，火燭星橋接上台。海月若知人意緒，春風先爲我吹開。試將豐稔占時歲，應有歌謡動草萊。十二闌干香霧裏，夜深倚遍重徘徊。

十七夜燈市陰

淡雲微雨上元天，取次張燈夜似年。好景尚須人少待，浮雲如妒月長圓。且教東閣開簾箔，漫倚高城聞管絃。試問六鰲何處是，龍光常照海山前。

送春

惜春心事比殘紅，萬緑陰中一笛風。失路書生偏有淚，過時宫女若爲容。欲留不住終成別，已去還來總未窮。何用憐芳倍惆悵，好花多發舊年叢。

七月十三雨後夜渡

滿川烟月夜微明，隱映江樓連海城。舟檝有時行復住，郊原無礙雨還晴。仲由浮海心偏喜，庾信逢秋賦已成。願得波光常似鏡，漁歌相和棹歌聲。

秋懷

風雨横秋江上開，江頭卧起獨登臺。長空鳧雁相交並，清夜魚龍自嘯哀。歲事未□勞眼望，年華如爲壯心催。馬卿病久渾無賴，宋玉愁多最有才。

和楊東濱中秋之作

獨上江樓倚泬寥，中秋況復是良宵。一年節序憑歌咏，大地山河入畫描。並起蛟龍時裊裊，南飛烏鵲正飄飄。清光不照興亡恨，一曲霓裳舞細腰。

重見月

淡雲烏鵲共飛飛，客子臨風悲未歸。庭院落花香陣細，園林交樹午陰肥。春杯不盡堂前意，夜墨空勞帳底輝。弦上樓頭今夕月，照人何日莫相違。

和張秀卿卧月書懷

薄霧輕煙斂夜窗，客心見月未能降。如聞古塞人吹笛，忽憶揚州柳映矼。牛女多情悲遠漢，蛟龍有恨泣長江。麟遊鳳翥無消息，萬里滄浪愧釣艭。

九日喜晴

斷酒暮年仍把酒，晉陽今日是重陽。貂裘敝後猶餘皂，菊蕊霜前未破黄。彭澤正慚陶令節，龍山翻憶孟嘉狂。每憐人事多風雨，賴有晴光滿太行。

九日臺中夜酌

□道陰陰列古槐，清霜肅肅是秋臺。憶曾驄馬騎相傍，空把青鸞掃末開。星斗中天懸法象，風塵孤客笑衰頹。因知九日群龍會，共摘黄花浸酒杯。

春雪和楊伯立

莫將名姓恥隨王，冰雪相看自草堂。梁苑賦成才獨俊，山陰棹返興何長。肯隨湖上尋梅約，來試江門煮茗方。十里溪山堪入畫，爲開東閣對焚香。

白雁

秋深池館似江湘，白雁馴來即故鄉。留取碧波頻照影，暫辭雲路舊排行。風光最好連宵雨，月色渾疑滿地霜。敢向劬勞怨憔悴，且將詩句頌宣王。頌中興也。

來鶴

海天逸思寄籠中，飲啄秋來每在東。可是千年愛城郭，憑將六翮度雲空。暫來只隔三江水，不去終隨萬里風。病骨一癯應戀我，莫將來去世情同。

過清風嶺謁王烈婦祠

杜鵑聲裏滿干戈，苦愛清風不肯過。五夜獨驚塵夢短，一生不慣别離多。自應廟食當軒冕，空復烟花豔綺羅。歲歲山頭寒食雨，血痕墳起碧嵯峨。

權店驛覽舊題

春風昔日題詩寺，重到其如歲月何。世上紅塵無處少，鏡中白髮爲誰多。有山似畫催人去，何術能仙縮地過。惆悵東西又岐路，江天慚愧舊漁簑。

出故關

何用關門紫氣迎，萬山從此坦途行。絶憐一片斜陽裏，却望中原似掌平。客久每驚新物色，地分初覺異人情。雞鳴虎踞皆陳迹，滿眼桑麻笑語聲。

登千山絶頂

高處青山暑氣微，登登無礙葛爲衣。澄湖碧海看逾遠，絶壁孤雲願不違。天馬多情偏北走，鳳皇何惜更東飛。人家最好垂楊裏，一片水田雙板扉。

瓶山道院和舊韻

西來乘夜過平山，十月霜天未放寒。碧海迢遥書借鶴，紫簫縹緲調參鸞。兩行環珮因風轉，四壁雲山入座看。似有前期吾得赴，舊題重展墨花乾。

南康分司禱雨

城臨大澤坐侯封，座擁沖霄五老峰。白浪風多常八面，青山雲鎖自千重。人憐雨意占鳴鶴，我欲波心起卧龍。慚愧棠陰下南國，清齋十日傍長松。

歌風臺

徙倚江山今幾回，長陵蘋藻有人來。鴻門高會空揮劍，相國佳猷獨薦材。秦虐一朝信約法，楚羹千古痛分杯。故園留得歌風處，不見歌聲風滿臺。

大盈北泛吴淞東下

江流曲曲抱沙田，波浪當時遠拍天。季子遺風三百里，鴟夷餘恨幾千年。東吴地僻蓴絲王，八月秋高桂魄鮮。本是一舟無伴侣，傍人錯比李膺船。

荆門自三泉上塔山

峰巒如畫玉爲泉，春晝風光特地偏。花柳向人如舊識，文章作牧有前賢。望窮天外巴山雪，散起雲間郢樹烟。更喜太平無戰伐，千年城郭故依然。

玉舜辱東濱四和再疊自況

載拜將軍李左車，曾同研席感年華。人間變態空翻雨，天際輕陰是落霞。未用對花傷酒餞，且來卜築傍溪沙。丈夫百碎寧爲玉，爲石寧須衒不瑕。

緩步林皋已當車，小園先與報霜華。聊成隱映當樊柳，欲采芳馨擬珮霞。不似金花寒綵勝，羞將紈扇怨驚沙。玉人自去榆關老，漢殿丹青空指瑕。

世路羊腸上坂車，物情空復雨中華。何如籬下三秋月，照見花開一抹霞。白璧似將終報主，黄金欲鑄且披沙。不知世上誰青眼，辨得無瑕與有瑕。

錢國輔爲予作巘山玉舜圖數客繼集而世安具扁舟西去即席賦之

歌聲雷動七香車，總爲山居詠舜華。江上白蘋同飽露，日邊紅杏自蒸霞。虛煩惆悵經籬落，本有推移變岸沙。人共惜花花似玉，不如人似玉無瑕。

看花夙約東濱以他適爲謝湖橋之遊艤舟久候聞又有樂地相妨走筆次韻聊爲解嘲

何心傲世卧蒿萊，曲曲流泉山亂堆。地亦有靈元自勝，花如無主爲誰開。瑶池虛負青鸞信，松院空留白鶴陪。自是凡心戀鄉郭，劉郎何苦怨天台。

贈劉都閫

閩海煙雲雜凱歌，將星先已動鯨波。春來江上常輕騎，夜半淮西復混鵝。山有石幢銘縛虜，家留芝簡備征倭。一門五世傳勳業，又見仙郎起大科。

奕勝張西峰許以金華酒謝教戲成速之

上將星隨慶月孤，夜來兵氣走全胡。蜩螗臂弱悲車轍，鴻雁行高識陣圖。金酒價多煩阿堵，黔驢技短怨於菟。受降城向長安築，須信人間有丈夫。

題楊時明瀛洲餘景

水石參差竹樹幽，從人呼作小瀛洲。天連東極元通海，月到前溪早得秋。書札遠從三鳥度，樓臺疑有六鰲浮。主人八面才無敵，廊廟江湖得共酬。

和都憲張大經顯靈之作

春明朝下偶尋幽，紫府琳宫續勝遊。仙去不須人境外，静來真覺世緣浮。鳳吹别院簫聲遠，龍起前陂竹杖投。見説臺端多暇日，願陪冠蓋復淹留。

送尹子貞令崑山

清含山水畫難如，片玉吾家舊有居。春水□□經濟手，福星常候斗牛墟。花陰夜永唯尨乳〔一〕，江上秋横有鶚書。慣識穿楊能百步，即看滿縣種桃初。

【校記】

〔一〕乳：疑當作『吼』。

和宗道用途中韻

暫把羈愁付醉鄉，壁間題字且昂藏。十年别去人如玉，一夜詩成雨帶霜。門户尚依楊子宅，襟期不比次公狂。春風只隔都門柳，擬傍金臺對舉觴。

哭桴兒

午睡多饒夜不眠，見時無賴記時憐。未容人世同浮梗，真向塵寰有謫仙。泪去始知情是海，愁來方信日爲年。此生已分緣難了，休問來生未了緣。

歲暮逢春寄陳魯山

迢迢天際雁書稀，冉冉緇塵化客衣。約略一間隨我老，商量百計不如歸。藥因久病多知性，心與時違漸少機。落日都門頻悵望，一年行李又春暉。

閒居遣興

兩都蹤迹波隨月，十口生涯絮帶煙。虚館屢裁求米帖，殘燈閒了乞詩箋。南鵬身世輕風後，北雁鄉關落照前。短髮一奩搔不盡，欲憑春酒遣流年。

送林利瞻職方奉使還京

司馬勳名高斗岱，禮闈文藻振瓊琚。九重春滿皇華宴，期月功成尺伍書。時録軍籍。東土衮衣人有賦，南都綵袖夢無虚。官河簫鼓樓船下，兩岸新秋萬草廬。

懷白巖

一出南來只渡江，湖山空自望麾幢。俟巴獨抱玄經老，謝傅優將鐵馬降。黄鳥愛才身願百，青山埋玉世無雙。因公復墮西洲淚，灑徧秋風倚北窗。

次韻楊伯立

幕府詩壇共策勳，向來能武更能文。何須絶藝誇猨臂，自有高標寄鶴群。青鳥瑶池新使者，伏波銅柱老將軍。王春壽域多佳氣，六十年來兩鬢雲。

談命

我生南斗居磨蝎，第一宫中值月烏。倚伏信能成禍福，才名安敢望韓蘇。卑棲幸免逢奇缴，末路應須慎畏途。怕已愁丁竟前定，且憑信步任榮枯。

西樓夜雨贈秦元甫

仙舟兩到一經過，不共通宵奈樂何。好雨似知留客住，花燈偏覺向人多。十年舊事談猶縷，一曲清歌酒半酡。莫更今朝又離别，流光不借魯陽戈。

舟中與倪本端夜話

新月西江清可憐，美人況復共樓船。雲高星漢浮賓雁，風送潮門□海烟。喜極逢時翻似夢，細尋别處是何年。不知情話深多少，頻報銀河滿暗泉。

萬壽節出齋兩宿還庭下鳳仙花盛開

兩宿别來庭下草，偶然微雨即開花。秋傳小豔憐羅綺，紅學新妝擁幔紗。烟破曉籬如有恨，泥連淡竹自成家。幽居愛爾添佳勝，爲怕涼風手漫遮。

送楊石淙都憲陝西馬政

文章出興西邊政，恩詔遥從北極來。靈雨載將三輔去，房星明處片雲開。馬蹄春遠棠陰舊，劍氣天高梓葉猜。别恨欲憑飛雁渡，望塵更上幾層臺。

送石文衡令漢陽

要識使君清似水，漢陽江上接天流。有人遥指鸞凰棘，往事空傳鸚鵡洲。千里鶚書頻竚望，萬方民力苦征求。風雲咫尺長安道，一上江頭黃鶴樓。

送長沙劉生偉教郫縣

洞庭湖水接三巴，幾日扁舟擬載家。劉向有經傳漢室，賈生遺事滿長沙。門前雪擁人猶立，壇上春來杏已花。相對錦官城上月，詩成須向杜陵誇。

南郊視牲

法駕初回西出師，圓丘大饗中春時。天心自愛吾皇武，雲氣常留上帝祠。瑶樹棲烏三見月，玉橋渡馬驟聞澌。已瞻風物俱生色，玉帛衣冠覩漢儀。

湖石一株高大幾尋有嵌□而無斧鑿卧置江門名曰纜石

飛來雲外自三天，剛稱閑人纜酒船。海嶽定應當虎拜，菱谿空復費牛牽。壯心欲試低昂射，入。妙手須煩甲乙鐫。世路一生吾欲老，烟波從此事高眠。

送杜魯瞻令故城

遊絲落絮春無定，對酒放歌聊送君。滿縣桃花紅勝錦，一雙鳧舄曉凌雲。平安題字還家近，小試絃歌隔岸分。見説官衙清似水，日長還擬送窮文。

和伯立山寺即事試借禪語言懷

曹溪曾憶是前身，襤襶今生笑未神。一壁風霜枯坐漢，千重雲水飽參人。拈花機透終傳鉢，巢鵲深功不受塵。見説盤陀君占住，相從何日訪靈真。

寄汪綺

客心南望幾思君，併日晴空一段雲。春雨梨花麾候吏，午風槐市罷論文。傳家聞有騏驎子，摛句時驚錦繡紋。爲報揚雄猶執戟，紫髯青鬢各紛紛。

留題凌雲

凌雲亭館倚雲開，此日登臨選勝來。春信每占魚出隊，茶烟常避鶴飛回。漫勞擇勝過青嶂，欲認題名破緑苔。天地只今靈氣在，山川鍾秀付英材。

未齋顧諭德邀野適樓翫雪

不上雲梯已隔秋，賞心況負雪中樓。静披文字五千卷，遥見河山百二州。野適何妨金馬隱，朝回時有御香浮。春風正欲吹殘臈，簾捲浮雲消客愁。

壽温大參菊莊

菊花潭上午橋東，聞道飱英長碧瞳。萬疊好山供隱几，三巴流水送詩筒。絲綸人愛高堂日，禁殿香傳舞袖風。南極夜來多瑞氣，文星光映壽星紅。

北橋泊舟

明心寺前寒月宵，忍聽鳴鶴重題橋。舊家文獻餘弓冶，浮世勳名等鹿蕉。黄葉碧柯霜後樹，淺沙高岸夜初潮。舟行不斷人行急，水自長流路自遥。

月下念舊

新月窺人夜氣清，頭顱如許感吾生。青宫直罷催宣賜，紫閣詩成報署名。海内舊游三館富，座中雄辯四筵傾。于今縱起相如渴，一爲秋風每自驚。

答王良弼邑博

静海城邊落日明，宣王宫前聞弄兵。飄零書劍吾憐子，問訊衣冠誰有情。莫似風塵空老淚，謾將經術付諸生。夔州亦有當年恨，杜甫能成蓋世名。

舟次别閑齋太史有之大魁兼呈石潭翰學

清溪曉下四十里，摇動千林仲月秋。人境烟霞藏福地，君家兄弟共仙舟。感時鬢在搔還短，别路情多去更留。天上夔龍方有待，他年猿鶴未須愁。

阻風京口遊甘露寺

山寺山名舊日聞，偶從登眺迥塵氛。秋高落木平遥岸，日夕青山礙白雲。一水金焦懷佛印，三峰高下望茅君。扁舟昨日渡江去，夢繞天涯幾夜分。

五言絶句

初夏

其九

拂石坐清夜，臨流憶往年。菱花堪寫境，荷葉不成錢。

其十

茆茨梅子雨，水國楝花風。何如滄海曲，空復鑑湖東。

七言絶句

西苑

剪綵爲花豔綺羅，離宫仙女覓春多。不知四海凋零盡，猶唱新詞玉樹歌。

粵王城

寂寞荒臺背北城，萋萋芳草暮烟生。當年歌舞人何在，唯有空山月自明。

龍窟

臨流茅屋間漁梁，渺渺西風吹野航。一向江河心更遠，閑將雲夢比鄱陽。

長城

殘民已作無窮計，萬里城成白骨多。胡馬未來秦鹿去，可憐徒壯漢山河。

閨人

曉起行吟江上村，西風落葉滿閒門。微霜昨夜香閨冷，獨枕情知有淚痕。

春日遊龍華寺

散步蒼苔過雁堂，竹林斜轉老僧房。隔花啼鳥聲初歇，又見新枝帶夕陽。

重陽後六日登鏡光閣

秋日秋風暮欲寒，山形如帶走三韓。東望海門招白鶴，平臨北斗借青鸞。

題畫

舊時肌格試新粧，猩染宫袍蜀錦裳。莫共桃花論通譜，獨傳春令出東皇。紅梅。

碧梢新雨鬭輕寒，斜拂方塘疊細瀾。深夜老龍眠不穩，却疑㩦手弄長竿。竹。

裊裊風情雪後多，盈盈羅襪曉凌波。陽春成陣癡蜂蝶，紅紫緣深獨奈何。水僊。

聞道滄溟力負山，桃花春水此池閒。若爲寄得相思信，貝闕珠宫總不關。畫魚。

紙帳

玉壁寒消月一枝，梅花香入夢中詩。西風昨夜銀河合，試問山僧總不知。

竹榻

竹榻高眠一几輕，紫微香冷露華清。虚庭無人月獨照，風葉打窗秋有聲。

梅窗

雪霽藍橋去路賒，中天月色與梅花。十年世慮消清夢，一覺寒香隔絳紗。

松隱

何須苦費買山錢，隱向松門別有緣。十二朱闌聽午籟，華陽空好洞中天。

病起出遊

病起光陰伴帳紗，不知春滿幾人家。短驢獨跨探消息，紅遍街頭買杏花。

無題

燕山雪裏玉陂陀，憶向黄昏魂夢多。五月江樓吹鐵笛，梅花滋味近如何。

寄姚鶴村

天末遥山鎖翠痕，野烟踪迹斷孤村。傳心欲向秋波語，衹恐江潮不到門。

陳春泉醫士

採芝曾渡石梁津，洞口桃花水散春。流出桃花剛一片，至今疑是有秦人。

贈沈西津

百子池頭別館開，洞天深處小蓬萊。憑君折取珊瑚樹，種向藍田産異材。
紫微省中錦繡雲，鳳凰池頭五色文。不知此處春多少，寶氣珠光俱十分。

登望湖亭追和東坡先生韻

湖亭對面見匡山，續續風帆渺渺船。六十老人垂白髮，正從直北望鈞天。
坡公行盡嶺南山，一上孤亭雨滿船。東水西風常不定，莫將身世問湖天。

貽謝霍渭崖

人皆欲殺偏憐我，老更何求敢負君。憶自西川下三峽，嶺猿山鳥不堪聞。

贈張雲川

春堤柳深鶯亂啼，客心如醉白雲迷。溪風忽爾斷舟纜，流過桃花村岸西。

草萍道中

草萍驛傍白雲深，石嶺高低烏柏林。一上不遮千里目，行人重起望鄉心。

靖江別殷近夫

縣名聽喚小瀛洲，瀛洲使君來勝遊。蜃氣常看擎海日，漁榔却愛近高秋。

儼山尺牘

林旭文　整理

儼山尺牘目録

儼山尺牘

與喻郡伯

臺省飛英，循良試手。天上暫分卿月，雲間常照福星。策射萬言，年比賈生而志實大；陛陳六事，文如陸贄而道則行。今第一流，古二千石。師旅饑饉之後，比及三年；催科撫字之書，宜居上考。冰壺秋月，玉質金相。蜀中人物，固宜甲天下而先；吴下士民，何幸丁斯文之盛。剛不吐，柔不茹，覆千里于鴻鈞；飢者食，寒者衣，卧萬民于衽席。帡幪甚厚，曠蕩難名。往與陟明，遂將爰立。顧東南民力，政有待于宣室之陳；而清穆衮衣，寧無勞于仲山之補。黯然難别，偉矣兹行。深等久挹陽秋，頻沾醴酒。五風十雨，誰非太守之功；一日三秋，益動詩人之想。曉風湖口，行旌與心旌而俱摇；午夜薇垣，台座切帝座以流彩。雖攀援其莫及，豈魂夢以遥通。竚候迴車，少紓卧轍。

與劉大司空

深不肖，迂腐之才，承乏貴籓，百凡無補，今三月矣。亦恃執事帡幪之覆，用以自寬。大工營建，想明天子復古禮制，深適當蜀材之賦，願宣力焉。護漆官上，幸徼福一二，感幸何如。

與孫毅齋宗伯四首

適已知入謝成行，欣慰無量，信行止固自有時耶。河洛新寒，倍萬保攝。明晨更不得奉送。沈生已打發侍公行矣，不須候伺也。令僕所諭具領，餘惟前途加餐。再囑。

昨辱枉駕舟次，殊不盡款曲。叨庇已抵武林，瞻望日遠，不勝依依。雪岑祠堂當致一瓣香也。餘惟爲國保愛。不備。

扈從之行，想治具辦矣。夫馬僕皆顧，尚未備。廿六日巳刻出德勝門，過慈宏寺，作午飧，能同之，至幸至幸。餘儲面盡。

辱城闉爲別，情感無限。東來候水潞河之上，南發尚未有期也。粗此布謝。病目轉睡，臨紙惘然。不備。

與顧世安三十六首

聞已抵灣，無任欣慰。遣桂魁往候之。顒望顒望。

韓希仁事，其是非曲直，不必甚較。但今時節，須求安静，况弟兄姻好，必求勝負明白，是所全者小而所傷者大也。租地事，是僕初議，無所不可者，望賢弟促希仁寫契一紙，云宅後有地闊若干，長若干，與表兄沈仁甫住宅相連界。今情愿租與表兄，處爲出入往來之道。議定每年取租若干，以爲此地糧差。如此則永遠無慮。墻當是不動也。此契乞與談六舅公與韓普濟收之。無緣面議，望乞令尊姑夫商確見報。

别來在路行兩月，歷盡辛苦，始抵京。供職外，眠食無恙。近蒙恩典，但傷吾母之不及見也。郁希正家人至，得書，并惠香帶，多謝多謝。賢弟監事近復何如？但南監告來此者即得撥出，非止一人。道路艱難，賢弟不來此亦好也。深處此，日夜想一南還，未知得遂否。來年若有南監司業闕報，將就之矣。浦東凡有緩急事，賢弟須一一扶持之。喻太守近寫一書，與郁希正寄上，及賢弟尊名，相見間托僕意道達。若府中有禮來賀敕命，煩賢弟與宗溥兄入謝，如何？便中附此，不及仔細。餘惟情亮。

連日病卧，聞貴體欠調，無任馳情。若眼痛牙疼，最爲淹留，恐亦是胃火也。如何如何？聊此一問。

顧慎還時，因謀居尚未定，情緒匆匆作報，計五月中可到也。唐甥瓚來，備知委曲。世道如此，爲之奈何。徐巡按遠卿去，已略爲致意，兼托當道，詳出行時上疏，頗爲扶持，想彼亦知感。恐更不以薄待我，如世上一等小丈夫也。此間事日趨日下，正所謂來日陰晴未定，且俟命而已。同年甘泉以道學被劾，而介谿犯言官尤醜。人生惟有靠實做，是得力也。吾此來人情較往時稍稍不同，但不知善後之圖竟如何耳。見龍江公可上覆。瓚甥得差，七八月可南還，別當奉聞。兒女輩想蒙照拂，謝不盡。吾弟事蒲汀、甬川二公致意尤力，知之知之。不具。

此間事體委曲，世具能一一道之，非筆硯可了。兒子秋試未卜，雖遲遲亦好，百凡幸提撕之，家事已付之矣。餘儲面悉。不知大巡徐公消息，作何處置，可隨便見報，至叩至叩。

得六月所惠書，具知賢弟向來康勝，六弟、長姪俱清吉爲慰。僕疏慵粗遣，但覺目力轉短，對書册殊無意味耳。江東田園，頗事修葺，竹樹森鬱，藉此行樂，不知老之將至。棋局興亦減，但觀客相敵爲劇，或時聽彈琴，不甚妙解，只瞑目打坐，眠食比長安似健浪，未知秋冬何如也。天京事，井底無聞，雖聞亦無用爲情。獨念暮年，弟兄睽別，隔歲每得手書數字，便充把玩以消日，庶千里對面耳，餘無所覬望也。便中聊此起居，無任瞻遡。餘惟自重。

近得商子超處寄至書，知悉知悉。楊桃川事，當乘機會一處，此間地方恐不能加厚也，奈何奈何。□冬來懷抱甚不佳，漸入衰老，殊覺費力。兼此中有極難處事，不知何日得釋此重擔也，静俟静俟。家中兒女輩及老妻卧病，想蒙加意垂拂，報不盡，謝不盡。便中望頻寄數字，以慰萬里懸懸。

深到臨清，適得水，若有天幸者。今已抵徐州，才一月爾。初九日棗林放閘，遇顧慎北上，座船兩過，不及款待，即爲打發前路。想七月中抵京。房子事便宜整頓，恐要善處也。便附數字。

自江口執别，已計百日，歲月可惜也。自淮海北走三千里，幸無恙。入晉只十日，了公事，住榆關候命，頗淹留。世道又將改局矣，如何如何。此間有佳山水，亦有一二士夫老成者，朝夕談議，多物外清言，此中覺定疊頗有得。東歸不遠，握手盡之。顧諫倘得渠氣力遣入京，想從東路還也。悦奴亦入京，一一問之。昨辱調劑，事可，苟以爲飾而已。扶善者少，而助不善者多，豈天意耶？門祚衰薄如此，奈何奈何。西還。顒望顒望。

自别後十五日，雨中見鄭方齋别駕，爲致謝委曲。明日方齋過山居，至晚陪東行，過秦元甫，知河弟與菰溪處事發，元甫頗有牽扯之説，不知到松相見否。奈何奈何。廿一日過七寶，西至盤龍、松塘、青龍，又西宿布金。暮春游行，以遣老懷，恨吾弟之滯繫一方也。有小詩見情。令顧慶往問訊事體竟何如也，俟報。

昨舟過下邳，遇龍壽送米，百端艱辛，已托孫指揮處分，不知何日可到，想京華誠炊玉也。仙眷船計七月中可入都。頗念苦熱難忍，一行人伴俱納福爲慰。僕渡淮傷暑，遇鄭侍御令雲陽，借公館卧三日夜始甦。以七月六日抵家，人事匆冗，至今尚未結絶，兩足濕毒作腫，頗爲應酬所苦。第辦得隨緣度日，似覺快活耳。餘無復他念也。京中諸故舊，亦不能修寒温。恐退休之人，自合如此，非有意也。亮之。諸郎皆珠玉可愛，小者尤佳。闔政亦一相見，備諸福德，自是晚景受用之相。兩鄉幹僕都過門參謁，誘以勤謹作善，領略而去。僕至收成後，未免作數間房舍，以補未備。他不盡。

近寄一柬并家信于龍江處轉達，不知何時達覽。蓋欲止深兒南京之行，恐無及，亦姑任之耳。處亂世者其心危，世雖未亂，緣人心已難托耳。比見西樵，知賢弟曾于途中相伴數日，渠此得謝，真有福宰相也。緣此公仁厚處多，天以是報之耶。秋來懷抱轉不佳，功業顯榮之念已灰冷，但得機會入手，便歸矣。先送傢具、書籍去故鄉，且忍耐處之，必須自有天日也。吾弟訟事近當如何，亦恐須從容爲之。六弟并諸姪閤宅想安好。李南原親家若未起程，爲致意，極忙不及作書。餘惟情照。

比以公事東巡，將過湖，得賢弟手信，甚慰懸懸。時世風色未定，山林廊廟俱難如意，賢弟素明性命大道，可且勿介介，静以俟之可也。西樵公適與之遇于安仁，與之聯舟而下過省，復以予舟送至南贛，貽書爲別。會次曾道賢弟追送厚情，多講養生修性，時事一句不及也。南廟災，以穆元庵當之，亦有書留別，所寄皆方外書，觀此氣象，竟當何如也。聞老妻病，歸心如飛，奈何。此是血虛勞思所爲，若以風濕治之，恐誤也。煩賢弟商量之，至叩。深亦以科場事累，右臂亦復作痛，夜間尤甚。却起坐與運動之，稍甦，若爲卧養，更痛也。小兒赴試，無他意，只爲渠有舊疾，恐發動耳。得失事，予先有書命之矣。若求進學，又一番擾攘，亦非老人所望也。不盡。

前月沈方伯行時，正在愁苦中，不及奉報。自桴兒死後，兩鬢俱蒼，百念灰冷，惟有作歸計一着。近又時事驚人，禍福難測，想是士大夫厄運，吾之得禍又爲輕矣。目前爲身家之慮，只合收縮。吾前書托成王氏房宅，猶是爲兒孫牛馬耳，其成與否，吾亦不計。倘若已成，爲投老之策，亦不大謬。亮之亮之。龍江事殊難料，亦難措手，已令渠家人走報消息，但看他家門如何耳。吾弟想有耳目，非筆硯可了也。浦東諸事，極感百方扶助，恨無得力知事人，乃爾出乖弄醜，豈亦氣運耶？吾甚憂之。吾弟告諭吾兩弟，使之向善孝弟可也。世芳、藎臣二生在此，不落人後，來春可了事也。今次令人回，欲慰安老父心。二兒幸痘瘡甚輕，房下自哭兒後，病雖覺去，但其愁苦何時可解。倘得吾夫婦南歸，足矣。

五月中附士絅家人書，六月中弊僕還書，想已達覽。近承仲夏望後書已到。房下病勢甚危，鄉人所傳不至全虛，幸今可保無事。但此人命甚薄，貧苦憂患之時，却是渠健日子，今只可于牀褥間度歲也。顧兒女呆稚，吾政未能忘情于此耳，奈何奈何。士絅事未有致力處，不知更遣人來否。聞老父日就衰弱，兩弟俱不甚曉事，兩姪尤甚。房下臨行爲製衣裁數件，知各分用。倘有緩急之際，萬萬乞吾弟一周旋，一一補報不負，言之痛心。餘小小家事，政不必問也。若冬春之間，可遂歸省，未知天意竟何如也。王尹政績誠如來諭，已心敬其人久矣。士綾之惠似重，重何可當。

昨承以古器物爲貺，愧無以報德也。剋絲樓閣輒以奉贈，當是瓊花圖，恨題跋不佳耳，可題作《揚州看花圖》，得暇爲賢弟着數語于尾也。鑪具留爲齋居之用，但匙筯瓶不稱耳。賢弟所餘者，乞一枚作合何如？別當奉報。餘不具。

昨得手書，故遣方兒去，此事要斟酌行之。書中云，顧生奏辯事出于寃抑，頗爲西樵公知愛。事礙雁峰，西樵亦嘗與解之。本蒙新自徐來，當□知之，恐楊公致疑，此事惟仗近麓作太山也。已如此寫去，又令方兒口道。公謹或賢弟別有委曲，一面令方兒傳道也。楊公亦別作處他，知之。

舟行甚澀，少遂去魯之意，今晚可抵河西務也。西樵書已寫去，可煩薛尚遷助教同送也。謀事在天意，須慎之。京中連日報望寄至僕，鎮静處此，上策也，知之。七日早無大風，必南去。陸方可先打發趕來，少有所待，天津爲期，再不可令淹滯也。

别後三郎還，知起居爲慰。宅上西樓北柴房，二月廿一日晚漏火，旋救滅，所失不多也，不必介意。掛選已停當，何時東歸，懸望懸望。深候命如昨。小兒病，羅昇先生來醫，頗有驗，容色已轉過矣，知之。

别後抵松，事竟如何。半溪殊爲簡慢，再煩致意，嗣當奉屈傾倒也。顧愉去侍直陳，貴卿以温言暫止其行，還日相見奉對道之。草草。

今早起，惡風甚，得顧玉報裹頭過山居。陸能繼至，知事如此，奈何奈何。若素行可恃，恐竟無事，寬懷寬懷。察院中情事，不測如此。徐少湖當與大巡相見，可浼致一言，兼達區區之情，如何？餘寫去二書，隨便遞之。作此滿目生花，病勢未覺退也。餘不多及。

適有事惱懷，令人短氣。封去書，望一一檢收處分。梅林公只煩送酒一尊耳，香幣致許台仲几筵，徐子升另行。病中無好況也。知之知之。三郎所告，斟酌而行，知之知之。

昨示邸報留看，内一束納還。聞斗塘令親在宅，尚有幾日去住。深兩日有瑣事羈絆，兼乏轎人，未即作候也，有待。

《葉氏病源》，古書也，借得發抄一本，醫書不可訛落，至叩至叩。適已發行牌，是十三日起行，明早將攜子女輩入舟，欲乘雨後稍涼耳。前途付之造物而已。勢須如此，賢弟知之。不必再勞出灣也，諸事舟中可了。到河西務，打發回京人也。便中報此。

夜來聞急雨，與憂心相搏。門祚遂衰矣，益知多財之累人也。《唐文粹》一部，猶是舊印，奉備覽藏。《廣記》抄本，借過一校。草草。

近日姑娘尊恙想漸康復矣。僕自宅上厚擾還，亦感痰惲，病良苦，近方疏，尚覺頭廻廻惡寒也。喜得令郎，足慰高堂，勝于得官數級矣。聞却賀，故湯餅之類尚欠耳。新兒最忌生人入房，蓋人自遠來，倘挾道路寒邪之氣，易于厭中耳。宜知之。力弱不能一一。

山水墨四幅，題曰夏珪。雖非真蹟，亦有老氣，但恨破損耳。可收也。

别後遊小赤壁，登千山絶頂，而遠宿唐橋，得手教。東歸避暑龍華，抵家見月蝕矣。不知事竟如何，遣鑑兒往一問之。南溪煩爲致意，此事待渠先發，須着一番武斷也。有便報來。不一一。

昨晚泊河西，魁等皆到，今早已發舟南去。得書具領。邃翁有書奉謝，煩賢弟一行。深已去，不及打量事宜，凡百俱要筭遠筭後，筭遠筭後。目前快意，慎之慎之。方兒使去侍伴，須防閑之，防閑之。密之密之。見山有書與他，不妨，是夙諾也。可與張爵同去，要觀詞色如何，報知。作急作急。其餘事付之天也。賢弟事成，宜專令一人趕至途中。『十七史』不甚佳，只作得三□兩人事，且攜回。餘不能盡。

近日家中人來，知吾弟乘春北上，喜慰不可言。吾衰老留滯，無限情感，思家之心，六時俱切，恨不能脱屣耳。世故多虞，人心日下，奈何奈何。須賢弟到可面盡也，跂伺跂伺。老妻病已付小兒，吾年六十二歲，自餘皆望外也，非筆墨可了。草草附數字。望保攝。至禱至禱。

龍江老先生望致謝意，別當附啓。世全三甥，會間道意。公冗極，草草。

黃甥標入京，得聞鄉信委曲，每用憮然。世道日趨日下，此係天運，吾人惟有順受而已，奈何奈何。承酒米之惠，如數領之，甚濟乏，多感多謝。春來闔宅暨諸姪輩皆安吉爲慰。深惟有病妻弱子，懸懸在念，知每被侵凌，此骨肉人倫大變也，中夜間惟有墮淚在枕上耳。吾弟見聞，乞以此情喻之，且傳聞，吾未敢以爲實也。念先祖積德，方當食報，豈宜有此斬澤事，此吾所以痛也。知亮知亮。來期如何？若家事纏繞，未易結絶，如何如何？聖主明察如神，群臣救過不暇。吾自改官以來，奪俸四月，粗就閒散，可以調理衰病耳。人歸，先此附數字。

近得書問，無任感慰。喜榮擢，甚稱老懷。薄意俟有的便，勿訝遲遲。宅上仙眷俱安好，家人輩亦守分。有一二訟事，亦爲料理之矣。四郎皆就縣試，二郎居前列，想進學可得也。僕還家已三月，應酬人事甚苦，兼補輳居室，周遭零碎，小家房屋，盡爲厚償，已略見方員，但所費亦不貲。小兒不願也，聊復爾耳。幸近來眠食比之在京似過一倍，餘年已付之老天，覺胸次乾浄許多。惟懶惰不能作書問，恐老人亦合如此。桂翁向無端的消息，日夜感知之私，如在左右也，幸一爲道達之。六弟與汝由家眷想俱安。所傳北虜事不一，頗以爲慮，如何如何？晨起辦赴哀詔聞，便風不盡所欲言者。亮亮。

大風中途想安穩。方僕遣追及杭，附去汪東峰都憲、俞文峰方伯二書，煩親送之。吴子醇太守書方送之，速東歸也。冬寒，指不多及。

《自警編》奉還。别有奇品，不惜攜至。玉鏡臺可令人持來一目。草草。

扇取五，明絲宜藍染，奉汝修賢姪。見意。亮亮。

與劉中丞

深無似，辱令兄牓末，有通家之誼。而執事握文印於南畿，有沾溉之益。向往之心，非一日矣。顧萍蓬之踪，風水易左，不獲一敍所私。昨歲叨扈從，得望風采于途次，然匆匆，竟不能通寒温，至今以爲歉也。即辰恭惟大府優裕，動定萬福，宏材碩望，簡在帝心，超出庶僚之右，大拜伊邇矣。萬惟爲國保愛，以究大業。趙判夢熊去，便敬附片楮，以引夙誠，尚希鑒宥。

與江村冬卿

往歲南擢時，屬有遠役，還京而行旆不可追矣。違闊時敍，聞問杳然，向往之私，無日不切。審道候多福爲慰。采石江山之勝，中多古蹟，想公餘乘月臨風，興致藹藹，令人念之欲奮飛也。

偶因便郵，附此代起居。深蒙恩歸，已成衰謝。清才碩學，爲國柱石，至願至禱。惟若時保攝，以副中外之望。不既。

與南塘年丈

長干執別，極感骨肉之愛。大梁奉謝，途次粗安，水陸之程滿一月抵家，私心已遂，荷尊庇也。第衰病侵尋，願棄人間事，不審又得遂否。老兄幸有以處吾也。留意留意。兒子某頗知向學，不能脱俗，一兩月間辦却婚事，當可策勵。冀他日與賢郎輩再結一重緣契，即鄙願足矣，自餘等付之悠悠也。時下春和，憲臺優裕，瞻望依依，惟冀若時保煉，以膺大拜。臨書惘然，殊不盡所欲言者。台亮萬萬。

與邑令二首

深頓首啓。比日時雨成霖，實執事隨車之惠，民有秋矣，欣慰無量。深以農事留江村，不時奉候。即辰伏惟起居佳勝。縣齋清宴，頗有迎謁爲勞，能無夷陵廷參之感乎？願自愛爲祝。深卧病小園，輒有草木之異，固仁政陽和所致哉。不敢貢諛，偶有小作請教，布鼓雷門，勿哂。萬萬。

深頓首。昨被盜一事，極蒙神用，感激感激。兹承緝獲，事有因由，物無左證爲疑，連人解上，并具訴詞，幸賜根究，以窮其黨類，則將鈎弩而出矣。諺云賊有脚，凡爲賊脚者，必是狎近習走之人，故推勘當自此輩始。蓋嘗考其素行，曾經敗露，則膽粗手滑，何憚而不爲者。況近時一種盜賊，爲術最巧，寧以一身就死，冀免餘人，非神明莫能破其奸也。況家奴輩之作奸違法，漸不可長，置之死地，亦不足惜。脱逃合火，其意何在。第恐深之受累者，又不止于失財而已。仰冀垂照，深不勝身家之幸。

與楊東濱八首

今晨東渡謁祠，有無限感懷，偶成一絶，寫還扇頭，欲與故舊同此情耳。得手報，多荷盛意。第猿鶴之性，自愛山野，此未易與不知者道也。亮之亮之。

前此嘗因風日妍美折柬，知有蘇行，無任馳想。適承清惠，感慰何可言。江山神助，當面請教，日下能東來奉候也。草草。

深迂愚，自取罪譴，尚賴聖明寬假，幸有此行，復得公此文，所獲多矣，非謝能盡也，感慰何如。兒子尚有乳氣，豈敢當長者盛禮也。返璧勿訝。亮之亮之。

深近于澄懷閣下、小滄浪之上，周施闌檻，置三川石于其間，俱有壁立萬仞之勢。每朝日始升，夕陽初下，時時倚杖，以寄吾平生傲岸孤峭之氣。題曰『柱石塢』。東濱知我者，爲我作小詩歌之。新涼能來遊否？

來詞情事甚實，向曾與子文議此，勢須一出送考，乃有機會倒斷。審尊體未耐此，故屢欲啓齒而未敢也。如深者，不過以口舌奉佐耳，恐無大效驗，當場豈敢愛一言之瀆耶？況此亦已試不濟之策，如何如何？迂疏衰鈍之人，空有此心，兼暗于事幾，惟見教勉以周旋，求無愧于故舊而已。亮之亮之。

鄭希之惠禮，介以尊翰，心知感矣。但深門祚衰薄，遭不肖兄弟弄事，狼狽如此，愧死不暇。自當牽牛謝過於鄭張之門，復何顏面更受其惠，想知己者不以爲罪也。違命當贖。深自宅上擾還，即得痰疾，兩旬未妥。聞伯立氣體已康健矣，末路收功，期與伯立共勉之。小詩附上。春和乘興東來，一落池上之成，如何如何？專伺專伺。餘力劣不具。

三郎筆意咄咄逼人，何但跨竈，自是鄉郡後來英彦也，爲之敬羡。餘容面既。不具。

昨承蝦脯之惠，感感。石峰先生被劾，聞已慰留。南行事何如，機會不可失也。區區老懷，無以爲助，幸審處之。南莊册即今秋了還。亮之。

與董子充十二首

深稽顙。惡逆餘生，杜門待盡。復以不才，至煩廷劾。待罪之次，適值天怒，惶懼無措，以俟誅殛。不謂復見天日，得辱慰存，極感極感。公私傾圮，先壠頽廢尤酷，半生精力，付之一慟，奈何奈何。使還具復，惟情照萬萬。不既。

深頓首白：久乏良晤，無任馳想。昨得華札，欣慰如何。所需書册，稍涼種種檢奉也。秋暑悶悶，稍事修葺泉石，爲養疴計，未免經心，遂至勞頓，求閑得忙也，可笑可笑。承問尚書入閣，自近時丘文莊公始〔一〕。前此蹇、夏，亦有故事，但與近日事體略不同也。漫復。餘儲面盡。即當解維，前途惟保攝爲祝。少物寓遠，期鑒之。楊用修附一疏去，中有文字相託也，知之。餘非不敢多爲紹介，避雠引嫌，且恐爲子充累耳。情亮萬萬。

深比過吴門，以歸心急，乘月東下，不及款曲，想勞馳情也。新涼望一過山居爲慰。役事近當何如，真累人也。小僕來，欲買松杉數株，幸左右之。至叩至叩。餘瑣事，乞一一周旋爲囑。餘儲面盡。毒熱保攝。不具。

哥窑匜爐煩製底蓋，烏木爲上，須精緻。碎瑪瑙碾作罏頂，素滑爲佳。洮河緑石製爲硯，須隨料作古雅之器。

兼旬溽潤，殊泥人欲逃。忽承金鯉，湖峰乃動静灑然也。謝謝。

昨承過，匆匆不遂款曲，殊以爲歉。所許古今文籍，幸攜載而來爲望。金鯉畜得數尾，種之小池，亦樂事也。亮亮。餘不盡。

昨辱清惠枉顧，匆匆失款敍爲歉。墨刻二種漫往，瑣瑣去子能口宣也。亮之。聞三崗令叔榮出，兹不具，煩爲轉道謝意。餘惟齋居進修爲祝。

别來想起居佳勝，造詣深醇。每思一見，徒付之瞻望而已。張生蕃去便，迫暮草草，殊不盡所欲言者。餘惟自愛。不具。

别來病懷殊惡，坐是小兒亦就南試，知之知之。榮行不復能出餞，幸亮之。秋風佳報，洗耳以聽。雲崗書寫去，乃力疾草草，見聞爲道。老病閉關。餘不盡。

比得書爲慰。向許攜示法帖，如何？昨令叔送餞，乞爲謝之。云有藏經紙尤妙，恃愛瑣瑣。秋漸佳，進修爲祝。三崗令叔轉道達。

承遠使致贐，感感。例不敢拜，幸亮之。外所委具領，途次一一奉内。麟山先生、令舅同此致意，别當嗣音。不具。

欣□既去，伺後便同往也。此等書信，恐未易達爾。燈辭是王丞留示，復出借不宜，録一本去也，幸勿訝。草草作報。

【校記】

〔一〕丘文莊公：原作『莊文莊公』。

與唐龍江四首

深拜啓。自元旦來，舊恙大作，不獲登堂伸賀。重裘絮帽作枯坐，連日聞見，此心甚覺不安。承諭亦已預爲之地。今早因李二尹之請，復令小兒進入，再三致意，想當感動。晚景歸田，豈願有此哉？台亮台亮。

深行時，重辱厚贐遠餞，無以爲報。别後兩承手教佳惠，豈勝感激。深身在群疑積毁之中，以得覩天日爲快事。荷蒙聖主特達之知，未至闕廷，先煩注擬，實出望外，惶悚入謝。北來視事，覆餗爲懼，遂有講筵之命，特勞御札，皆前例所無者，不識知愛者何以見教也。時下尊候萬福爲慰。久負幽枉，即遂明揚，主上破常調用才，真若飢渴。賜環伊邇，此中非一言可了。令郎嘗嘗相見，恨居遠，爾能自樹立也，不勞介懷。恕齋先生不及另柬，同此致謝。

深連日以陰濕發舊恙，未申參候。晨起霽景開明，天爲壽筵設也。先令兒子輩捧觴，至期登堂以祝。惟台亮萬萬。偶有舊畫，寫短句附上，一笑。

鉛山典史去時附書，後向便乏，兼承攝篆者四月餘，近始受代，音問遂落落。四月末，小兒女輩始到京，途次粗安，老父康和，皆尊庇也。敕軸日下即領，三弟南還附至上宅如命。此事歐憲副子重極爲周旋，書寫亦出其所擇，相見幸再三謝之。尊堂老夫人暨令兄恕齋闔宅各納福。聞賫甥已北來，赴部送監尚未至。京中事體想子重能言之。既不欲盡，亦不忍盡也。餘惟情照，兼祈保愛不宣。

與石門師相

深不肖，去門下之日久矣。雖寒暄常談，亦不獲以時具。況禮有大于此者，名教之罪人也。恭諗台慈萬福，海宇蒼生之望，以日爲歲計，即有以慰之。至禱至禱。深竊禄于蜀兩寒暑矣。嘗一奉手教，每展玩之，如侍左右也。謹此附起居。病目三年，漸已盲廢，今日臨紙，殊甚加憐，亮台慈未必不加憐也。餘惟涵宥，深惶悚不宣。

與某提學

深哀次久病，無緣奉謁稱謝，愧悚愧悚。仰恃執事知愛，亮有以處深也。兹啓：縣學生滕奎，與深少同筆硯，最蒙麗澤之益，號相友善者，無過于此。今不幸見惡于其叔，本争家財，誣以他過，而學諭李先生遂欲中之以法，一面申請執事俯賜行提，罪有所屬矣。但念此生立身行己，不至于此，姿禀文學，頗有可觀，合在教養之列。且母老子幼，又可憐也。雖其叔亦有悔過之言，若使置奎于法，亦非其叔之本願也。仰冀執事于衆惡之中示同仁之德，實此生再造之恩，而亦一郡風教所繫，深之幸也。無任拳拳，伏惟照察，諸不次。

與復泉中丞

深欽向之日久矣。深以得備下僚爲幸，兼程西來，忽承新命，改爲蜀川之行，瞻望之私，徒切瘝瘝。昨過貴里，承令郎禮遇，極知執事之家教也。異日獲講世契，感慰無量。候吏還，謹此布忱。伏惟德望日隆，寵擢伊邇，側身備賀也。餘惟若時保愛爲祝。

與陸玉洲柱史二首

深無似，受教愛愛，惟有感激。幸叨一轉，極知所自。奉别之際，備承禮宴。發行之日，特枉郊送，兼辱護使遠侍。凡此皆非深所宜得于執事者，不知所以爲報也。比已登舟江行，無任瞻戀。僅得拙作一篇附呈，幸覽教。殊愧衰落，無以鋪陳盛美也。《大益書院記》，前途撰次，苟成别上，幸台亮之。時下春和，臺端萬福爲祝。

深承憐恤教愛，迥出常情，惟深感刻。二月廿日，荆州伏覩邸報，重煩薦剡特上，爲之喜懼累日，不知所以爲報也。承命大益書院文字，自惟衰退〔一〕，無能爲役。聊據邵守事狀，及往時顧提學先生所書敍次。稿上，仰惟執事宏才碩學，一一點鑄之，深附名爲榮。如不可用，幸見示，當别爲創具。至叩至望。承方塘公處款留。廿四日北發，至荆門，遇雨少留，即爲謁陵之行而後去。敬令命使西還，謹此附狀，以代起居。北事傳聞無實，前途尚容敍頌以悉。餘惟爲國保愛，以膺寵擢。深惶悚不宣。

【校記】

〔一〕惟：原作『推』。

與儲芋西

深幸入朝，多病碌碌，無以報親知爲歉。夏間梅中堂行，曾附起居，想邇辰道候佳勝。比來傳聞藉藉，方在疑似間。果爾則群小無狀乃至于此，雖僕亦不知所税駕也。憂懼奈何，憂懼奈何。聊此致問，便中不惜教示，以慰瞻望之私。餘惟節宣，以介多福。嚴寒不盡所欲言。

與秦元甫二首

别來瞻企甚勤，碌碌廢日，久闕奉候。新春起居萬福爲慰。適拜佳惠，高作捆載而至，拳拳垂念之意何以當，感刻感刻。辱教外家事，才拙力薄，亦隨分酬處，未敢必果遂此志也。況苦塊毁瘠之餘，惟有此心，賴知我諒之而已。大抵毁譽之生，其大者爲禍福，自可付之公論。若夫君子小人消長之數，其所關係者大矣，奈何奈何。入春以來，江上有警，兒女輩累人，有至通宵不寐者，殊爲惶懼。何時得奉清言一傾倒也。旅溪翁處雜書，伺春暖校畢奉還，便中幸致感謝之意。使還，草草布忱，不盡所欲言者。餘惟自愛不次。

禮制甫及，感慕彌深。伏承遺慰，豈勝銘刻。儀幣過腆，例不敢拜。炎暑少衰，登堂請謝。餘惟清照萬萬，不備。

與崔洹野祭酒

深五月中入朝，過吏部作參，會景侍御坐次，便欲附問，竟參差不遂，豈勝悵望。即辰伏惟孝履何似，闊遠不審襄期，屢失疏慰。緬想誠孝，尚冀宣節。聞后渠邃深，極稱讀禮，餘功復以淑來學也，向仰何言。深衰病餘年，誤蒙召命，道聞新恩，皆出望外。方群龍滿朝，迂疏野老，乃自夕陽牛背來，厠足其間，付之重擔，顧未知所息肩也，奈何奈何。夙蒙垂愛，幸有以教之。周長史行，敬此代起居之私。餘惟保重爲祝。不宣。

與龍灣太宰

奉違教範，無任向往。河下承惠《學》《庸》定本，旦晚展閲，啓益良多。比到都下，每與士夫話公以七十之年，一品之貴，無他嗜慾宴安之好，而窮經考文，至欲與應舉求名之士較争于一章一句之中，是其精明之所養者，正《學》《庸》之第一義也。而況于折衷衆説，有超然而獨得者哉。深欲以此意爲二書序，而未敢也，聊以奉聞。時下冬初漸寒，伏惟台候萬福。安生南還，道出門下，謹勒手狀，伏惟尊照。倘蒙記存，時賜一字爲教也。至禱至禱。

答劉乾

深林卧之日凡八年矣，伏計奉違教範又不止此，悵怏悵怏。執事以碩德重望，出佐聖明，不鄙疏誕之踪，遠荷垂念，知感知感。比蒙收召，實出望外。再擁皐比，勉圖報稱而已。執事以爲鄉國之輝，明良之慶，深何敢當哉。盛儀例不敢受，敬用返璧。使旋，先此申謝，尚容請荆。餘惟爲國自愛，以膺大拜。不宣。

答蔡中丞天祐

深疏誕之蹤，爲世鄙棄久矣。兼在群疑積毁之中，瞻望徒切，相見無由，慚悚慚悚。比蒙收召，出自聖明，不得已備員成均，繼諸同年後，是皆望外之幸也，何足齒録。執事以老成人望，暫寄鎖鑰。天朝八座，指日可待。深也無似，願拭目以睹勳業之成，又何幸如之。腆儀例不敢拜賜，敬用返璧，諒在契下，必能垂仁體察。餘惟爲國自愛，以膺寵眷。不備。

與徐崦西二首

遷居事，累高雅爲愧。今日西行果否，早過奉同之。

承誤失足，得無傷乎？内護須服紅花酒。有膏藥少許奉去，以綾紵之類，用火鎔攤，可速貼上，即效也。餘惟加飧。

與郭載道

春初楊進士同年行，曾有柬達。繼郝貢士槐至，得手教，猶是去歲寓徐時所發。而執事開封消息，尚未得一慰渴仰也。郝云令郎有溺河之慘，殊割鍾愛，不知蒼蒼于仁者何爲而至斯耶。

久失奉慰，想忘情者亦已久矣。伏惟順時自愛。金山張涇新貴治訓導，行間聊此附啓，併希青目一二〔一〕。區區不盡所欲言，亮照。

【校記】

〔一〕青目：原作「清目」。

與張從範二首

執事之莅海豐，已及半歲。四境之民，蒙其澤者殆將遍漉。想庖丁解十二牛于一朝之頃，又不可以歲月計者耶。如何如何？茲因張司訓行便，聊此奉問。張，僕鄉人也，老成謹愿，凡百幸青目之。時下煩暑漸退，自愛不宣。

別來企仰殊甚，第恨碌碌，不能屢致音問，爲罪爲罪。遥聞尊夫人盛年棄捐，令人驚悼不已。家母、拙荆哭之幾欲失聲。緬惟執事悲痛當奈何。近知宗魯亦罹此厄，何吾故人之相似也，此皆理之不可諭者，幸甚自遣。便中附布，不盡欲言。萬望努力秋闈，明歲除夕，當與君共守長安耳。漸寒珍重。不宣。

與徐御史宗魯

別後屢承教翰并高作，極感感。史都閫至，復得手札，嚴詞峻讓，深愧汗無已。然所以得罪，實以疏懶之故。欽佩所謂難于措詞，殆調笑耳。深雖不得屢致音問，然執事起居，深未嘗不與聞也。去歲中秋之夕，與光甫輩泛秦淮，弄明月，豪飲酣歌，通宵之樂快哉。而真州教席大啓，文譽遠播，尤慰素心。特鼓盆之悲，元之至方知耳，驚悼累日，奈何。吾兄失此賢偶，況賢郎乳哺，不能不嘅然也。幸甚自遣。即詰之欽佩不道其事，欽佩始悔之，因得見墓銘，不勝悽惻。又聞新夫人殊佳，絶不知花燭之期且在何時，又爲吾兄一喜也。欽佩有作奉寄，約僕和上，當別發耳。此時想尚在真州，聊此奉問。漸寒珍重。不宣。

與劉克立二首

兩承翰教，并志書、石刻之惠，極感極感。未緣瞻侍，無任馳慕。恭惟執事出都大郡，復當要區，領刺史令奔走門下者幾三十，此與古之諸侯何異。往往人猶少之，蓋以執事才譽素高，未滿人望耳。承問作郡方略，深書生何知，聊以小詩上寄，乞賜一覽足矣。令嗣辱不鄙，相與頗久，愧蒙拙無益。然姿性過人，稍加近裏，可成遠到，賴賢父兄終成之耳，想此行爲不徒也。途次春和，萬萬自愛。

深猥以不才，致煩臺評。毀瘠之餘，恐懼至死。比日傳到彈文，深中不肖隱微之私。爲明天子耳目，進賢退不肖，固當如此。所恨身在草土，無階自陳。坐待誅戮，以明國典，此深之分也；公道布明，忠賢得免，深之心也。延頸以聽，爲日既久，未蒙行遣，竊過疑之。吾人發身，偶居文墨議論之司，别無建白，所貴善處人君臣朋友之間，將以彌縫其隙而承之。深非其人也，不能遠嫌慎微，既已有傷時賢，旋復身陷清議，區區爲國之心，翻成誤國之罪，死不足贖，獨此爲耿耿耳。自今惟有一意乞休，以避賢路，不然伊川、東坡之事可鑒也。乃若懷小憤以忘大體，亦恐或人之不予諒也。忠信未孚于上下，夫復何言，不識高明何以處我。深自去冬襄事後，鑿池種柳，漸成隱居之趣。倘賴仁聖獲賜保全，使得杜門悔過，以畢餘生，爲幸多矣。末由參侍，聊布所懷，仰惟垂照。萬萬。

與張西峰二首

辱和章，甚慰引玉。看花之約，僕即往梨雲庵坐候，執事散衙，乞不旋馬而西也。

雪意如此，頗憶戴安道否？散衙乞過此，往宫中一行，殊有佳致。明日必有遠白可觀，當作出郭之遊，如何？

與吴石樓祭酒

違尊已久，感仰彌深。恭審榮陟，欣賀無任。仰惟主上留意人才，故既付執事以文衡之柄，旋有大司成之擢。經幄玉堂，雖成暫去，而執事發舒聖賢之學，兼爲政教之行，海内士争自奮勵，以得出門下爲幸，其于國脉補助不淺。遂將自此而入踐台元，計匪遥矣。鄉邦後進，素感知遇如深者，方以德輝甚邇，時有所矜式爲慰。頃病懷未良，無由從執事于佳麗之地，以卒業耳。辰下向熱，台候動止萬福。瞿生鶴復監，聊此附申賀私。汪先生素以通家之舊，再敦僚友之好。伏想協恭之餘，其所得者，當不止于長篇大章、金春玉應而已也。尚冀枉教。索居海曲，侍親養痾之餘，他無足道。再拜。臨書豈勝眷戀。餘希台照。

與王三甥國恩

昨議二郎姻事，出我二老人本心，蓋欲親誼世世不絶也。汝不欲入贅，志固可嘉。但我女無子，以汝次子爲彼長壻，諒亦無忝。我令建此西莊，雖爲娱老計，實爲三甥女設也。且我女所蓄，諒不爲他人所有，汝子享之有餘。今汝不欲，想有小人間之也，毋聽毋聽。二郎氣質清雅，不當以尋常小兒目之。待我病愈，當爲延一明師，改讀《禮記》，嚴加琢磨，他日料不爲白丁。命梅霽作伐，擇日遣茶棗二盒行聘，汝備庚帖酬之，若欲更加釵珥，以飾外觀，來與岳母商量，諒必有處。病筆不能多言，當承我志。

與某

深啓：長安遭凶變時，仰承弔奠，不勝哀感。𥹥匐在道于齊魯之郊，旋聞執事守制。執事仁孝之德，通于神明，亦復有此，何耶？然尊甫受封貽養，爲日久矣，生榮死哀，亦足自慰。側聞南還，遂襄大事。如深者百凡未備，尚淹堂室，益重惡逆之辜，悲痛奈何。勉欲趨慰，哀病未間，謹遣小僕賫上麄帛一端，焚之几筵下，死罪死罪。仰冀節哀。深不次。

與某

深啓：往歲執事自衛輝入覲，屬有時禁，不得早暮候問，以伸舊日知遇之私。顧辱厚惠，感仰何言。深惡逆滔天，於去秋禍延先妣，𥹥匐南奔，卧疾草土。側聞執事常州之命，爲此郡稱慶無已。恭惟執事蘇松懋績，素聞當宁，此行雖出于簡在，然亦小試耳。江南之事，行當屬執事矣。環數千里之民，蹻足以俟。仰冀爲國自愛。小書粗帕，聊將鄙誠，未敢言賀也。不次。

與某太守

仰承尊命，力疾具稿。深寡陋淺劣，自知不足以副盛意，正有望于改教耳。倘賜塗竄，得以借光增重，豈勝感慰。聞首簡尚虚，如鄙作豈敢先出哉？遥以爲懼。顧太史先生人品學識，俱極天下之選，而又提學先生之所重也，必得序于此書，乃可傳遠。而執事佳惠厚費之意，亦足以發揮也。仰惟不惜再求，庶于此舉爲備。如何如何？二鄉友累至寒舍，誠意懇到，亮執事必有以處之矣。謹布鄙懷，尚祈情察。不次。

與楊郡博二首

近使節至松，竟不及一會，敍所以契濶者，無任悵□。□不鄙以《古文大成》索拙作，辱遣幣走使，賁光多多，感謝。此書郡侯一力興工，成在不日。但佛頭未易著糞，如深則狗尾豈可續貂乎？不敢違盛意，力疾撰次數語附納，亦以贖前日遲慢之罪耳。深心志摧折，舊學廢忘，觀此文足以考見矣。知愛如執事者，將以教我耶？乞點竄示正，及今未刻時，猶可爲之。若使異日人得以竊笑，亦執事者之羞也。如何如何？顧士廉先生不肯作前序，想必有故，但執事不可不再求也。此書若非士廉屬筆，如深者豈敢僭爲哉？聞士廉以爲此書尚有遺漏處，執事倘以校編之任歸之士廉，則序必肯出，而又以見此書重翻之意，稍稍不同于應天者矣。此亦一盛舉也。如何如何？因風縷縷，仰冀情亮。張同年九苞屬筆致謝，漫及之。瞻晤未期，伏惟爲道自愛。

深啓：向者辱光過簡慢，方欲走使告謝，而三鄉友及門，手教又至矣。高情雅誼，何可當，何可當。鄙文力疾撰次數語，謹録一通請教，恨不得親寫耳。照亮照亮。聞顧太史先生已辭前序，如深者豈敢先出哉？昨得備聞委曲，則閣下不得不任其責也。僕已有啓，從臾郡伯再求。提學先生□□移書，必再求矣。惟先生從中調護之。不然提學求□□書，本是美意，而竟搆隙于士夫，豈其初固然哉？則先生不得任其責也。

與某

深疏慵成癖，知厚如執事者，不奉聞已三載于兹矣，罪何可言。曩歲得洪都長書，副以石刻，極感極感。近南濠來，又承手教，不謂執事尚惓惓于僕也，爲愧爲慰。人自南都來，每得起居佳勝。暇日輒誦《滕王閣賦》，并江西諸詩，高詞古韻，溢在耳目，恍然與執事對面語笑若是者。深于執事，所謂跡遠心邇者耶。别後老母就養來都，時時水土不調，屢親湯藥，坐是親交俱疏。近又喪長女，臨哭過度，卧病月餘。前此又有兩殤，羈人薄命，家事且然，況其他乎？前月病起，已見白髮矣。歲月忽忽，坐成老醜。舊業荒廢，尚可爲知己者道耶？却望故鄉，如在天上，願執事索我于形骸之外也。近詩數首漫往一覽，幸勿傳示諸人，至叩至叩。所要尊翁老先生壽詩，僕未敢以紛擾之思瀆之也，容别上。情緒萬萬，未緣瞻企。餘惟自愛。

與太守顧草堂

深自甲子冬拜别尊範，于今三年矣。恭諗壽履康强，日進未艾，而南溪之上，草堂之中，奕棋賦詩，未嘗輟快。甚恨深不獲從几杖，爲公斂枰録稿也。屢蒙厚惠，感荷無量。曩老父壽日，重辱過從，車馬儀文，光賁閭里。未緣展謁，輒此上謝。伏乞順時保嗇，以膺上壽。外壽齋劉老先、黄堂□侯博、談親家諸鄉先生，欲一一裁謝，緣小僕從陸還，不能多及。倘會間，叱名致謝，至叩至叩。不肖以是爲長者累，知罪知罪。

與吴千兵敬之

久别未緣奉問，恭審動定萬福爲慰。春間家父壽日，極蒙光重，感謝感謝。比聞有訟事，執事以仁厚之德而處骨肉之間，想無所不可也。幸勿介介。小帕二方，聊將遠意。時下嚴寒珍重。至祝至祝。

與王柬之

得七月間書惠，極感極感。懸望高擢，而薦剡中獨少執事，是固有司者之不幸也，幸勿鬱鬱。辱令郎寄至文字二卷，才氣迫人。間嘗出示諸同寮，皆以爲老學。問其少年，無不擊節。執事有子如此，可以自慶自慰矣。更望養成大器，至願至願。尊甫萬福，闔宅清泰爲慰。小姪女在舍失教，第恐佳兒不是佳婦耳，如何如何？春間老父壽旦，重辱垂惠，多謝多謝。家人東行，聊此奉啓，不能多及。朝立乞吒名致謝。

與滕天應

别久，極難得執事消息。恭諗動履萬福，不識曾添得賢嗣否。吾鄉文運太厄，高材捷足，多逸在罔羅之外。如吾天應，尤使人驚詫不已。僕不肖至親，如吾宗溥家兄，至交于吾天應，竟無一人北來。窮冬客邸，殆難爲懷。亮之亮之。春間老父壽旦，重辱厚惠。夏間以官事，復蒙周濟。深不德，不能率于宗人，致以是爲故人之累，愧死愧死。家人車旋，聊此附謝。

與李獻吉

得所惠書，知動定萬福，甚慰。兼承香蕈之惠，甚感甚感。聞築室河上，息交絶游，甚善。僕于執事發書日，蒙恩待罪史官。比蒙問及，輒以爲報，惶悚惶悚。昌穀已到京，異書終不可得，當别圖之。使旋，匆匆奉復，不盡所欲言。萬萬惟自愛。

與楊伯立

春夏間多病多事，兼抱兒女之痛，情緒作惡，筆札久廢，故不獲奉問。近承遠惠吉具并手書，知屢有不如意事，遥以爲念。僕不肖于執事，無能重輕，是固宜有之。若謂不忠于執事，恐非僕之初心也。執事才日高，名日盛，故人之私，深以爲慰。鄉人頗傳執事放于形骸之外以自適，信然，尤非僕望執事之初心也。因書相告，幸甚自參。侍末緣，仰惟照悉。

與沈仁甫

石汝清至，得手書。前此兩度書皆至，具悉孝履迪吉。浮雲變態，何代不爾，高雅者供一笑足矣。所托墓銘，傅先生近爲史事所拘，雖蚤莫請之，竟云未脱稿耳，終當不誤襄期也。鄙文行狀録一通呈上，深恐不足闡揚先德是懼。繡補屢不售，緣無甚識者，好貨難賣，蓋不獨此一物然也。托家兄返璧。官絹一端，奉將賻儀。外贈别詩二首，僕自别後，憂病相仍，竟未納上，容别發。他所欲言，不止一二端。臨紙盡廢，奈何奈何。時下秋深，節哀自愛。不宣。

與欽之

奉别餘四五載，音問杳然。張茶陵還，云常奉談笑，第恨無書耳。近惟中兄過舍下，始聞有内子之戚，極以爲念。惟中亦云不能相往返，彼近者且然，聚散無憑，豈固如此耶？深家居以來，多病多事。骨肉之變，殆不忍言。今春一病，幾至危殆。惟中至時已五月，尚被褐而坐，數日漸覺安復。所幸老親安康，復連得兩嗣。長者戊生，今已能行；次者亥生，方當學語耳。兹將復從禄仕，此情萬萬，非面莫盡也。未識兄北上亦有期乎？唐士絅將命貴藩，□行附問。緬維封君老伯先生壽履佳勝爲慰。麒麟消息，竟爾何如？常甫赴任，曾一相見否？餘非筆墨可既。

與張常甫

往歲附一貢生書問。入郡伏審榮拜湖南之命，厚養正學，爲國掄才，無任慰賀。兼聞得遂迎養，蓋不但天倫之樂而已。忠孝之心，臣子之職，自古罕兼，而一時奄有，此實執事素行通于神明，非常情所可希冀者也。深之進退出處，殊爲狼狽。讒毁交集，都不遑恤矣。奈何奈何。此情非面莫既也。比幸老父康健，有兩犬子。目前之計，更圖趨朝。第恨君子之教不聞，益增愚暗耳。惟中近過舍下，留兩宿而别。每一談議，此心未嘗不在左右也。欽之不識數相見否？音耗極難得，無任眷戀。唐秋官士絅將命附此。兩日正治行計，不盡所欲言者。便中枉教爲祝。

與沈西津七首

伏承雅惠，儀物兼備。誼不敢當，遂勞空返。昨出謁謝，值公留宿西郊，未悉鄙忱。秋氣日佳，正行樂之際，愧未能相從以極登臨勝概也，奈何奈何。近葺一小樓，可見浦，埽除將畢，當奉屈一過，焚香勘書，如古人所謂消遣世慮于江山之外，先此奉聞。餘惟珍攝爲祝。

昨還，具承厚愛，感不盡，謝不盡。匆匆早發，不及領教，兼虚追餞，無任瞻馳。深八月初入閩，到處爲谿山留戀。遊武夷，奇趣極矣。以望後履任，氣候頗佳，時有烟嵐，須用早眠晏起，極于老懶爲宜。餘事付之悠悠也。即辰尊候勝常，静養爲樂。但麒麟消息，便輒示報，以慰想望，如何？餘惟若時保愛，以需召命。

雲谿翁已七十，想有大篇爲壽。深昨亦許致，已緩不及事，意不負也。令姪元敬親家爲道此情，不及另柬，亮亮。

龍華遠餞，無任感激。至松擬一會，三日始發去，悵望悵望。至蘇見介夫，囑以從容。雖會安二守，竟不及道尊意，想蒙照亮。沿途知舊每問起居，無不扼腕稱嘆。物情如此，寵召可計也。望後過潤，過夏公謹給事，遂與聯舟北去。瞻望日遠，萬惟保愛。汝吉承遠送南還附此，邑中諸親厚不及上記，煩爲叱名道達之。不盡所欲言。

吴淞遠餞，無任感戀。三月初渡江，驅馳河山之險，不即布謝，亦不暇也，尚賴尊庇。夏初抵晉城，十一履任。所幸鎮、巡暨二司諸公多故舊，慰勞殊倦倦。念欲少效勞勩，以報聖明知遇之私，然後避賢路，奉骸骨東歸耳。不然深老矣，豈容再辱哉？便中幸枉教之。秋風有期，斯言不敢食也，亮之亮之。邇辰台嚴萬福爲慰。麒麟之兆，想當墮地，如何如何？家僮還，敬此附起居。餘惟若時爲國自愛。不具。

比辱遠書，極慰瞻企，具審道候佳勝，豈勝欣浣。深處此粗遣。近爲新例，要須奉行，歸計未即决，還以爲愧，奈何奈何。閻愈憲再四致謝，有書物一封附納，便中乞還一字爲信也。直齋翁時相見否？爲道夢寐之情。人行促，不及附問，煩健步不憚奔走，同此奉達，一笑一笑。南中初冬猶暖，惟爲道保攝。不一一。

弱劣病淹，至發兩目，又一月矣。終日如在烟霧中，衰年患此，勢將盲廢。人間世種種乏味矣，南征犯炎毒，得至重，亦所不願也，故遲遲，奈何奈何。昨强起對客，遂至轉劇，何緣請教也。王蘇州早間使至告别，爲之驚嘆。嘉興守尤所注望者，今若此，豈獨人事哉？想津翁直道，安能忘情此等耶？薛浦父子事惟命，第恐鄙薄無能始終耳。亮亮。力疾。

奉竹坡公書三首

八月十七日黄克清家人行，有書，後京中人伴俱安。只有朝廷于八月廿七日復出過居庸關，往宣府去，此事甚爲可憂。近日魯祭酒告養病去，該有南京司業之缺，老先生注意在男。衙門中有一二同僚欲得此官甚急，但年資俱在男下。只在九月中題本，男定幹在十月終可到家也。若謝天地祖宗得此，一則近家，再得父子相見；一則省盤纏，或可以免禍也。家中只宜收拾安定，不必再動也。若命下之日，另有的信附回，可着一二人接至蘇州也。京中房子自可脱手，餘不勞掛念。今因嘉定陳司務行便，匆匆附此。伏乞知悉，餘俟再書。

九月初二日有寄嘉定陳司務書。彼時北監魯祭酒養病去，欲調南京賈祭酒來，却陞汪司業做南祭酒，有缺，老先生欲男爲此官，令人來問。男因近家，兼得奉侍父親大人，欣然承命。朝中士夫半勸半留，男一意作南行計較矣。不想北京祭酒今陞了學士陳霽，南缺不得動了。故陳司務書中之言皆不得遂。若陳司務書到，乞不必對人説罷。京中事，只有朝廷尚在宣府，説在近日駕還。人心雖然見疑，看其事勢，目下亦無甚事，只日後不知如何。男身自交九月以後，舊病未能斷根，日嘗吃藥。只有人事要酬應，況無替力人。家小須得要來，但不知座船何日到家。及聞在路損動了些，也無的信。家小若來，如今恐府縣難靠他，只得自費用些也，没奈何。陸資回來，各處相識也曾干聒他，不知如何。見今曲通判在此進表，男再與之計較，看他意向如何。吴太守京中名聲甚不佳，只淡淡罷。近日又要差官校提王知縣一起人犯，只恐府中擾攘，吴太守或亦不久于松也。不必令人知之。如今是非口舌全從平地上起，禍與福俱不可以理料。處今之世，安静爲上。但房價并盤纏，不知差人來京也在何日可到，縣望縣望。

閏八月十日寓北京男深百拜父親大人膝下：自得家中六月二十日寄與民快書，一向無信息，甚是想望。不知入秋來父親大人壽體如何。葉伯公去後，有八月廿一日十六號家書，寄董監生回，想已到。京中人口無事，妳妳已起牀復舊了。桴、楫二兒上學，日就規矩，不煩掛念。今打發包南回來，不知陸悦等如何不見起身。盤費米糧俱盡，可令二弟一催之。新太守尚未出京，十月盡可到任，甚是留心民事。新知縣鄭洛書字啓範，福建莆田人，丁丑科進士。此人年少至誠，頗有學問，于男雖有師生之分，但非親取，不知他存心如何，只可泛常相待。鄭知縣出京時，當自寄書。男深百拜。《片玉堂詞翰》中録出。

與宗溥從兄五首

前夜甚愧空反，想無恙爲慰。承教顧克載田蕩事，連日遥度，但恐題目太難，令人無下手處耳。且以弟私計之，界非方圓，力本綿薄，事在所緩者。若以全交言之，亦須數年生息，方克有濟。自今而論，價惟坐索，契諱面成。田糧之數，但案舊籍。而邱畝段落，姑存其名。恐舉措不當如是之疏脱。古人云：和義爲利。且事求有終，此弟之所以遲疑而未敢復也。果然克載高賢，一被世俗之陋，爲之必欲相成，姑據其得實者，殆俟新漲已足，舊額不虚，弟亦不敢食此言也。幸爲委曲謝之，至叩至叩。明日有時享，祭餘奉屈一敍如何？當併邀世安也。不次。

桂魁來，奉手書，知家中骨肉輩俱安好，及先長兄葬事已畢，皆吾兄孝友始終之盛德。恨弟在遠，無毫髮贊助也，不勝哀愧。近得張約齋先生南都寄書來，知兄已就試畢，消息不知何如。林提學先生嚴密人也，此時想已到縣考過矣。弟圖南之計，又被他人所先。賣屋束書，行李已具，心甚不樂。本以衰遲之人，爲遜避之策，尚爾不就，他何望也。老幼關心，鰥寡相望，是何等情況耶。但以家門事重，復更强頑于此，以待後舉。衰病交攻，精神消減，鬚鬢白者漸多，恐力不足以當繁劇也。弟志欲引疾求還，但父親大人心中不知如何，吾兄望乞特過商量，使得奉身而退。當今之時，未必非福也。早晚陞職事定，再有書上。宗潤、澄之兄不及另具。餘不能盡。

陸資回，曾具書。邇來尊候康勝。京師今歲水災，客居多傾圮。兼各處多變異，未知時事竟何如也，幸吾鄉無之。但王知縣奏告事，未免爲之一擾。此亦乘時爲之浩歎而已。新提學昨已會請過，尚未出城。弟亦粗安，但思親懷鄉之心，日夜切切，爲之奈何。家中各宅想俱安。大伯、七叔、宗潤、澄之兄，均乞道意。顧孟恬回，附此充遠信。餘容再啓。不具。

沈子雲到，奉手教，極感拳拳。但蒙善處老父事，寔家門之幸，私心喜慰，何可勝言。所囑新提學事，謹當致意。此公聰明特達，當勝前人也。弟處此粗遣，監政頗不甚謬，兒女亦安好。但房下疾病淹纏，極懷憂慮，乘有機會，決圖南歸耳。張約齋先生想到家已久，幸爲致殷勤，匆匆不及奉問。今歲會試録附上尊覽。郡中與者四人，獨李廷鳳乃上科遺珠也。第二名廖道南佳士，其學當不下舒芬，可爲朝廷得人賀，弟亦與有知人之榮焉。輒以爲報。宗潤兄寄物俱到，忙中不及另書。餘不悉。

自家小至京，久不奉手教。伏審比來兄嫂而下諸姪輩闔宅俱安。弟處此，家口多病，而房下八月中小産甚危，至今未起床也。思歸之心，無日不切，功名真覺累人耳。江西有事，深爲鄉邦之慮，幸遂撲滅。又聞水災，豈天數耶？監中秋試中式者廿人，而監榜前十人遂收其八。但試録文字頗不佳，是豈文運當然？奉上一册，漫爲入目。南都科場，傳説紛紛，至今尚未有信。納粟之例，又開一千五百名。恐不止于此，國事真可慮也。明春圖一南歸計，不識得如志否。

浦東事，更乞優容一二。諸兄弟不及一一，照亮。

與宗潤兄二首

六月中陸資到京，審兄長偶患背瘡，旋已康復，天相吉人，使深憂喜交集也。復奉手書，得如親見。但久不奉書者，非有忘慢。只緣鹽場一事，實在嫌疑之際。雖七叔父大人亦不敢作書。向嘗寫此情于顧世安處，懷慚抱恨，一言難盡也。房下是糟糠之婦，早年辛勤憂患，氣血俱虛，兼且水土不服，時時有病，未免調治切脉，量情不至大咎。陸傑等回家，想知仔細。今着陸悦回報，以安兄長懸懸之心。兩兒俱已上學，弟亦粗遣。但時事難料，如捧水抱火而行，不敢一毫忽略也。候聖駕到京，決作歸計。吾輩諸兄屢有變故，念此豈能一日在外戀虛名浮榮耶？略此代面，餘惟保重。不備。

弟深拜謝。昨承厚助，極感孝愛之誠。但墳山工料粗完，受之無用，故特奉納，伏乞照入。聞尊慈恙，善自調理，至禱至禱。

與說夫姪

我行時，汝在病中，極以爲念。目下想康復，宜保惜身命爲囑。途中行一月到山西，殊適意說，不得放出門也。汝二兄想俱好，不另柬，便出此紙同觀之。

也。諸姪皆遠，惟汝所居對門，早晚望加意照拂，至囑至囑。深兒可時時看他學業，與姚時望

付子家書四十三首

自三月廿九日中牟寄與鄭斯立書，遂過陝西，入四川，一路俱安。此行萬里，出于意外，所幸者舊病都失耳，汝母子可以相慰也。目疾亦覺漸去，燈下作細僉押，不似江西時。又求得真空青并羚羊角醫治，體中亦覺耐勞。公事不至甚費區處，知之。七月廿五日得汝三月末家信，今八月十日寄此。朝賀罷是吾生辰，想到日當是汝母生辰也。六十吾欲趕回，舉一杯壽酒，以盡老年夫婦之情，不知可得遂否。汝在膝下，與汝婦同在鄉園，亮不落莫，但不可使汝母勞爾，至囑至囑。家事不能遥度，汝隨宜應之。不知汝做工夫，向來進益如何。只明歲一年光陰，又是科場也。汝諸叔、諸兄，皆不及作書，路遠難寄，真抵萬金也。其餘亦不能了了。諸親戚故舊，見聞各爲致謝。近日有便再書。

五月廿四日周計、陸仁到京，得各書問，心甚慰悦。兼知汝母病就安好，惟有感謝天地祖宗。此後再加調治，可令心中無一事方好，至囑。此間人事已了却七八，但日來望陸欽等來。秋間恐有隨駕之行，要照管的。前日得浙江字一之都司報書，説關文難討，不知張寅行計如何。

昨見王世文，云府中科舉已考定，未知提學處消息，此時想已定矣。吾兒百凡加敬慎，須入細，方有受用。調護身子爲上。可作急令一人如陳曜者來京亦可。家事吾兒自能料理，要儉約務實爲第一義。吾老矣，惟有遣日娱心。浮名浮利，種種斷念矣。知之。

送曆可照上年數量多少，鄉宦親舊，俱于封皮上寫我名，相見時爲道意，路遠事冗，不得奉書也。内外族人，俱如此説。家事想汝能應之，凡百省事隨宜而已。至囑。

吾未能出蜀。若差的當人來，與此二人同伴亦可。若無事，不差人亦可。恐我得便，歸路相蹉跎耳。山立在此亦安好，可照拂其家，令無失所。餘不一一。

吾入蜀來，體氣殊勝在家時。幹理錢穀簿書之事，早眠不過五更，夜漏或至數十刻，皆不甚倦，亦欲以此報朝廷爾。但計歲暮東還，及汝母壽筵，今度不能，奈何奈何。賴天地祖宗，得兩地康健，雖萬里亦可。顧汝父母俱是六十老人矣，爲之感歎。汝向來學業不至間斷否？吾甘心于遠宦，亦恐在家招惹人事，累汝功夫耳，知之知之。明年只在一整年，便是科場，想汝自知向上也。百凡家事，吾皆不入心，頗覺神旺。同僚輩咸以吾精力未衰。吾兒百凡可自勉也。

八月中十日内三寄書，不知何書先到，亦不知到是何時也，東望悵然。汝母子在家何如？吾此中稍健浪，不須介意。欲得一二家人來，水陸俱萬里，筭無得力人，不如不遣之爲愈也。陳驛丞大松，是往年吾上海主簿之子，有便差，托來家中一看，倘得到，可款待之。吾若留蜀，可令一二的當人與同伴，亦一便也。汝可與顧五叔商量。來人可帶銀一二百兩，來此買杪板。縱吾去蜀，有重慶太守高子敬可托爾。切須與五叔計較定當而行。西津以此得謗，可鑒其轍。但不知梅姪所托事何如。若已辦得，可無桓魋之誚也。向晚不多囑。

馬頭上造房，想爲牌坊。但其規制，我不曾定下，令一聽汝爲之。須要堅緻牢實，不可華侈。亦須量地方闊狹，要防風雨，相稱方好。石礅岸須要方整大石，多用填裹。椿木多用長壯者得如常州人家雙皮爲上。蓋緣潮汐衝激，命匠作加工，以免後日修理。仔細仔細。顧韶曾寫書，説王大猷賣房事，可量事勢，可成成之，便加厚些亦可。密記之。

我今日出巡，想有兩月餘，方可回省。今着陸欽、朱秀回來報信。陸欽他有經手的書畫銅器，要防他，務令清楚檢驗。只住十日，多着他來替人回，輪番使用。此間大小事，可一一問他。可寄好白米來吃用，免得這裏糴。若便船，木柴亦可裝來用。山立家辦糧，可着一人幫他。若轉限，可着陸鑑、陸方與縣丞處説，免他打。寄回物件，有銅鎖大小六把，棕鞋四雙，要送人用。酒二罎，燻橘一百枚。租債上緊清楚。不知陸方、陸杲在家何幹，可分辦。今年雨多，恐是荒年，要防備。二郎在此好，可放心。照料新婦，至緊至緊。

正月廿四日有細書一封，寄與華亭楊參議。我已有差了，只在四月盡望我到家。家中事務，你只可從便而行。今年糧銀，想此時已納了。我此間有銀一二十兩多餘在此，只是路上難寄回來。沈萱、俞俊俱有文書在匣子内，可照文書清算。楊保這主帳頭，決要與他討清，連本連利罷了，長船難撑了罷。顧璣家房子，已典與徽州客人，待我回處置。租米有多者，可托金松、陸資等放了。浦西兩店帳，你自去支動用，我回算帳。房户門户，俱要謹慎，是第一掛我心的事，想不待我言。你身子自宜調治，即今都是中年人了。我雖在外無病，便覺得比舊不同，奈不得辛苦了。只此遠囑。

一莊家下岸等房地不可失者，爲南宅計爾。北邊只處了奚船頭家一分，已足作一宅矣。臨街傍察院一邊，切不可買。若路口兩角頭，可買爲東邊房地，亦要留作一牌樓基也。此事可委桂魁、曹濟等幹辦，但不可倚勢損人致怨。吾兒不必用心，以分向學工夫。至囑。

一社學基，向過磁州，見張汝揚父子，亦有相成之意。價在八七十兩間，未知真意何如。可令人與汝揚之子議。此處雖是荒遠，與我家不甚切，我亦自有深意。且近日火災頻頻，欲煩有司逐去蘆行，我家可處此處。若照舊招集來者，必多惹患，便當波及，此曲突計也。不知松姪與之結親可托否？委曲處之。邑中基業，了此數處，足以貽子孫矣，更不須增益。知之知之。

姚文回，此人雖無根柢，亦頗解事。重托既難，可覔一人與作夥伴，如滕六輩，却要他路上往來耳，如何如何？唐橋房屋決不可失，若成交，只封還原銀便了。梅姪如此弄巧，豈是厚親戚道理。吾固疑有奸人撥置之。可令桂魁上覆陳家，不然可告狀。

吾少時作詩，苦不得法，從人參訪極難。昨買得一書，是前輩人編集完備，舟中可一看。要有引伸觸類處，方是長進。

江西時文，亦甚弊弊，吾所不喜。大抵駕一片高虛套子，如曰良知，如曰神化機、貞夫一之類，賴王大巡留意黜陟。場中亦不見有滿意卷子。前十五名抄回，吾忙不及細閱。吾兒逐一評來，且以驗汝之識，最不可以成敗論也。

右諸扁字，可擇用之。吾欲自書未暇。蘇、常多善書者，可修禮求之。必須懸看定當，方爲壯觀，方是家數。此中當別爲求之。上扁字遲亦無妨，吾意分作幾處亦可。或有相厚人復能作興。此意吾兒知之，不可露也。

自汝去後，家中大小俱安。廿四日，我往新縣，與周大巡一會。途次遇雨，計汝已到京，可免句容道上泥濘也。廿八日夜抵家，見汝廿一日書字，慰慰。昨得明卿信，已知入場，但不曾賀得，俟大捷并賀也。應夫想同處相益。目下當是投批納卷日子，故打發陸益來看汝頭場。凡百倍加謹慎，想不待三囑。考試官爲誰，料亦渡江入城。須要愛養精神爲上，以俟白戰，仔細仔細。世事汝皆不必與，故鄉事亦不報去。三四日再令人來也，知之。

墳山葬事，吾一言難盡。筠松翁辛苦卜此吉兆，吾半生心力盡此一方土地，不意門祚衰薄，生此不肖子孫，竟以聞官，可恨可恨。三弟來説此事，吾未嘗有決斷之説，何得爲吾許他？欺天罔人，一至于此。此地五穴，地氣已盡，兼地無空，豈可侵奪已葬之穴，爲葬母之孝子乎？此事曲直義理，良有司必能辨之者。所謂惜小費以亂大倫，天人之所不容也。世豈有不能生事其親，而欲借空名，以爲厚其送死，得爲孝子乎？第恐目下已定。如果非禮非法，吾當以此聞于朝廷，作遷葬之行，給假南還也。此帖臨發時作，痛哭流涕之言，迫切迫切。可示子孫便示之，如無益，火之可也。

汝去後，家中俱安。廿四日，巡撫喻公過訪，留之小酌，至燈下散去。入門即問吾兒，再四稱譽。知己難遇，汝知之。廿五日寅刻去松，行事安静，甚有拊綏之意。我于廿六日晚發舟，廿七日晚到山中。今早入山觀看，事無期必也。東川説汝借下處在府邊，未知何日考試。今着陸益趕來一探。許通府來縣，亦問及吾兒，意思甚好。傳説甬翁老先生是十七日自家起身，計當過蘇，欲爲老年友一别，故將過昆而西。想有消息牌面落驛遞。陸益趕來，打探端的還報，以爲行止。專俟山中一日，新縣一日，可無誤也。

陸相來説房内偷銀仔細，你可寬懷，調養身子。已後走使人加嚴勤關防爲上。十七保衛家告狀，我也知道了，此是王章、陸方罪過。今後債不要放。我二人年紀上身了。一向在家勸你收拾，只一子彀了，要省事，此是至寶。家中造作，只責在管事人身上要緊完。我亦望目下回家，可令人且收拾以待。家中有些不停當事，要責與桂魁、陸鑑處置。如過渡、買鹽二事最緊。

租米便比時價減些糶了罷，不必攤放了。吾二人俱六十歲，凡事宜省。此間事我寫不盡，可一一問相姪。

知買成米宗卿家房宅，便多費些也好。但靠浜柵塌處，宜作急爲石岸計。此是活水，雨來，須要長大樁木，濶厚蓋樁石。若去判山作柴取得青山松作樁，乃是長久之計。剥岸只作一字，讓入些。奠裹石宜多用，亦宜多用灰。若用碎糯米作粥灌之尤好，不可省。且不要作江擦，留別處置。潮水落乾，當一石墻也。浜北莊家房，并左右鄰，如要賣，可買之，緣南岸後當因水勢填出耳。知之。朱賣魚房，原是我家，買亦不曾與，推收不知，曾與倒斷，亦須遣發，却分自家得力人住之。至緊。此外有沈敬夫新造樓房亮加厚，可托姚子明上覆議讓之。此是我家東門也，更可浼吴文盛、諸天爵往議。若渠作難，可央沈原敬主之。汝要來京，却須處置得嚴密。近日大盜，天耶人耶，不可無意外之慮。

今過詹事府掌印，例有直廳八名，可顧轎夫。家中差來四人，並不得力，都學油嘴無藉，换狗做賊，敗逃回。此輩在鄉，不知作多少過惡，要嚴治，嚴治。人多説我家人不好，不可怪，不可怪。知之知之。

陸欽遣從南京回來，爲看二郎消息，此間事可一一問之。我甚忙，不能細寫也。家中事，只愁同孫缺乳，我心切。其餘事體，只宜謹慎。寄回物事書籍，可一一點帳收拾，陸欽甚不可托也。其餘家火，我面分付，想妳妳處分定當。要烏犀、花犀、金箔帶二條，是欽經手，要監他取出。南京得信，不拘有無，便打發從南路趕來。

我眼目一向不好，直從去年瘧疾裹帶來。今年閏二月十九日瘧疾重發，得汗後方寸清亮，但看書比舊不同了。我自知醫治，你不必掛心。今差陸劬送相姪回，要看同孫。搭期若家中有事，不便差來，此間人少一个也不妨，但要常常寄信來。寄回木匣内有銀手鐲一付，銀脚鐲一付，共重十二兩餘。我記得親禮中少此，可付娘子。女補一付，女鞋一雙，隨用。匣内有牙筆四管，斑竹梳匣二枚，有做花在内，可與小小分用。其餘家事，逐旋分處。外邊官中事，千萬放心，服藥養性爲上。三月廿七日手筆，吾兒讀向妳妳前。

近令陸劬隨相姪回，因病目初愈，寫得略節帖子去，想一一知。三十日忽陸悦、王木來報，家奴作惡事，正賴賢有司痛懲重治，甚好甚好。吾兒一切不問可也。聞汝出考，但患汝不曾習得勤勞，一時脚忙手亂，易于失禮。須要收心定志，調氣緩步，從容應之，至囑至囑。至于作文，要寫胸中所見，令暢達雅健，吾不能爲助也。寄回墨刻二幅，王陽明與聶文蔚問答，其中甚有好處，細味之。兼小楷有法度，可令平洋表作一册臨寫，亦是學問。我日下當又出巡。江西文卷未得，得即寄去也。

聞吾鄉風俗日下，兼吾族中所爲，人衆多而行善少，恐有禍而無福。且近日儲家之變，人心搖動，吾且未有還期。吾意欲買一宅于松城，爲遷避之計。吾兒與汝母密商量，若心安意便，便可以此意出于府縣諸官知之。只浦東牛馬食踐一事，大不可，大不可。

昨劉主簿去，曾寄書。今滕六回，再附滕六。此人只要領資本，其説有數端，吾兒當酌量之，吾不從中制之。此人若用之送船北上，稍與附帶，却令一的當有身家、有行止、有心計人，與作夥計，亦可要結他筭帳，始終定當，不得草草。新知縣張秉壺字國鎮，莆田人，氣質甚好。今日請宴，合諸鄉里一會。新太守方在求人，尚未得的當者。若府縣有福，必勝前人也。陸欽、小倪，少俟數日，打發來爲北上之用。鄉中饑荒，深慮來春盜賊，吾所以有遷入松城之計，吾兒自當酌量。晚年定動，一聽之天而已。

十一月廿四日寄康寧信。初六日唐、陸二監生行，有兩書附還。吾此間無事，人伴俱好。只陸劬賭錢敗露，已送官懲治。却少的當人。得一二識字本分的，可速打發。我想范奎欠少本銀，不知清楚未。可令桂魁喚來筭帳，令他與滕六或一人作夥，帶些盤用，就來此守選一官，亦是兩全事。可諭意，可量情酌處之。家中有散碎銀，凡遇的便，可逐漸寄二三十兩來此日用，免將俸資鏨鑿，陸續放回亦可。汝母親冬來如何？可令不必管家事。吾兒在家，凡事務宜收束。世道不好，要長慮深思，如芋西家可鑒也。今科試録文字，合作者少，廣東被參。汝可力追古作，不可染時格，亦宜與同志者講求。明年會試，別有施行，此三年正好着力工業，不可怠，不可怠。

陸悦到，知家中事，吾兒如此處分，甚好甚好。時世下趨如此，不過歎息而已。惟有勉强爲善，以俟天定。朝覲官至京，今年禁約甚嚴，皆未相見。自冬至後，吾氣體頗覺勝常。但夜間多不睡，只思汝母老病故耳。四十年結髪夫婦，至疾痛不相知，奈何爲情。吾兒且盡心力奉養之，亦以望之天也。正月三日辰時，房中第三婢得一女，未知長養成否，可報汝母知之。其餘人口俱好，只陸劬此賊，如狂如醉，終無長進之日，發回可嚴待之。其膽大無恥，恐不改前非也，知之知之。此間無得力人，可加意尋訪得一二人來。乳窑瓶在帽籠裏，併螺鈿盒内器物，可送上樓入厨。寄回段子一疋，封上帳目要查清。得汝書，知汝贖還遠田，最好最好。盤龍田亦不多，此處高阜，是我家創業起家。若陸瓚之子可托，且照舊存留。汝宜入細思之，吾亦不從中制汝也。顧世安久不得渠書信，向來世事如何，恐來春作北行計也。汝姊一房事，宜與説謹慎。要倫祭酒書，亦不知爲甚事。想汝科舉時，亦曾提起學召，可分曉報來，我好下筆也。蘇州陸生鳴鴻借物，照數還足。可尋覓一人的當，酌量加添，與作本買賣。此非爲利，却是要家中酒米之物，陸續到京。此間每年寄得四五十包米，四五十罈酒，方穀用。醬醋之類亦要些。曹憙是澣弟壻，此子頗淳厚可托也。如何如何？

昨十一日賫曆吏承去有書，閏月可到。兹以科場事差官買辦，路從江西，恐到遲爾。此間亦欲自差兩人回，少俟定當即起身。吾此間政務不甚喫緊，只是六十老人，氣血向衰，終夜少睡，聽更漏時便思家，家事中惟汝母親病體掛念，奈何奈何。吾兒學業想不廢，科場又近。世道日趨日下，眼中所見，耳中所聞，令人感嘆，吾兒力勉于善而已。欲打發一兩房人來，可同醫官裴大章、承差曾積一路，趁他關文好來，至緊至緊。族中諸長幼，不得一一相問，望爲上覆，更須念我衰年萬里也。汝姊、姊夫一向好否？有便即寄信來。我要知其餘，我亦不能料理也。便中附此，目漸漸昏，恐是送老病也，亦無如之何。汝母親當再三寬慰。吾行止難料，最遲明年回也。至囑至囑。

計劉鳳書回，當在此月盡，便可分付各人，俱要清楚。資本租糧，務在年終了納。開年正月初，妳妳起身往北京來。各房帳目，俱要清理。酌量另作從新帳目。如有欺賴，只得與府縣中備言其情事，不得倚我名目，在鄉作惡，上犯天理，下犯陰德，中犯皇法，可要合族共議之。浦東牛馬食踐，人人怨恨，可與梅中堂討一禁約處之。所要書當陸續上謝，見時先上覆。

聞汝姨母卒，汝母爲之傷痛，可寬慰之。此母一生勤勞，不幸無後，汝宜盡心其葬事也。承宗如何，如何？前有寄我長書，可爲謝之。汝要《會典》，此書至今修未了。若官司刻本，不必收可也。《文獻通考》雖經修刻，譌誤不少。家有舊板數部，可整過藏之。《諸臣奏議》一百七十本者，却買得一部，頗佳。吾老矣，讀書事付汝。

學召等是廿八日臨清接到，家中事體已盡知道。目下幸得水，到家只在六月半前後。我身子甚好，二郎、七姐亦好。途中不甚熱，可日夜行。妳妳安心，安心。今打發陸逵、陸能先回。

陸務夫妻一房，可令他廿六保管住此處。田房怕少不得來生同管，如何？五湖橋莊房，切不可棄。曹濟一房，或陸宣父子可去管得，要處置定當報來。妳妳喚桂魁等來議處。

一行計定須早，三月中可到京。若遲恐熱。船隻要仔細。王洪今有船入京，此人無行止，不可托。可駕馭他幹事，亦有一長可取。詔書下日，有公文，别令的當人回。撫、巡、縣官、府官，各有書托之。但家中一應吉凶事，須具時日報知。吾兒一向不明言，欲安我心。不知有人傳報來紛紛，反使我心不安也。知之知之。

一牌樓一事，吾向來不欲爲此。今聞有司出納之吝，殊爲多事。況汝又要北行，不若指定地方，待有司自了，亦無不可。但不必造在西街上，此吾所深不欲也。

一棠姪回，當有話及，不知亦能體悉詳盡否。三、四弟并諸房族親戚上下人，要須加意遠慮待之。世道日下，奈何奈何。

五日棠姪晚亦到，得各書，知悉知悉。汝三叔有書來辨釋，吾讀之，爲之流涕。此人心只是爲利，吾素知之，未嘗不啖之利也，如何發出許多惡狀。傳來之言，吾皆不信。只一語是實，每對人揚言『只看儲家』，此何等心術也。使無我，他何以有今日。吾兒書至，吾一毫不較矣。知之知之。

此間人伴俱安好。新生女兒患脾風，昨廿六巳時死，即瘞之北郊外。懷抱亦無他，因念龍孫耳，皆命也，奈何奈何。自四弟還後，再無一信，懸望懸望。九月廿一日，明堂大報禮成，有詔，知之。

二郎來，得三房書，詞意甚好。廷柏在此，我待之甚厚。坐監歷事，比之棠姪如何？我豈肯薄祖宗、負天地，説與他不必過疑。四房無一字來，可問他。其餘事情，但俟桂魁回來，只此。

汪處全此人到我頗厚，若在店，可送好曆數本見意。官曆大小共廿一本，付吾兒分送内外族人尊長，道我遠意。其餘三扛共三千，可料量多少，查舊送人頭送之。此一事可着陸方管幹，只撥一二人幫之。若學召在家，可任此事，吾兒不妨學業。

五魁墨卷寄歸，時文於此取材焉。文體且有今年會試録。題紙三張併收之。日用工夫不可慢。餘另書。

桂魁、陸彔六月初旬可到家。我自雁門考試畢，六月初七日還司，年例要造册繳報合屬賢否。七月間又將出巡。幸我身子甚健，可向汝母報知，不必掛念。家中是何日遣人來也？汝一念只管讀書，不可涉外事，至望至望。三叔、四叔，浦東兩兄，橋北各兄，報我安寧消息，汝姊與姊夫同此。六月十八日酉時，寓晉陽書院，父付楫兒目。《片玉堂詞翰》中録出。

七月廿日附信付楫：吾自聞龍孫信，老懷無奈。今日汝四叔回，匆匆父子皆不遂意，可加意慰安之。大率吾家弟姪多坐不知事體，而要便宜，往往陷于犯法犯禮，使我祖宗謹畏勤樸之美德一掃無餘，甚非享福之器，憂之憂之。以下二首，《改氏墨蹟》卷上録出。

牌樓扁額，只好書『三世學士』，方爲官樣。若瑣細，却小家樣也。兩旁小扁，一邊題巡撫、巡按姓名，爲某官某人立，須查出曾修者，俱題名。一邊題府、縣學官姓名，結以年月日同建，方爲雅稱。爲詹事府詹事兼翰林院學士陸深立。儼翁行。

補録

深無似。往歲東歸，極□眷愛。短輿夜過，此意何日忘也。叨庇抵家粗遣，杜門待盡。叩問無階，每以爲愧。昨表弟顧世安南還，特辱手教清惠，捧以爲感。瞻企之私，惟有北望。緬諗邇晨道候萬福爲慰。小兒楫遣之北來補歷，將圖秋試，少爲門户計耳，非敢厚望也。念此兒孱弱，素灰教愛。父兄師保之托，端有望焉。衰老之懷，言盡于照亮，照亮。春病未甦，臨紙惘然。餘惟若時保□，以膺大拜。不宣。四月朔，深再拜。

寓都門眷生陸深拜大參伯芋西老先生親家：深入朝多病碌碌，無以報親知爲歉。夏間梅中堂行，曾附起居。想邇辰道候佳勝。比來傳聞藉藉，方在疑似間。果爾，則群小無狀，乃至於此。雖僕亦不知所税駕也。憂懼，奈何奈何。聊此致問。便中不惜教示，以慰瞻望之私。餘惟節宣，以介多福。嚴寒不盡所欲言。十一月廿四日，深再拜。此餘。

九月八日信

自汝姐夫歸到，已一月餘。家中大小事務，一一知悉。人心風俗一至於此，終宵不寐，付之長歎而已，奈何奈何。三弟在此，難處事一言難盡。父子身上已都完美，吾惟誠意勤勤誨諭，只恐終無悔悟，奈何奈何。但宗祖積善，始發於吾身，亦恐五世而斬矣。吾兒宜脩德應之，庶可少延，至囑至囑。汝姐寫回事宜，可一一參詳。汝明年乘春和，決意奉母而北。少俟思算定當，着陸方回也。家事汝宜仔細處分，吾亦不能遥制。大抵今日世情，人皆一心爲利，而以口舌輔之，不足校。今年考察甚嚴，吾以署印，會同部院，略救得一二人爾。昨日已謝恩訖。爲自陳慰留。今早科道拾遺本上，事畢另報。但聞吾鄉遭海嘯之變，未知吾家被災淺深如何，至今未有的信。今周霖去附此。

儼翁

詩準

林旭文　整理

戊午五月　世經堂

詩準精鈔本　黄川吴氏藏

詩準目録

詩準序

夫詩以三百篇爲經。三百篇，四言詩之祖也。前乎三百篇，有逸出焉；後乎三百篇，有嗣響焉，猶詩也。予每欲因經采録，以爲詩學之準則，顧寡陋未能也。嘉靖乙未入蜀，明年夏，始得蠶叢國詩一篇，繼又獲見石鼓詩全文十篇，乃編爲三卷，各著所由於每篇之下，而詩之源委流別亦略可識云。凡若干篇，總之曰《詩準》。夫民之有心，天下古今之所同也。感而爲情，則不能以不異。故詩也者，緣情而有聲者也。聲比律而成樂，樂足以感物，而聖人録之於經。故詩可經也，而經非盡於詩也，故曰詩之祖也。乃彙而序之，以俟君子。時嘉靖十有五年，歲次丙申，秋八月吉。上海陸深書于華陽寓舍。

詩準卷一之上

石鼓岐陽狩獵也

我車既攻，我馬既同。我車既好，我馬既駻。君子爰獵，爰獵爰遊。麀鹿速速，君子之求。我驅鸞鸞卣弓，弓兹以時。我驅其時，其來趩趩。𧽒𧽒㚇㚇，即御即時。麀鹿趚趚，其來大垐。我驅其僕，其來趪趪，射其豚屬。

右甲鼓

汧繄泛泛，丞彼潮淵。鰋鯉處之，君子漁之。澫澫有鯊，其遊𣪥𣪥。白魚皪皪，其葙底鮮。黄白其鯿，有鮒有白。其朗孔庶，臠之𩓚𩓚。洋洋趣趣，其魚惟何。惟鱮惟鯉，何以櫜之，惟楊及柳。

右乙鼓

田車孔安，鋚勒騂騂。六師既簡，左驂翻翻。右驂騝騝，我以隮于原。我戎止陸，宫車其寫。秀弓時射，麋豕孔庶。麀鹿雉兔，其原有迪。其戎奔奔，大車出洛。亞獻白澤，我執而勿射。多庶趯趯，君子乃樂。

右丙鼓

師彼鑾車，忽速填如。秀弓孔碩，彤矢矣矣。四馬其寫，六轡沃若。徒騂孔庶，廓騎宣博。酋車載行，如徒如章。原隰陰陽，趍趍六馬。射之簇簇，有貙如虎。獸鹿如兕，怡爾多賢。迪禽奉雉，我免允異。

右丁鼓

我來自東，凄凄霝雨。奔流逆湧，盈盈渫隰。君子既涉，我馬流汧。汧繄洎洎，凄凄丞土。駕言西歸，舫舟自廓。徒騂逴逴，惟舟以行。或陰或陽，極深以户。出于水一，方丞徒偟。止其奔我，以阻乃事。按《文苑》補四字。

右戊鼓

宣猷作原，作周導遄。我辭攸除，帥彼阪田。莽爲世里，希微䘸䘸。乃罟添栗，柞棫其拔。檵楷庸庸，鳴條亞箬。其華何爲，所旃䰄䰄。水蓋導旨，□樹幽晤。

右己鼓

徒我嘽嘽，而師旅填然。會同又繹，以左戎障。弓矢孔庶，滔滔是識。射夫寫矢，具奪舉𢪛。其徒肝來，或群或友。悉率左右，燕樂天子。來嗣王始，振振復古，我來攸止。

右庚鼓

彼走驕驕，馬麃晳晳。華華雉兔，位多庶微。我師氏憲憲，文武可其一之。

右辛鼓

我水既浄，我道既平。我行既止，嘉樹則里。天子永寧，日惟丙申。旭旭杲杲，我其旁導。乘馬既迪，敄夏康康。駕彼四黃，左驂驁驁。右驂驁驁，戚戟以奕。汝不執德，旛翰黎黎。旞旃施施，公謂大來。余及如茲邑，曷不余及。

右壬鼓

吳人憐亟，朝夕儆惕。載西載北，勿奄勿伐。若而出奇，進獻用特。歸格蓺祖，告于大祝。禘嘗受享，致其方藝。寓逢中囿，孔庶麀鹿。原隰既坦，疆理蕃蕃。大田不蒐，君子何求。有謀有始，周爰止于是。

右癸鼓

右石鼓詩，儒先辨論至多，蓋風雅之遺云。鼓今在北監。予爲司業、祭酒時，慮其日泐也，欲扃鑰之而不果。别有樹碑一，元司業潘迪以今文寫之，仍其舊缺。潘碑與鼓積有存亡矣。潘仕大德間。虞文靖公集助教成均時，嘗謂十鼓其一已無字，其一惟存數字。潘、虞相去不遠，其言如此，今去之又將二百年，石可知矣。詩之存者，頗賴諸家文字集録以傳，石顧足恃哉？。博洽之儒如王順伯、鄭漁仲，又好古而搜訪訓釋靡餘力矣，咸存斷缺焉。歐陽公《集古》所録，才四百六十有五字。胡世將《資古》所録，僅多九字，乃稱先世藏本，在《集古録》之前。孫巨源於佛龕中得唐人所録古文，乃有四百九十七字，視《資古》又前矣。又前之，則韓文公所見紙本，已謂亳髮備盡，復有年深缺畫之歎。韋應物亦謂風雨缺訛。而杜工部直云『陳倉石鼓又已訛』矣。其上下世數如此。近世吾衍子行尤號博雅，自謂以甲秀堂譜圖隨鼓形補缺字，列錢爲文，以求章句，又參以薛尚功《款識》諸作，斯已勤矣，亦僅得四百三十餘字。每鼓列行裁分爲十，而章句次第又與諸家不同。子行介士，未嘗入燕，止於畫中見鼓爾。不知近日何緣得此十詩完好乃爾耶？此詩出於修撰楊用修慎。若所從來果有的據，豈非千古之一快哉？如以補綴爲奇，固不若缺疑之爲愈也。予方選四言詩，不覺欣喜而録之首簡。

貍首射節也　見《戴記》

曾孫侯氏，四正具舉。大夫君子，凡以庶士。小大莫處，御於君所。以燕以射，則燕則譽。

右《貍首》，爲古逸詩無疑，視補亡之作異矣。

猗蘭孔子自衛反魯也

習習谷風，以陰以雨。之子于歸，遠送于野。何彼蒼天，不得其所。逍遥九州，無所定處。時人闇蔽，不知賢者。年紀逝邁，一身將老。

息鄹還轅也

周道衰微，禮樂陵遲。文武既墜，吾將焉歸。周遊天下，靡邦可依。鳳鳥不識，珍寶梟鴟。眷然顧之，慘然心悲。巾車命駕，將適唐都。黄河洋洋，攸攸之魚。臨津不濟，還轅息鄹。傷予道窮，哀彼無辜。翱翔于衛，復我舊廬。從吾所好，其樂只且。

將歸歸衛也

翱翔于衛，復我舊居。從吾所好，其樂只且。

丘陵如衛也

登彼丘陵，峛崺其阪。仁道在近，求之若遠。遂迷不復，自嬰屯蹇。喟然迴慮，題彼泰山。鬱確其高，梁甫迴連。枳棘充路，陟之無緣。將伐無柯，患兹蔓延。惟以永嘆，涕霣潺湲。

去魯

彼婦之口，可以出走。彼婦之謁，可以死敗。盍優哉游哉，聊以卒歲。

右五篇多琴操，皆可弦而歌之。舊傳以爲孔子所作，雖未敢必，然亦非後人之所能爲，風雅之體備矣。

辟雝

見《尚書大傳》

舟張辟雝，鶬鶬相從。八風回回，鳳皇喈喈。

有昭辟雝，有賢泮宮。田里周行，濟濟鏘鏘。相從執質，有族以文。

右《辟雝》之詩，當是鎬京之遺。

後慕歌

先王既徂，長霣異都。哀喪腹心，未寫中懷。追念伯仲，我季如何。梧桐萋萋，生於道周。

宫舒徘徊，臺閣既除。何爲遠去，使此空虚。支骨離别，垂恩南隅。瞻望荆越，涕淚交流。伯兮仲兮，逝肯來遊。非此二人，誰訴此憂。

右《後慕》，以爲泰伯作，詞義温厚，古法具存。

詩準卷一之下

卿雲紀瑞也　見《尚書大傳》

卿雲爛兮，糺縵縵兮。日月光華，旦或一作復。旦兮。

明明上天，爛然星陳。日月光華，宏予一人。

右帝歌

日月有常，星辰有行。四時從經，萬姓允誠。於予論樂，配天之靈。遷於賢聖，莫不咸聽。

鼚乎鼓之，軒乎舞之。菁華已竭，褰裳去之。

右八伯歌

鸜鵒

鸜之鵒之，公出辱之。鸜鵒之羽，公在外野。往饋之馬，鸜鵒跦跦。公在乾侯，徵褰與襦。

鸜鵒之巢，遠哉遥遥。禂父喪勞，宋父以驕。鸜鵒鸜鵒，往歌來哭。

紫玉

南山有鳥，北山張羅。意欲從君，讒言孔多。悲結成疹，没命黄壚。命之不造，冤如之何。羽族之長，名爲鳳皇。一日失雄，三年感傷。雖有衆鳥，不爲匹雙。故見鄙姿，逢君輝光。身遠心近，何曾暫忘。

右紫玉言情而畏義〔一〕，變風之例也。

【校記】

〔一〕紫玉：原作『子玉』。

弓招

翹翹車乘，招我以弓。豈不欲往，畏我友朋。

代匱

雖有絲麻，無棄菅蒯〔一〕。雖有姬姜，無棄憔悴。凡百君子，莫不代匱。

【校記】

〔一〕菅：原作『管』。

周道

周道挺挺，我心扃扃。講事不令，集人來定。

河清

俟河之清，人壽幾何。兆云詢多，職競作羅。

緜葛

緜緜之葛，在於曠野。良工得之，以爲絺紵。良工不得，枯死於野。

白水　見《列女傳》

浩浩白水，鯈鯈之魚。君來召我，我將安居。國家未定，從我焉如。

右九篇雜出於古傳記，世次難明而體裁古矣。

蠶叢

見《華陽國志》

川崖惟平，其稼多黍。旨酒嘉穀，可以養父。野惟阜丘，彼稷多有。嘉穀旨酒，可以養母。惟月孟春，獺祭彼崖。永言孝思，享祀孔嘉。彼稷既潔，彼儀既澤。蒸命良辰，祖考來格。日月明明，亦惟其名。誰能長生，不朽難獲。惟德實寶，富貴何長。我思古人，令德令望。

右詩出於常璩。璩，晉人，當有所自。然詩體明潤，亦非近代之詞，故次之。

詩準卷之二

驪駒 贈别也　見《大戴禮》

驪駒在門，僕夫具存。驪駒在路，僕夫整駕。

右《驪駒》相傳爲古詞。以其雅麗也，故采爲漢詩之冠。

采芝　四皓作

皓天嗟嗟，深谷逶迤。樹木莫莫，高上崔嵬。巖居穴處，以爲幄茵。曄曄紫芝，可以療飢。唐虞往矣，吾將安歸。

誡子　東方朔

明者處世，莫尚于中。優哉游哉，於道相從。首陽爲拙，柳惠爲工。飽食安步，以仕代農。依隱玩世，詭時不逢。才盡身危，好名得華。有群累生，孤貴失和。遺餘不匱，自盡無多。聖人之道，一龍一蛇。形見神藏，與物變化。隨時之宜，無有常家。

諷諫

韋孟

肅肅我祖，國自豕韋。黼衣朱紱，四牡龍旂。彤弓斯征，撫寧遐荒。總齊群邦，以翼大商。迭彼大彭，勳績惟光。至于有周，歷世會同。王赧聽譖，寔絕我邦。我邦既絕，厥政斯逸。賞罰之行，非繇王室。庶尹群后，靡扶靡衛。五服崩離，宗周以墜。我祖斯徵，遷于彭城。在予小子，勤唉厥生。阸此嫚秦，耒耜斯耕。悠悠嫚秦，上天不寧。乃眷南顧，授漢于京。於赫有漢，四方是征。靡適不懷，萬國攸平。乃命厥弟，建侯于楚。俾我小臣，惟傅是輔。矜矜元王，恭儉静一。惠此黎民，納彼輔弼。享國漸世，垂烈于後。乃及夷王，克奉厥次。咨命不永，惟王統祀。左右陪臣，斯惟皇士。如何我王，不思守保。不惟履冰，以繼祖考。邦事是廢，逸游是娱。犬馬悠悠，是放是驅。務此鳥獸，忽此稼苗。蒸民以匱，我王以媮。所弘匪德，所親匪俊。唯囿是恢，唯諛是信。睮睮諂夫，諤諤黄髮。如何我王，曾不是察。既藐下臣，追欲縱逸。嫚彼顯祖，輕此削黜。嗟嗟我王，漢之睦親。曾不夙夜，以休令聞。穆穆天子，臨照下土。明明群司，執憲靡顧。正遐由近，殆其兹怙。嗟嗟我王，曷不斯思。匪思匪鑒，嗣其罔則。彌彌其逸，岌岌其國。致冰匪霜，致墜匪嫚。瞻惟我王，時靡不練。興國救顛，孰違悔過。追思黄髮，秦繆以霸。歲月其徂，年其逮耇〔一〕。於赫君子，庶顯于後。我王如何，曾不斯覽。黄髮不近，胡不時鑒。

【校記】

〔一〕耇：原作『考』。

述婚

秦嘉

群祥既集，二族交歡。敬兹新姻，六禮不愆。羔雁總備，玉帛戔戔。君子將事，威儀孔閑。猗兮容兮，穆矣其言。紛彼婚姻，禍福之由。衛女興齊，褒姒滅周。戰戰競競，懼德不仇。神啓其吉，果獲令攸。我之愛矣，荷天之休。

贈婦

曖曖白日，引曜西傾。啾啾雞雀，群飛赴楹。皎皎明月，煌煌列星。嚴霜悽愴，飛雪覆庭。寂寂獨居，寥寥空室。飄飄桂帳，熒熒華燭。爾不是居，帷帳何施。爾不是照，華燭何爲。

明堂

班固

於昭明堂，明堂孔陽。聖皇宗祀，穆穆煌煌。上帝宴饗，五位時序。誰其配之，世祖光武。普天率土，各以其職。猗歟緝熙，允懷多福。

辟雍

乃流辟雍，辟雍湯湯。聖皇莅止，造舟爲梁。皤皤國老，乃父乃兄。抑抑威儀，孝友光明。於赫太上，示我漢行。洪化唯神，永觀厥成。

靈臺

乃經靈臺，靈臺既崇。帝勤時登，爰考休徵。三光宣精，五行布序。習習祥風，祁祁甘雨。百穀蓁蓁，庶草蕃廡。屢惟豐年，於皇樂胥。

迪志

傅毅

咨爾庶士，迨時斯勗。日月逾邁，豈云旋復。哀我經營，旅力靡及。在兹弱冠，靡所樹立。

於赫我祖，顯于殷國。二迹阿衡，克光其則。武丁興商，伊宗皇士。爰作股肱，萬邦是紀。奕世載德，迄我顯考。保膺淑懿，纘脩其道。漢之中葉，俊乂式序[一]。秩彼殷宗，光此勳緒。伊余小子，穢陋靡逮。懼我世烈，自兹以墜。誰能革濁，清我濯溉。誰能昭闇，啓我童昧。先人有訓，我訊我誥。訓我嘉務，誨我博學。爰率朋友，尋此舊則。契闊夙夜，庶不懈忒。秩秩大猷，紀綱庶式。匪勤匪昭，匪壹匪測。農夫不怠，越有黍稷。誰能云作，考之居息。二事敗業，多疾我力。如彼遵衢，則罔所極。二志靡成，聿勞我心[二]。如彼兼聽，則溷於音。於戲君子，無恒自逸。徂年如流，鮮兹暇日。行邁屢稅，胡能有迄。密勿朝夕，聿同始卒。

【校記】

〔一〕俊乂：原作『俊人』。

〔二〕聿：原作『幸』。

見志　仲長統

飛鳥遺跡，蟬蛻亡殼。騰蛇棄鱗，神龍喪角。至人能變，達士拔俗。乘雲無轡，騁風無足。垂露成幃，張霄成幄。沆瀣當飡，九陽代燭。恒星豔珠，朝霞潤玉。六合之内，恣心所欲。人事可遺，何爲局促。

秋蘭

張衡

猗猗秋蘭，植彼中阿。有馥其芳，有黄其葩。雖曰幽深，厥美彌嘉。之子之遠，我勞如何。

短歌

魏武帝

對酒當歌，人生幾何。譬如朝露，去日苦多。慨當以慷，憂思難忘。何以解憂，唯有杜康。青青子衿，悠悠我心。但爲君故，沈吟至今。呦呦鹿鳴，食野之苹。我有嘉賓，鼓瑟吹笙。明明如月，何時可掇。憂從中來，不可斷絶。越陌度阡，枉用相存。契闊談讌，心念舊恩。月明星希，烏鵲南飛。繞樹三匝，何枝可依。山不厭高，海不厭深。周公吐哺，天下歸心。

右四言之製，弊於東都，幾爲《毛詩》抄集矣。獨曹氏父子，以豪雄之才，起而一新之，差强人意，而孟德尤工。猶恨『鹿鳴』之句，尚循舊轍。余選漢詩，以魏武終焉。

詩準卷之三

善哉行

魏文帝

上山采薇，薄暮苦饑。谿谷多風，霜露沾衣。野雉群雊，猴猨相追。還望故鄉，鬱何壘壘。高山有崖，林木有枝。憂來無方，人莫之知。人生如寄，多憂何爲。今我不樂，日月如馳。湯湯川流，中有行舟。隨波轉薄，有似客游。策我良馬，被我輕裘。載馳載驅，聊以忘憂。

浮萍

汎汎綠池，中有浮萍。寄身流波，隨風靡傾。芙蓉含芳，菡萏垂榮。朝采其實，夕采其榮。采之遺誰，所思在庭。雙魚比目，鴛鴦交頸。有美一人，婉如清揚。知音識曲，善爲樂方。

責躬

陳思王

於穆顯考，時惟武皇。受命于天，寧濟四方。朱旗所拂，九土披攘。玄化滂流，荒服來王。

超商越周，與唐比蹤。篤生我皇，奕世載聰。武則肅烈，文則時雍。受禪于漢，君臨萬邦。萬邦既化，率由舊則。廣命懿親，以藩王國。帝曰爾侯，君兹青土〔一〕。奄有海濱，方周于魯。車服有輝，旗章有敍。濟濟俊乂，我弼我輔。伊余小子，恃寵驕盈。舉掛時網，動亂國經。作藩作屏，先軌是隳。傲我皇使，犯我朝儀。國有典刑，我削我黜。將寘于理，元凶是率。明明天子，時惟篤類。不忍我刑，暴之朝肆。違彼執憲，哀予小子。改封兖邑，于河之濱。股肱弗置，有君無臣。荒淫之闕，誰弼余身。煢煢僕夫，于彼冀方。嗟予小子，乃罹斯殃。赫赫天子，恩不遺物。冠我玄冕，要我朱紱。光光大使，我榮我華。剖符授玉，王爵是加。仰齒金璽，俯執聖策。皇恩過隆，祗承怵惕。咨我小子，頑凶是嬰。逝慚陵墓，存愧闕庭。匪敢傲德，寔恩是恃。威靈改加，足以没齒。昊天罔極，生命不圖。常懼顛沛，抱罪黄壚。願蒙矢石，建旗東嶽。庶立毫氂〔二〕，微功自贖。危軀授命，知足免戾。甘赴江湘，奮戈吴越。天啓其衷，得會京畿。遲奉聖顔〔三〕，如渴如饑。心之云慕，愴矣其悲。天高聽卑，皇肯照微。

【校記】

〔一〕青土：原作『青上』。

〔二〕毫氂：原作『毫氂』。

〔三〕聖顔：原作『聖賢』。

朔風

仰彼朔風，用懷魏都。願騁代馬，倏忽北徂。凱風永至，思彼蠻方。願隨越鳥，翻飛南翔。四氣代謝，懸景運周。别如俯仰，脱若三秋。昔我初遷，朱華未希。今我旋止，素雪云飛。俯降千仞，仰登天阻。風飄蓬飛，載離寒暑。千仞易陟，天阻可越。昔我同袍，今永乖别〔一〕。子好芳草，豈忘爾貽。繁華將茂，秋霜悴之。君不垂眷，豈云其誠。秋蘭可喻，桂樹冬榮。絃歌蕩思，誰與銷憂。臨川暮思，何爲泛舟。豈無和樂，游非我鄰。誰忘泛舟，愧無榜人。

【校記】

〔一〕今永：原作「令丞」。

元會

初歲元祚，吉日惟良。乃爲嘉會，宴此高堂。衣裳鮮潔，黼黻玄黄。珍膳雜遝，充溢圓方。俯視文軒，仰瞻華梁。願保兹善，千載爲常。歡笑盡娱，樂哉未央。皇室榮貴，壽考無疆。

飛鸞贈蔡子

王粲

翼翼飛鸞，載飛載東。我友云徂，言戾舊邦。舫舟翩翩，以泝大江。蔚矣荒塗，時行靡通。慨我懷慕，君子所同。悠悠世路，亂離多阻。濟岱江行，邈焉異處。風流雲散，一别如雨。人生實難，願其弗與。瞻望遐路，允企伊佇。烈烈冬日，肅肅淒風。潛鱗在淵，歸雁在軒。苟非鴻雕，孰能飛翻。雖則追慕，予思罔宣。瞻望東路，慘愴增歎。率彼江流，爰逝靡期。君子信誓，不遷于時。及子同寮，生死固之。何以贈行，言授斯詩。中心孔悼，涕淚〔一〕。名都多妖女，京洛出少年。寶劍直千金，被服麗且鮮。鬥雞東郊道，走馬長楸間。馳騁未能半，雙兔過我前。攬弓捷鳴鏑，長驅上南山。左挽因右發，一縱兩禽連。餘巧未及展，仰手接飛鳶。觀者咸稱善，衆工歸我妍。歸來宴平樂，美酒斗十千。膾鯉臇胎鰕，炮鼈炙熊蹯。鳴儔嘯匹侶，列坐竟長筵。連翩擊鞠壤，巧捷惟萬端。白日西南馳，光景不可攀。雲散還城邑，清晨復來還。

【校記】

〔一〕王粲此篇《飛鸞》，《文選》中篇名作《贈蔡子篤詩》，『中心孔悼』句后還有數句：『涕淚漣洏。嗟爾君子，如何勿思。』此處缺。下一句『名都多妖女』至『清晨復來還』爲曹植《名都篇》内容。

贈士孫文始

天降喪亂，靡國不夷。我曁我友，自彼京師。宗守盪失，越用遁違。遷于荆楚，在漳之湄。在漳之湄，亦克宴處。和通箎塤，比德車輔。既度禮義，卒獲笑語。庶兹永日，無諐厥緒。雖言無諐，時不我已。同心離事，乃有逝止。横此大江，淹彼南汜〔一〕。我思弗及，載坐載起。惟彼南汜，君子居之。悠悠我心，薄言慕之。人亦有言，靡喆不思。矧伊嬿婉，胡不悽而。晨風夕逝，託與之期。瞻仰王室，慨其永歎。良人在外，誰佐天官。四國方徂，俾爾歸藩。爾之歸藩，作式下國。無曰蠻裔，不虔汝德。慎爾所主，率由嘉則。龍雖勿用，志亦靡忒。悠悠澹澧，鬱彼唐林。雖則同域，邈其迥深。白駒達志，古人所箴。允矣君子，不遐厥心。既往既來，無密爾音。

【校記】

〔一〕汜：原作『泥』。

贈文叔良

翩翩者鴻，率彼江濱。君子于征，爰聘西鄰。臨此洪渚，伊思梁岷。爾行孔邈，如何勿勤。君子敬始，慎爾所主。謀言必賢，錯説申輔。延陵有作，喬肸是與。先民遺跡，來世之矩。既慎爾主，亦迪知幾。探情以華，覩著知微。視明聽聰，靡事不惟。董褐荷名，胡寧不師。衆不可蓋，無尚我言。梧宮致辯，齊楚構患。成功有要，在衆思歡。人之多忌，掩之實難。瞻彼黑水，滔滔其流。江漢有卷，允來厥休。二邦若否，職汝之由。緬彼行人，鮮克弗留。尚哉君子，異于他仇。人誰不勤，無厚我憂。惟詩作贈，敢詠在舟。

思親 爲潘文則作

穆穆顯妣，德音徽止。思齊先姑，志侔姜姒〔一〕。躬此勞瘁，鞠予小子。小子之生，遭世罔寧。烈考勤時，從之于征。奄遘不造，殷憂是嬰。咨予靡及，退守祧祊。五服荒離，四國分争。禍難斯逼，救死於頸。嗟我懷歸，弗克弗遑。聖善獨勞，莫慰其情。春秋代逝，于兹九齡。緬彼行路，焉託予誠。予誠既否，委之于天。庶我剛妣，克保遐年。亹亹惟懼，心乎如懸。如何不弔，早世徂顛。於存弗養，於後弗臨。遺悳在體，慘痛切心。形景尸立〔二〕，魂爽飛沉。在昔蓼莪，哀有餘音。我之此譬，憂其獨深。胡寧視息，以濟于今。巖巖藂險，則不可摧。仰瞻歸雲，俯聆飄回。飛焉靡翼，超焉靡階。思若流波，情似坻頽。詩之作矣，情以告哀。

【校記】

〔一〕姜姒：原作『姜似』。

〔二〕尸：原作『户』。

夏門行

魏明帝

林鍾受謝，節改時遷。商風夕起，悲彼秋蟬。變形易色，隨風東西。乃眷西顧，雲霧相連。丹霞蔽日，彩虹帶天。谷水潺潺，葉落翩翩。孤禽失群，悲鳴其間。朝遊清泠，日暮嗟歸。蹙迫日暮，鳥雀南飛。繞樹三匝，何枝可依。卒逢風雨，樹折枝摧。雄來驚雌，雌獨愁栖。夜失群侶，悲鳴徘徊。芃芃荆棘〔一〕，葛生綿綿。感彼風人，惆悵自憐。

【校記】

〔一〕芃芃：原作『芃芃』。

報趙叔嚴

應瑒

朝雲不歸，久結成陰。離群猶宿，永思長吟。有鳥孤栖，依鳴北林。嗟我懷矣，感物傷心。

三月三日應詔

閭丘沖

暮春之月，春服既成。升陽潤土，冰涣川盈。餘萌達壤，嘉木敷榮。后皇宣遊，既𧩊且寧。光光華輦，詵詵從臣。微風扇穢，朝露翳塵。上蔭丹幄，下籍文茵。臨池挹盥，濯故潔新。俯鏡清流，仰睇天津。藹藹華林，巖巖景陽。業業峻宇，奕奕飛梁。垂蔭倒景，若翺若翔。浩浩白水，汎汎龍舟。皇在靈沼，百辟同遊。擊櫂清歌，鼓枻行謳。聞樂咸和，具醉斯柔。在昔帝虞，德被遐荒。干戚在庭，苗人來王。今我哲后，古聖齊芳。惠此中国，以綏四方。元首既明，股肱惟良。樂只君子，今日惟康。

華林園

應吉甫

悠悠太上，民之厥初。皇極肇建，彝倫攸敷。五德更運，膺籙受符。陶唐既謝，天曆在虞。於時上帝，乃顧惟眷。光我先祚，應期納禪。位以龍飛，文以虎變。玄澤滂流，仁風潛扇。區内宅心，方隅回面。

天垂其象，地曜其文。鳳鳴朝陽，龍翔景雲。嘉禾重穎，蓂莢載芬。率土咸序，人胥悦欣。

恢恢皇度，穆穆聖容。言思其順，貌思其恭。在視斯明，在聽斯聰。登庸以德，明試以功。

其恭惟何，昧旦丕顯。無理不經，無義不踐。行捨其華，言去其辯。游心至虚，同規易簡。六府孔修，九有斯靖。

澤靡不被，化罔不加。聲教南暨，西漸流沙。幽人肆嶮，遠國忘遐。越裳重譯，充我皇家。峨峨列辟，赫赫虎臣。内和五品，外威四賓。修時貢職，入覲天人。備言錫命，羽蓋朱輪。貽宴好會，不常厥數。神心所受，不言而喻。於是肆射，弓矢斯御。發彼五的，有酒斯飫。文武之道，厥猷未墜。在昔先王，射御兹器。示武懼荒，過亦爲失。凡厥群后，無懈于位。

宣猷　陸士衡

三正迭紹，洪聖啓運。自昔哲王，先天而順。群辟崇替，降及近古。黄暉既渝，素靈承祜。乃眷斯顧，祚之宅土。三后始基，世武丕承。協風傍駭，天晷仰澄。淳曜六合，皇慶攸興。自彼河汾，奄齊七政。時文惟晉，世篤其聖。欽翼昊天，對揚成命。九區克咸，讌歌以詠。皇上纂隆，經教弘道。于化既豐，在工載考。俯釐庶績，仰荒大造。儀刑祖宗，妥綏天保。篤生我后，克明克秀。體輝重光，承規景數。茂德淵冲，天姿玉裕。蕞爾小臣，邈彼荒遐。弛厥負檐，振纓承華。匪願伊始，惟命之嘉。

贈馮文羆

於皇聖世，時文惟晉。受命自天，奄有黎獻。閶闔既闢，承華再建。明明在上，有集惟彦。
弈弈馮生，哲問允迪。天保定子，靡德不鑠。邁心玄曠，矯志崇邈。遵彼承華，其容灼灼。
嗟我人斯，戢翼江潭。有命集止，翻飛自南。出自幽谷，及爾同林。雙情交映，遺物識心。
人亦有言，交道實難。有頍者弁，千載一彈。今我與子，曠世齊歡。利斷金石，氣惠秋蘭。
群黎未綏，帝用勤止。我求明德，肆于百里。僉曰爾諧，俾民是紀。乃眷北徂，對揚帝祉。
疇昔之游，好合纏緜。借曰未給，亦既三年。居陪華幄，出從朱輪。方驥齊鑣，比迹同塵。
之子既命，四牡項領。遵塗遠蹈，騰軌高騁。慶雲扶質，清風承景。嗟我懷人，其邁惟永。
否泰有殊，窮達有違。及子春華，後爾秋暉。逝將去我，陟彼朔陲。非子之念，心孰爲悲。

答賈長淵

伊昔有皇，肇濟黎蒸。先天創物，景命是膺。降及群后，迭毁迭興。邈矣終古，崇替有徵。
在漢之季，皇綱幅裂。火辰匿暉，金虎曜質。雄臣馳騖，義夫赴節。釋位揮戈，言謀王室。
王室之亂，靡邦不泯。如彼墜景，曾不可振。乃眷三哲，俾乂斯民。啓土雖難，改物承天。

爰兹有魏，即宫天邑。吴實龍飛，劉亦嶽立。干戈載揚，俎豆載戢。民勞師興，國玩凱入。
天厭覇德，黄祚告釁。獄訟違魏，謳歌適晉。陳留歸藩，我皇登禪。庸岷稽顙，三江改獻。
赫矣隆晉，奄宅率土。對揚天人，有秩斯祜。惟公太宰，光翼二祖。誕育洪胄，纂戎于魯。
東朝既建，淑問峨峨。我求明德，濟同以和。魯公戾止，衮服委蛇。思媚皇儲，高步承華。
昔我逮兹，時惟下僚。及子棲遲，同林異條。年殊志比，服舛義稠。游跨三春，情固二秋。
祗承皇命，出納無違。往踐藩朝，來步紫微。升降祕閣，我服載暉。孰云匪懼，仰肅明威。
分索則易，攜手實難。念昔良游，兹焉永歎。公之云感，貽此音翰。蔚彼高藻，如玉如蘭。
惟漢有木，曾不踰境。惟南有金，萬邦作詠。民之胥好，狂狷厲聖。儀形在昔，予聞子命。

短歌行

置酒高堂，悲歌臨觴。人壽幾何，逝如朝霜。時無重至，華不再陽。蘋以春暉，蘭以秋芳。來日苦短，去日苦長。今我不樂，蟋蟀在房。樂以會興，悲以別章。豈曰無感，憂爲子忘。我酒既旨，我肴既臧。短歌有詠，長夜無荒。

關中

潘安仁

於皇時晉，受命既固。三祖在天，聖皇紹祚。德溥化光，刑簡枉錯。微火不戒，延我寶庫。
蠢爾戎狄，狡焉思肆。虞我國眚，窺我利器。嶽牧慮殊，威懷理二。將無專策，兵不素肄。
翹翹趙王，請徒三萬。朝議惟疑，未逞斯願。桓桓梁征，高牙乃建。旗蓋相望，偏師作援。
虎視眈眈，威彼好時。素甲日耀，玄幕雲起。誰其繼之，夏侯卿士。惟系惟處，別營基跱。
夫豈無謀，戎士承平。守有完郛，戰無全兵。鋒交卒奔，孰免孟明。飛檄秦郊，告敗上京。
周徇師令，身膏氏斧。人之云亡，貞節克舉。盧播違命，投畀朔土。爲法受惡，誰謂荼苦。
哀此黎元，無罪無辜。肝腦塗地，白骨交衢。夫行妻寡，父出子孤。俾我晉民，化爲狄俘。
亂離斯瘼，日月其稔。天子是矜，旰食晏寢。主憂臣勞，孰不祗懍。愧無獻納，尸素以甚。
皇赫斯怒，爰整精鋭。命彼上谷，指日遄逝。親奉成規，稜威遐厲。首陷中亭，揚聲萬計。
兵固詭道，先聲後實。聞之有司，以萬爲一。紂之不善，我未之必。虛皛湳德，繆彰甲吉。
雍門不啓，陳汧危偪。觀遂虎奮，感恩輸力。重圍克解，危城載色。豈曰無過，功亦不測。
情固萬端，于何不有。紛紜齊萬，亦孔之醜。曰納其降，曰梟其首。疇真可掩，孰僞可久。
既徵爾辭，既蔽爾訟。當乃明實，否則證空。好爵既靡，顯戮亦從。不見竇林，伏尸漢邦。

周人之詩，寔曰《采薇》。北難獫狁，西患昆夷。以古況今，何足曜威。徒愍斯民，我心傷悲。

斯民如何，荼毒于秦。師旅既加，饑饉是因。疫癘淫行，荆棘成榛。絳陽之粟，浮于渭濱。

明明天子，視民如傷。申命群司，保爾封疆。靡暴于衆，無凌于疆。惴惴寡弱，如熙春陽。

爲賈謐作贈陸機

肇自初創，二儀烟熅。粤有生民，伏羲始君。結繩闡化，八象成文。芒芒九有，區域以分。

神農更王，軒轅承紀。畫野離疆，爰封衆子。夏殷既襲，宗周繼祀。緜緜瓜瓞，六国互峙。

彊秦兼并，吞滅四隅。子嬰面櫬，漢祖膺圖。靈獻微弱，在涅則渝。三雄鼎足，孫啓南吴。

南吴伊何，僭號稱王。大晋統天，仁風遐揚。僞孫銜璧，奉土歸疆。婉婉長離，凌江而翔。

長離云誰，咨爾陸生。鶴鳴九皋，猶載厥聲。況迺海隅，播名上京。爰應旌招，撫翼宰庭。

儲皇之選，實簡惟良。英英朱鸞，來自南岡。曜藻崇正，玄冕丹裳。如彼蘭蕙，載採其芳。

藩岳作鎮，輔我京室。旋反桑梓，帝弟作弼。或云國宦，清塗攸失。吾子洗然，恬淡自逸。

廊廟惟清，俊乂是延。擢應嘉舉，自國而遷。齊轡群龍，光贊納言。優游省闥，珥筆華軒。

昔余與子，繾綣東朝。雖禮以賓，情同友僚。嬉娱絲竹，撫鞞舞韶。脩日朗月，攜手逍遥。

自成離群，二周于今。雖簡其面，分著情深。子其超矣，實慰我心。發言爲詩，俟望好音。欲崇其高，必重其層。立德之柄，莫匪安恒。在南稱甘，度北則橙。崇子鋒穎，不頹不崩。

補亡詩　束晳

《南陔》，孝子相戒以養也。

循彼南陔，言採其蘭。眷戀庭闈，心不遑安。彼居之子，罔或游盤。馨爾夕膳，絜爾晨餐。循彼南陔，厥草油油。彼居之子，色思其柔。眷戀庭闈，心不遑留。馨爾夕膳，絜爾晨羞。有獺有獺，在河之涘。凌波赴汨，噬魴捕鯉。嗷嗷林鳥，受哺于子。養隆敬薄，惟禽之似。勗增爾虔，以介丕祉。

《白華》，孝子之絜白也。

白華朱萼，被於幽薄。粲粲門子，如磨如錯。終晨三省，匪惰其恪。白華絳趺，在陵之陬。蒨蒨士子，涅而不渝。竭誠盡敬，亹亹忘劬。白華玄足，在河之曲〔一〕。堂堂處子，無營無欲。鮮侔晨葩，莫之點辱。

《華黍》，時和歲豐，宜黍稷也。

黮黮重雲，習習和風。黍華陵巔，麥秀丘中。靡田不播，九穀斯豐。奕奕玄霄，濛濛甘霤。

黍發稠華，禾挺其秀。靡田不殖，九穀斯茂。無高不播，無下不植。芒芒其稼，參參其穡。穡我王委，充我民食。玉燭陽明，顯猷翼翼。

《由庚》，萬物得由其道也。

蕩蕩夷庚，物則由之。蠢蠢庶類，王亦柔之。道之既由，化之既柔。木以秋零，草以春抽。獸在于草，魚躍順流。四時遞謝，八風代扇。纖阿案晷，星躔其變〔二〕。五緯不逆，六氣無易。愔愔我王，紹文之跡。

《崇丘》，萬物得極其高大也。

瞻彼崇丘，其林藹藹。植物斯高，動類斯大。周風既洽，王猷允泰〔三〕。漫漫方輿，回回洪覆。何類不繁，何生不茂。物極其性，人永其壽。恢恢大圓，茫茫九壤。資生仰化，于何不養。人無道夭，物極則長。

《由儀》，萬物之生各得其儀也。

肅肅君子，由儀率性。明明后辟，仁以爲政。魚游清沼，鳥萃平林。濯鱗鼓翼，振振其音。賓寫爾誠，主竭其心。時之和矣，何思何修。文化内輯，武功外悠。

【校記】

〔一〕河：別本多作『丘』。

〔二〕星躔其變：別本多作『星變其躔』。

〔三〕泰：原作『秦』。

幽憤

嵇叔夜

嗟余薄祜，少遭不造。哀煢靡識，越在繦緥。母兄鞠育，有慈無威。恃愛肆姐，不訓不師。爰及冠帶，憑寵自放。抗心希古，任其所尚。託好老莊，賤物貴身。志在守樸，養素全真。曰余不敏，好善闇人。子玉之敗，屢增惟塵。大人含弘，藏垢懷恥。民之多僻，政不由己。惟此褊心，顯明臧否。感悟思愆，怛若創痏。欲寡其過，謗議沸騰。性不傷物，頻致怨憎。昔慚柳惠，今愧孫登。內負宿心，外恧良朋。仰慕嚴鄭，樂道閑居。與世無營，神氣晏如。咨予不淑，嬰累多虞。匪降自天，寔由頑疏。理蔽患結，卒成囹圄。對答鄙訊，縶此幽阻。實恥訟冤，時不我與。雖曰義直，神辱志沮。澡身滄浪，豈云能補。嗈嗈鳴鴈，奮翼北游。順時而動，得意忘憂。嗟我憤歎，曾莫能儔〔一〕。事與願違，遘茲淹留。窮達有命，亦又何求。古人有言，善莫近名。奉時恭默，咎悔不生。萬石周慎，安親保榮。世務紛紜，祗覺予情。安樂必誡，乃終利貞。煌煌靈芝，一年三秀。予獨何爲，有志不就。懲難思復，心焉內疚。庶勗將來，無馨無臭。采薇山阿，散髮糾巖岫。永嘯長吟，頤性養壽。

【校記】

〔一〕曾：原作『會』。

贈秀才入軍

良馬既閑，麗服有暉。左攬繁弱，右接忘歸。風馳電逝，躡景追飛。凌厲中原，顧眄生姿。

攜我好仇，載我輕車。南凌長阜，北厲清渠。仰落驚鴻，俯引淵魚。盤于游田，其樂只且。

輕車迅邁，息彼長林。春木載榮，布葉垂陰。習習谷風，吹我素琴。咬咬黄鳥，顧疇弄音。感悟馳情，思我所欽。心之憂矣，永嘯長吟。

浩浩洪流，帶我邦畿。萋萋緑林，奮榮揚暉。魚龍瀺灂，山鳥群飛。駕言出遊，日夕忘歸。思我良朋，如渴如饑。願言不獲，愴矣其悲。

息徒蘭圃，秣馬華山。流磻平皋，垂綸長川。目送歸鴻，手揮五絃。俯仰自得，游心太玄。嘉彼釣叟，得魚忘筌。郢人逝矣，誰與盡言。

閑夜肅清，朗月照軒。微風動袿，組帳高褰。旨酒盈樽，莫與交歡。鳴琴在御，誰與鼓彈。仰慕同趣，其馨若蘭。佳人不在，能不永歎。

雜詩

微風清扇，雲氣四除。皎皎亮月，麗于高隅。興命公子，攜手同車。龍驤翼翼，揚鑣踟躕。肅肅宵征，造我友廬。光燈吐輝，華幔長舒。鸞觴酌醴，神鼎烹魚。絃超子野，歎過緜駒。流詠太素，俯讚玄虛。孰克英賢，與爾剖符。

勵志

張茂先

大儀斡運[一]，天迴地游。四氣鱗次，寒暑環周。星火既夕，忽焉素秋。涼風振落，熠燿宵流。

吉士思秋，寔感物化。日歟月歟，荏苒代謝。逝者如斯，曾無日夜。嗟爾庶士，胡寧自舍。

仁道不遐，德輶如羽。求焉斯至，衆鮮克舉。大猷玄漠，將抽厥緒。先民有作，貽我高矩。

雖有淑姿，放心縱逸。出般于游，居多暇日。如彼梓材，弗勤丹漆。雖勞朴斲，終負素質。

養由矯矢，獸號于林。蒲盧縈繳，神感飛禽。末技之妙，動物應心。研精耽道，安有幽深。

安心恬蕩，棲志浮雲。體之以質，彪之以文。如彼南畝，力耒既勤。藨蓘致功，必有豐殷。

水積成川，載瀾載清。土積成山，歊蒸鬱冥。山不讓塵，川不辭盈。勉志含弘，以隆德聲。

高以下基，洪由纖起。川廣自源，成人在始。累微以著，乃物之理。纏牽之長，實累千里。
復禮終朝，天下歸仁。若金受礪，若泥在鈞。進德修業，暉光日新。隰朋仰慕，予亦何人。

【校記】

〔一〕斡：原作『幹』。

贈陸機出爲吴王郎中令　潘正叔

東南之美，曩惟延州。顯允陸生，於今尠儔。振鱗南海，濯翼清流。婆娑翰林，容與墳丘。
玉以瑜潤，隨以光融。乃漸上京，羽儀儲宫。玩爾清藻，味爾芳風。泳之彌廣，挹之彌沖。
崑山何有，有瑶有珉。及爾同僚，具惟近臣。予涉素秋，子登青春。愧無老成，厠彼日新。
祁祁大邦，惟桑惟梓。穆穆伊人，南國之紀。帝曰爾諧，惟王卿士。俯僂從命，奚恤奚喜。
我車既巾，我馬既秣。星陳夙駕，載脂載轄。婉孌二宫，徘徊殿闥。醪澄莫饗，孰慰饑渴。
昔子忝私，貽我蕙蘭。今子徂東，何以贈旃。寸晷惟寶，豈無璵璠。彼美陸生，可與晤言。

大將軍宴會被命作詩　陸士龍

皇皇帝祜，誕隆駿命。四祖正家，天禄安定。叡哲惟晉，世有明聖。如彼日月，萬景攸正。

巍巍明聖，道隆自天。則明分爽，觀象洞玄。陵風協紀，絶輝照淵。肅容往播，福禄來臻。

在昔奸臣，稱亂紫微。神風潛駭，有赫兹威。靈旗樹旆，如電斯揮。致天之届，于河之沂。有命再集，皇輿凱歸。

頹綱既振，品物咸秩。神道見素，遺華反質。辰晷重光，協風應律。函夏無塵，海外有謐。

芒芒宇宙，天地交泰。王在華堂，式宴嘉會。玄暉峻朗，翠雲崇靄。冕弁振纓，服藻垂帶。

祁祁臣僚，有來雍雍。薄言載考，承顔下風。俯覿嘉客，仰瞻玉容。施己唯約，于禮斯豐。天錫難老，如岳之崇。

答盧諶　劉越石

厄運初遘，陽爻在六。乾象棟傾，坤儀舟覆。横厲糾紛，群妖競逐。火燎神州，洪流華域。彼黍離離，彼稷育育。哀我皇晉，痛心在目。

天地無心，萬物同塗。禍淫莫驗，福善則虚。逆有全邑，義無完都。英蘂夏落，毒卉冬敷。如彼龜玉，韞櫝毁諸。芻狗之談，其最得乎〔一〕。

咨余軟弱，弗克負荷。愆釁仍彰，榮寵屢加。威之不建，禍延凶播。忠隕于國，孝愆于家。斯罪之積，如彼山河。斯釁之深，終莫能磨。

郁穆舊姻，嬿婉新婚。不慮其敗，唯義是敦。裹糧攜弱，匍匐星奔。未輟爾駕，已隳我門。二族偕覆，三孽並根。長慚舊孤，永負冤魂。

亭亭孤幹，獨生無伴。緑葉繁縟，柔條修罕。朝採爾實，夕捋爾竿。竿翠豐尋〔二〕，逸珠盈椀。寔消我憂，憂急用緩。逝將去矣，庭虛情滿。

虛滿伊何，蘭桂移植。茂彼春林，瘁此秋棘。有鳥翻飛，不遑休息。匪桐不棲，匪竹不食。永戢東羽，翰撫西翼。我之敬之，廢歡輟職。

音以賞奏，味以殊珍。文以明言，言以暢神。之子之往，四美不臻。澄醪覆觴，絲竹生塵。素卷莫啓，幄無談賓。既孤我德，又闕我鄰。

光光段生，出幽遷喬。資忠履信，武烈文昭。旌弓騂騂，輿馬翹翹。乃奮長縻，是轡是鑣。何以贈子，竭心公朝。何以敍懷，引領長謠。

【校記】

〔一〕最：原作『勗』。

〔二〕翠：原作『翼』。

贈劉琨

盧子諒

濬哲惟皇，紹熙有晉。振厥弛維，光闡達韻。有來斯雍，至止伊順。三台摛朗，四岳增峻。

伊陟佐商，山甫翼周。弘濟艱難，對揚王休。苟非異德，曠世同流。加其忠貞，宣其徽猷。

伊諶陋宗，昔遘嘉惠。申以婚姻，著以累世。義等休戚，好同興廢。孰云匪諧，如樂之契。

王室喪師，私門播遷。望公歸之，視險忽艱。兹願不遂，中路阻顛。仰悲先意，俯思身愆。

大鈞載運，良辰遂往。瞻彼日月，迅過俯仰。感今惟昔，口存心想。借曰如昨，忽爲疇曩。

疇曩伊何，逝者彌疏。温温恭人，慎終如初。覽彼遺音，恤此窮孤。譬彼樛木，蔓葛以敷。

妙哉蔓葛，得託樛木。葉不雲布，華不星燭。承侔卞和，質非荆璞。眷同尤良，用乏驥騄。

承亦既篤，眷亦既親。飾獎駑猥，方駕駿珍。弼諧靡成，良謨莫陳。無覬狐、趙，有與五臣。

五臣奚與，契闊百罹。身經險阻，足蹈幽遐。義由恩深，分隨昵加。綢繆委心，自同匪他。

昔在暇日，妙尋通理。尤彼意氣，狹是節士。情以體生，感以情起。趣舍同要，窮達斯已。

由余片言，秦人是憚。日磾效忠，飛聲有漢。桓桓撫軍，古賢作冠。來牧幽都，濟厥塗炭。

塗炭既濟，寇挫民阜。謬其疲隸，授之朝右。上懼任大，下欣施厚。實祇高明，敢忘所守。

相彼反哺，尚在翔禽。孰是人斯，而忍斯心。每憑山海，庶覿高深。遐眺存亡，緬成飛沉。

長徽已纓，逝將徙舉。收跡西踐，銜哀東顧。曷云塗遼，曾不咫步。豈不夙夜，謂行多露。緜緜女蘿，施于松標。禀澤共幹，晞陽豐條。根淺難固，莖弱易彫。操彼纖質〔一〕，承此衝飈。

纖質寔微，衝飈斯值。誰謂言精，致在賞意。不見得魚，亦忘厥餌。遺其形骸，寄之深識。先民頤意，潛山隱几。仰熙丹崖，俯澡緑水。無求於和，自附衆美。慷慨遐蹤，有愧高旨。爰造異論，肝膽楚越。惟同大觀，萬塗一轍。死生既齊，榮辱奚别。處其玄根，廓焉靡結。福爲禍始，禍作福階。天地盈虚，寒暑周迴。夫差不祀，釁在勝齊。句踐作伯，祚自會稽。邈矣達度，唯道是杖。形有未泰，神無不暢。如川之流，如淵之量。上弘棟隆，下塞民望。

【校記】

〔一〕彼：原作『被』。

榮木

陶淵明

采采榮木，結根于兹。晨耀其華，夕已喪之。人生若寄，顦顇有時。静言孔念，中心悵而。采采榮木，于兹托根。繁華朝起，慨暮不存。貞脆由人，禍福無門。匪道曷依，匪善奚敦。嗟予小子〔一〕，禀兹固陋。徂年既流，業不增舊。志彼不舍，安此日富。我之懷矣，恒焉内疚〔二〕。先師遺訓，余豈云墜。四十無聞，斯不足畏。脂我名車，策我名驥。千里雖遥，孰敢不至。

【校記】

〔一〕嗟：原作『差』。

〔二〕恒：别本多作『怛』。

歸鳥

翼翼歸鳥，晨去于林。遠之八表，近憩雲岑。和風不洽，翻翮求心。顧儔相鳴，景庇清陰。

翼翼歸鳥，載翔載飛。雖不懷游，見林情依。遇雲頡頏，相鳴而歸。遐路誠悠〔一〕，性愛無遺。

翼翼歸鳥，馴林徘徊。豈思天路，欣及舊棲。雖無昔侣，衆聲每諧。日夕氣清，悠然其懷。

翼翼歸鳥，戢羽寒條。游不曠林，宿則森標。晨風清興，好音時交。矰繳奚施，已卷安勞。

【校記】

〔一〕誠：原作『成』。

右詩止於晉，晉詩止於陶，陶集之選止於二，而詩家之準則備矣，詩人之準則備矣。嗣是代興，厥有作者，當爲别録，以盡詩法之變焉。

刻《詩準》小敍

郡守高子登氏讀我儼山先生彙次《詩準》曰：『詩準也者，獨準乎詩也乎哉？變今樂，復古禮，諸有志於敦本始者，舉不可後也。太羹、玄酒，味薄而真；土鼓、陶匏，聲遲而雅；商彝、周鼎，製古而中，可以準今矣。』乃謀余引而刻焉。

按：《詩準》曰：『「三百篇」，四言詩之祖也。』今「風、雅」所載，不盡四言也，有五言、六言爲句者，至有七言、八言爲句者，曰『宛在水中央』，曰『胡瞻爾庭有懸貆兮』是也。夫音以四聲起切，律以四象起數，聲律準而樂成，樂成而天地之氣應焉。然半齒半舌而聲變，半宮半徵而律變，故其趨有不窮，莫非自然也，而不可禦也。夫人歌詠之言，有出於四聲之外者哉？故曰詩之祖也。高子其善爲詩乎，固我儼山先生所欲聞也，願刻而是正之。後學彭汝寔拜書。

嘉靖丙申冬十月望日嘉定州刻。

刻《詩準》後序

儼山陸公以國子師暫寄藩翰，西蜀之政秩焉以和。乃於其暇，旁覽載籍，取石鼓、蠶叢若而詩既，手自參定，名曰《詩準》，屬司諫彭子汝寔暨鳳韶校之，嘉州高守登刻之，豈無意哉？夫詩，音之文也；音，樂之輿也。化民成俗，莫此焉先。諸詩也者，固皆希世之音，而可以播之聲樂者也。公豈無意哉？夫謂成於樂而拳拳是正者，孔子也；謂今樂由古樂，好之可以致王者，孟子也。然則佐天子省風作樂，以安百姓，不有在於公哉，不有在於公哉？僭序於末簡。

嘉靖丙申九月甲寅，屬吏麻城毛鳳韶謹書。

陸深詩文輯佚

陸深詩文輯佚目録

陸深詩文輯佚

詩

贈鄭少谷

少谷吾年長，凌雲爾不如。庭中積秋雪，爨下泣枯魚。舊隱青山宅，初寮畫省居。揚雄甘寂寞，白首太玄書。

〔明〕鄭善夫撰《少谷集》卷二十五『附録下』，清文淵閣四庫全書補配清文津閣四庫全書本

謁濂溪墓

元公祠墓碧溪深，故里新阡一徑陰。世有圖書傳正學，天將風月寄徽音。山中佳氣爲晴雨，草際浮光無古今。江漢自隨廬嶽抱，高山兼起望洋心。

〔明〕胥從化編訂《濂溪志》卷八，見王晚霞校注《濂溪志八種匯編》，湖南大學出版社二〇

一三年版，第一一三頁。

陸子淵白雁詩卷行書，紙本，高一尺，長二丈。〔一〕

比日邑中文士並賦白雁之詩。雁，介禽也，天序而一節，予感焉，因有斯作，一以寄東石，一以寄鶴津。

秋傳孤雁過瀟湘，人在南樓望故鄉。顔色總疑新變態，羽毛錯認舊隨行。關山雪後雲無影，禾黍風前夜有霜。贏得光輝照塵世，久從靈沼近文王。一首感始遇也。

粉烟和月下三湘，叫斷天涯雲水鄉。豈爲蒼蠅衣盡化，徒懷白璧夜分行。北書不到勞清夢，南地初寒帶蚤霜。飛近巫山甘白首，肯隨行雨賦襄王。二首背時好也。

澄波照影度衡湘，迴雁峰高近帝鄉。星陣望窮雲半没，雪翎風急字斜行。萱花深處驚逢火，木葉催時護曉霜。南去北來秋色裏，大開三面憶先王。三首樂寬大也。

白雁是唐世相所蓄，諸作祇雁耳，再爲之和，用備斯義。

一爲冰姿歲浣湘，不煩尺素寄江鄉。愛鵝池畔聊同浴，放鶴亭前不作行。老去西風閑落日，啼来午夜報清霜。主人恩重終堪戀，燕子猶知舊謝、王。四首懷故主也。

哀怨何須更弔湘，翻翻來自白雲鄉。新籠鸚鵡堪同伴，舊日駕鵝不共行。半畝水痕供睡月，滿身凉意襯啼霜。憑將縞素明心事，不作禽荒有聖王。五首美聖德也。

絶雲緣影墮清湘，足有音書出異鄉。可是歲深能變色，衹緣形化遂離行。階除印跡偏宜雪，毛羽生寒本耐霜。記得上林棲宿處，却因彤矢識君王。六首識榮遇也。

来從星漢下瀟湘，妝點楓林入醉鄉。錦字傳情通萬里，銀箏移柱送斜行。溶溶月色憐孤影，渺渺歸心滯晚霜。堪笑揚雄頭盡白，重將羽獵責君王。七首悔末技也。

秋深池館拗江湘〔二〕，白雁馴来即故鄉〔三〕。留取碧波頻照影，暫辭雲路舊排行。風光最好連宵雨，月色渾疑滿地霜。敢向劬勞怨憔悴，且將詩句頌宣王。八首頌中興也。

今世詩人之敏捷者，予嘗以談子東石爲第一，海内能與之敵，惟棠陵方子，竊比爲二難。然以予之鈍，而二公輒不予鄙也。予每行歸，東石得與周旋，出游時與棠陵追逐于班行之末，甚樂也。今歲復知有鶴津談子者，蓋不徒以敏捷爲事，而尤以古雅爲工，駸駸乎詩人之閫奥矣。顧予方以是奇鶴津，誠有口之不置、手之不釋者矣。恨予老去，恐無以起鶴津。暇日漫書此，復寄鶴津，俾世知鶴津與棠陵、東石，亦足以稱三絶云。嘉靖丁亥九月之吉，儼山人陸深子淵父，試東坡藏研，書于卅六峰之卷懷堂，時年五十有一。

文裕公嘗云，我與松雪翁同參李北海，其自負如此。然實從吾鄉沈學士得来，故梁叔寶之，與先世墨蹟并藏，不作野鶩視也。若白鴈諸詩，氣骨高邁，變化感愴，直可平抗海叟矣。陳繼儒題。行書紙本。

【校記】

〔一〕按：《儼山集》卷十五收第三首，《儼山續集》卷四收第一首和第七首，個别字有出入。《陸文裕公行遠集》卷二十收第八首。

〔二〕湘：原作『鄉』，據前文及《陸文裕公行遠集》改。

〔三〕鄉：原作『湘』，據前文及《陸文裕公行遠集》改。

陸文裕夜燕詩帖草書紙本

七月十六夜燕澄懷閣次韻答時望文學

滿天雲月遞虧明，又送秋風過海城。一上小樓無限好，不須永夜十分晴。江山自覺神爲助，竹樹真疑畫不成。況近松陵多倡和，更於何處覓同聲。四酉齋試筆，儼山老人深稿拜。

以上〔清〕卞永譽撰《式古堂書畫彙考》卷二十六，清文淵閣四庫全書本

明文裕公詩卷

大藏經紙，大幅，高八寸五分，有圓印、騎縫方印，又『興國福壽院』五字、『勾當賜紫守

英』六字印，一百六行。

南浦阻風

風波一相激，江路可憐生。倚岸帆檣密，臨窗橘柚清。側身迴地險，逼眼試心驚。鐘鼓前朝寺，登高豁野情。

晚風静放舟

時至事始定，風水將無同。終朝元可待，快意本難工。落日澄江外，微波鼓棹中。幾回思往事，行止任天公。

和段白石

一别遽十載，好懷爲誰開。片帆留不住，何日是重來。會獵期當雨，投膠誼重雷。山亭元咫尺，飛渡可容杯。

長谷偕濮陽過儼山堂話别，時有亂稿在座，因持宋經箋，遂試東坡遺研，用鳳尾箏録之，請教。嘉靖戊子二月望前二日，儼山陸深頓首。

上海陸文裕公儼山書，真得晉人骨髓，摩運二王，更歷年，又下筆有不可端倪者焉，出入李北海、趙吴興，直公游戲耳。我吴中祝京兆名高一時，要之不能執書家牛耳盟。文待詔小楷爲弘、正、嘉三朝獨步，他亦玩世也。儼翁造詣，辟之禪宗，竟臻最上一乘。惟公持己端峻，卒莫有以貨取之。所以墨蹟流傳人間，似不多得，得之豈惟視若珙璧而已哉?。余兄弟平生最好文裕書，收藏不滿十卷軸，更無有佳逾此。間有一二散在好事家，無怪乎其孫三山君常出重帑，購之以歸，可謂善存其祖矣。吴興吴昊初此卷，是公爲故人徐奉化伯臣書，極爲得意。余伯臣所逮今凡四見展閲，不忍釋手。隆慶己巳，距今已卅一年久。余老矣，再見不知又是何年。第想文裕臨池之日，以宋經箋、鳳尾筆試東坡遺硯，居然是翰林氣象，奚啻李供奉倚金花箋書《清平調》時耶，歆豔久之。昊初之先靈壁君遜甫，寔亡弟敬美戊午同年。昊初詣白下，乞余傳遜甫，攜此索題，因走筆記之。懼昔文休承跋祝希哲十九首後，有幾欲奪之之語。余不敢作是念，昊初善護持之。萬歷己丑十月望日，琅琊王世貞撰。沙溪曹昌先書。

陸儼山先生書法遒健，有二王風骨，收藏家多與祝希哲書並高，每爲過之。此卷吴光禄吴初以十二金相購，要之不在京兆十九首後矣。惟光禄君與周山人稚尊友善，山人過光禄，展玩焉，賞嘆不已，光禄即以之貽山人，可謂有高誼也。故併紀之。松陵顧大典。

又儼山公書自詠十一首卷[一]

宋宮箋三幅，高七寸四分，共長八尺六寸九分，行書極精，宛然松雪。

長安冬日

紙窗寒逗北風高，霜雪頻年弊客貂。病骨欲眠常半醒，愁懷如許未全消。惟憑翰墨逢青眼，豈有涓埃答聖朝。每日瞻天雲五色，蓬萊宫闕鬱岧嶤。

嘉靖辛卯秋九月廿日西苑落成賜宴群臣幸供事謹述二首

西苑落成日，東皇駕御辰。太平多盛事，燕樂有嘉賓。禮樂追三代，華夷仰一人。所祈瓜瓞茂，萬世詠振振。

西苑非徒治，桑麻繞帝居。閭閻同稼穡，衣食重菑畬。古訓功非淺，仁君德有餘。明良看際會，對問總都俞。

雪夜憶江南

江南霜雪浚，眼底亦繁華。麥苿新堪煮，梅柯老更花。翠凝多石竹，紅豔有山茶。明月移寒棹，飛凫繞岸沙。

臘月廿四雪夜東堂有燈作花甚異坐對似有詩興適中翰文光欸扉入相與詫歎既去偶成一首

雪消虛館燭開花，乍吐紅英暈紫霞。四壁圖書看照影，一行兒女念還家。金蓮恩重身難稱，白玉堂高鬢有華。應是明朝當獻納，坐深宫漏隔窗紗。

明晨文光以詩賞賀復次其韻一首

華燈道喜亦何喜，愛客詩狂更酒狂。一朵蓮開千葉瑞，九重天近午雲祥。深慚藝苑青錢選，重上瀛洲白玉堂。賴有東鄰揮制手，隔墻掾筆映餘光。

儼山老人陸深稿拜，己亥正三日試筆。

前明法書，松江三大家爲鼎足。吾家文裕公、莫廷韓，繼之以董文敏，則九峰三泖之秀，發露已盡。然董猶可得，二公更難，是卷其吉光片羽也歟？恬識。

【校記】

〔一〕按：《又儼山公書自詠十一首卷》，其中《山居雜詠》五首，《儼山集》卷十六收四首，《儼山續集》卷七收一首。此處收録其餘六首，其中《臘月廿四雪夜東堂有燈作花甚異坐對似有詩興適中翰文光款扉入相與詫歎既去偶成一首》，《儼山集》卷十五已收，題作《歲暮旅館燈花異常有作》。

以上〔清〕陸時化撰《吴越所見書畫録》卷二，清乾隆懷烟閣刻本

文

海日先生行狀

先生姓王氏，諱華，字德輝，別號實庵，晚復號海日翁。嘗讀書龍泉山中，學者又稱爲龍山先生。其先出自晉光禄大夫覽之曾孫、右軍將軍羲之，由琅琊徙居會稽之山陰。後二十三代孫迪功壽又自山陰徙餘姚。至先生之四世祖，廣東參議性常，又五世矣。參議博學，善識鑒，有文武長才，與永嘉高則誠族人元章相友善，往來山水間，時人莫測也。誠意伯劉伯温微時嘗造焉。參議謂曰：『子真王佐才，然異時勿累老夫則善矣。』伯温既貴，遂薦以爲兵部郎中，擢廣東參議。卒死於苗難。高祖諱彦達，號秘湖漁隱。漁隱年十六，自苗中裹父尸歸葬，朝夕哭墓下。

痛父以忠死，麄衣惡食，終身不仕，鄉里以孝稱之。曾祖諱與準，號遯石翁。偉貌修髯，精究《禮》《易》，著《易徵》數千言。居秘湖陰，嘗筮得『大有』之『震』，謂其子曰：『吾先世盛極而衰，今衰極當復矣。然必吾後再世而始興乎？興必盛且久。爾雖不及顯，身没亦與有焉。』祖諱世傑，號槐里子。以明經貢爲太學生。卒贈嘉議大夫，禮部右侍郎。祖妣孟氏，贈淑人。父諱天敍，别號竹軒。封翰林院修撰，贈禮部右侍郎。妣岑氏，封太淑人。

正統丙寅九月甲午，先生生。先夕，孟淑人夢其姑趙抱一童子緋衣玉帶授之曰：『新婦平日事吾孝，今孫婦事汝亦孝。吾與若祖丐於上帝，以此孫畀汝，子孫世世榮華無替。』故先生生而以今名名，先生之長兄半巖先生以榮名，夢故也。先生生而警敏絶人。始能言，槐里先生抱弄之，因口授以古詩歌，經耳輒成誦。稍長使讀書，過目不忘。

六歲時，與群兒戲水濱。見一客來濯足，已大醉，遺其所提囊而去。取視之，數十金也。先生度其人酒醒必復來，恐人持去，投水中，坐守之。有頃，其人果號泣而至。先生迎謂曰：『求爾金邪？』爲指其處。其人喜躍，以一金謝。先生笑却之曰：『不取爾數十金，乃取爾一金乎？』客且慚且謝，隨至先生家，無少長咸遍拜而去。

岑太夫人嘗績窗下，先生從旁坐讀書。時邑中迎春，里兒皆競呼出觀，先生獨安讀書不輟。太夫人謂曰：『若亦暫往觀乎？』先生曰：『大人誤矣，觀春何若觀書？』太夫人喜曰：『兒是也，吾言誤矣。』

年十一，從里師錢希寵學。初習對句，月餘，習詩，又兩月餘，請習文。數月之後，學中諸生盡出其下。錢公嘆異之曰：『歲終吾無以教爾矣。』縣令呵從到塾，同學皆廢業擁觀，先生據案朗誦若無睹。錢奇之，戲謂曰：『爾獨不顧。令即謂爾倨傲，呵責及爾，且奈何？』先生曰：『令亦人耳，視之奚爲？若誦書不輟，彼亦便奈何責也？』錢因語竹軒公曰：『公子德器如是，斷非凡兒。』

十四歲時，嘗與親朋數人讀書龍泉山寺。寺舊有妖爲祟。數人者皆富家子，素豪俠自負，莫之信；又多侵侮寺僧，僧甚苦之。信宿妖作，數人果有傷者。寺僧因復張皇其事，衆皆失氣，狼狽走歸。先生獨留居如常，妖亦遂止。僧咸以爲異。每夜分，輒衆登屋號笑，或瓦石撼臥榻，或乘風雨雷電之夕，奮擊門障。僧從壁隙中窺，先生方正襟危坐，神氣自若。輒又私相嘆異。然益多方試之，技殫，因從容問曰：『向妖爲祟，諸人皆被傷，君能獨無恐乎？』先生曰：『吾何恐？』僧曰：『諸人去後，君更有所見乎？』先生曰：『吾何見？』僧曰：『此妖但觸犯之，無得遂已者，君安得獨無所見乎？』先生笑曰：『吾見數沙彌爲祟耳。』諸僧相顧色動，疑先生已覺其事，因佯謂曰：『此豈吾寺中亡過諸師兄爲祟邪？』先生笑曰：『非亡過諸師兄，乃見在諸師弟耳。』僧曰：『君豈親見吾儕爲之？但臆説耳。』先生曰：『吾雖非親見，若非爾輩親爲，何以知吾之必有見邪？』寺僧因具言其情，且嘆且謝曰：『吾儕實欲以此試君耳。君天人也，異時福德何可量？』至今寺僧猶傳其事。

天順壬午，先生年十七，以三禮投試邑中。邑令奇其文，後數日，復特試之。題下，一揮而就。令疑其偶遇宿構，連三命題，其應益捷。因大奇賞，謂曰：『吾子異日必大魁天下。』遠邇争禮聘爲子弟師。提學松江張公時敏考校姚士，以先生與木齋謝公爲首，并稱之曰：『二子皆當狀元及第，福德不可量也。』方伯祁陽寧公良擇師於張公。張曰：『但求舉業高等，則如某某者皆可。必欲學行兼優，惟王某耳。』時先生甫踰弱冠，寧親至館舍講賓主禮，請爲其子師。延至家，湖湘之士翕然來從者以數十。在祁居梅莊別墅。墅中積書數千卷，先生晝夜諷誦其間，不入城市者三年。永士有陳姓者，聞先生篤學，特至梅莊請益。間取所積書叩之，先生皆默誦如流。陳嘆曰：『昔聞「《五經》笥」，今乃見之。』祁俗好妓飲，先生峻絶之。比告歸，祁士以先生客居三年矣，乃秘兩妓於水次，因餞先生於亭上，宿焉。客散，妓從秘中出。先生呼舟不得，撤門爲桴而渡。衆始嘆服其難。

始，先生在梅莊，當一夕夢迎春，歸其家，前後鼓吹幡節，中導白土牛，其後一人輿以從，則方伯杜公謙也。既覺，先生以竹軒公、岑太夫人皆生於辛丑，謂白爲兇色，心惡之，遂語諸生欲歸。諸生堅留之。寧生曰：『以紘占是夢，先生且大魁天下矣。夫牛，丑屬也，謂之一元大武；辛金屬，其色白；春者，一歲之首也，世以狀元爲春元，先生之登，其在辛丑乎。故事送狀元歸第者，京兆尹也，其時杜公殆爲京兆乎？』先生以親故，遂力辭而歸。舟過洞庭，阻風君山祠下，因入祠謁。祝者迎問曰：『公豈王狀元邪？』先生曰：『何從知之？』祝者曰：『疇昔之夕，夢山神曰：「後日薄暮有王狀元來。」吾以是知之。』先生異其言，與梅莊之夢適相協，因備紀其事。自是先生連舉不利，至成化庚子，始以第二人發解。明年，辛丑，果狀元及第；杜公爲京兆，悉如其占云。

是歲授官翰林院修撰。甲辰廷試進士，爲彌封官。丁未充會試同考官。弘治改元，與修《憲廟實録》，充經筵官。己酉，秩滿九載，當遷。聞竹軒疾，即移病不出。當道使人來趣，親友亦交勸之且出遷官，若兇聞果至，不出未晚也。先生曰：『親有疾，已不能匍匐歸侍湯藥，又逐逐奔走爲遷官之圖。須家信至，幸而無恙，出豈晚乎？』竟不出。

庚戌正月下旬，竹軒之訃始至，號慟屢絶。即日南奔，葬竹軒於穴湖山，遂廬墓下。墓故虎穴，虎時時群至。先生晝夜哭其傍，若無睹者。久之益馴，或傍廬臥，人畜一不犯，人以爲異。

癸丑服滿。陞右春坊右諭德，充經筵講官。嘗進勸學疏，其略謂：

貴緝熙於光明。今每歲經筵不過三四御，而日講之設，或間旬月而始一二行，則緝熙之功，無亦有間歟？雖聖德天健，自能乾乾不息。而宋儒程頤所謂涵養本原，薰陶德性者，必接賢士大夫之時多，而後可免於一暴十寒之患也。

上然其言，御講日數。

丙辰三月，特命爲日講官，賜金帶四品服。四月，以選正人端國本，公卿會推爲東宫輔導。戊午三月，又命兼東宫講讀，眷賜日隆。是歲，奉命主順天府鄉試。辛酉，又奉命主應天鄉試。壬戌，陞翰林院學士，從四品俸。尋命教庶吉士魯鐸等。繼又命與纂修《大明會典》。踰年書成，陞詹事府少詹事，兼翰林院學士。五月，復命與編《通鑑纂要》。六月，陞禮部右侍郎，仍兼日講。上以先生講釋明贍，故特久任。是歲冬，命祭江淮諸神，乞便道歸省。還朝，以岑太夫人年邁，屢疏乞休，以便色養。不允。尋陞禮部左侍郎。

明年，武宗皇帝改元。賊瑾用事，呼吸成禍福。士大夫奔走其門者如市。先生獨不之顧。時先生元子今封新建伯方爲兵部主事，上疏論瑾罪惡。瑾大怒，既逐新建，復遷怒於先生。然瑾微時嘗從先生鄉人方正習書史，備聞先生平日處家孝友忠信之詳，心敬慕之，先生蓋不知也。瑾後知爲先生，怒稍解。嘗語陰使人，謂於先生有舊，若一見可立躋相位。先生不可。瑾意漸拂。丁卯，陞南京吏部尚書。瑾猶以舊故，使人慰之曰：『不久將大召。』冀必往謝。先生又不行。瑾復大怒。然先生乃無可加之罪，遂推尋禮部時舊事與先生無干者，傳旨令致仕。先生聞命忻然，束裝而歸，曰：『吾自此可免於禍矣。』

既而，有以同年友事誣毁先生於朝者，人咸勸先生一白。先生曰：『某吾同年友，若白之，是我訐其友矣。是焉能浼我哉？』竟不辨。後新建復官京師，聞士夫之論，具本奏辨。先生聞之，即馳書止之曰：『是以爲吾平生之大恥乎？吾本無可恥，今乃無故而攻發其友之陰私，是反爲吾求一大恥矣。人謂汝智於吾，吾不信也。』乃不復辨。

歷事三朝，惟孝廟最知。末年尤加眷注，屢因進講，勸上勤聖學，戒逸豫，親仁賢，遠邪佞。上皆虚心嘉納。故事，講官數人當直者，必先期演習，至上前猶或盭張失措。先生未嘗豫習，及進講，又甚條暢。一日，上已幸講筵，直講者忽風眩仆地。衆皆遑遽，共推先生代，先生從容就案，展卷敷析，尤極整暇。衆咸服其器度。内侍李廣方貴幸，嘗於文華殿講《大學衍義》，至唐李輔國與張后表裏用事，諸學士欲諱不敢言，先生特誦説朗然，開諷明切。左右聞者皆縮頭吐舌，而上樂聞不獻。明日罷講，命中官賜食。中官密語先生云：『連日先生講書明白，聖心甚喜，甚加眷念。』先生自慶知遇，益用剴切。上亦精勤彌勵。詎意孝廟升遐，先生志未及行，亦偃蹇而歸矣。天道如斯，嗚呼悲夫！

先生氣質醇厚，平生無矯言飾行，仁恕坦直，不立邊幅。與人無衆寡大小，待之如一。談笑言議，由衷而發，廣庭之論，人對妻孥，曾無兩語。人有片善，稱之不容口；有急難來控者，惻然若身陷於溝阱，忘己拯救之，雖以此招謗取嫌，亦不恤；然於人有過惡，亦直言規切，不肯少回曲，以是往往反遭嫉忌，然人亦知其實心無他，則亦無有深怨之者。先生才識宏達，無所不可。而操持堅的，屹不可動。百務紛沓，應之沛然，未嘗見其有難處之事。至臨危疑震蕩，衆多披靡惶恐，而先生毅然卓立，然未嘗以此自表見，故人之知者罕矣。爲詩文皆信筆立就，不事雕刻，但取詞達而止。所著有《龍山稿》《埴南草堂稿》《禮經大義》諸書，《雜録》《進講餘抄》等稿，共四十六卷。

先生孝友出于天性，禄食盈餘，皆與諸昆弟共之，視諸昆弟之子不啻己出。竹軒公及岑太夫人色愛之養，無所不至。太夫人已百歲，先生亦壽踰七十矣，朝夕爲童子色嬉戲左右，撫摩扶掖，未嘗少離。或時爲親朋山水之邀，乘舟暫出，忽念太夫人，即蹙然反棹。及太夫人之殁，寢苫蔬食，哀毁踰節，因以得疾。逮葬，跣足隨號，行數十里，於是疾勢愈增。病臥踰年，始漸瘳。然自是氣益衰。

先生素聞寧濠之惡，疑其亂，嘗私謂所親曰：『異時天下之禍，必自兹人始矣。』令家人卜地於上虞之龍溪，使其族人之居溪傍者買田築室，潛爲棲遯之計。至是正德己卯，寧濠果發兵爲變。遠近傳聞駭愕，且謂新建公亦以遇害，盡室驚惶，請徙龍溪。先生曰：『吾往歲爲龍溪之卜，以有老母在耳。今老母已入土，使吾兒果不幸遇害，吾何所逃於天地乎？』飭家人勿輕語動，已而新建起兵之檄至，親朋皆來賀，益勸先生宜速逃龍溪。咸謂新建既與濠爲敵，其勢必陰使奸人來不利於公。先生笑曰：『吾兒能棄家殺賊，吾乃獨先去以爲民望乎？祖宗德澤在天下，必不使殘賊覆亂宗國，行見其敗也。吾爲國大臣，恨已老，不能荷戈首敵。倘不幸，勝負之算不可期，猶將與鄉里子弟共死此城耳。』因使趣郡縣宜急調兵糧，且禁訛言，勿令摇動。鄉人來竊視先生，方晏然如平居，亦皆稍稍復定。不旬月，新建捷至，果如先生所料。親朋皆攜酒交慶。先生曰：『此祖宗深仁厚澤，漸漬人心，紀綱法度，維持周密，朝廷威靈，震懾四海，蒼生不當罹此荼毒。故旬月之間，罪人斯得，皆天意也。豈吾一書生所能辦此哉？然吾以垂盡之年，幸免委填溝壑；家門無夷戮之慘；鄉里子弟又皆得免於征輸調發；吾兒幸全首領，父子相見有日；凡此皆足以稍慰目前者也。』諸親友咸喜，極飲盡歡而罷。

已而，武廟南巡，奸黨害新建之功，飛語構陷，危疑洶洶，旦夕不可測。群小偵伺，旁午於道。或來先生家，私籍其産宇丁畜，若將抄没之爲。姻族皆震撼，莫知所出。先生寂若無間，日休田野間，惟戒家人謹出入、慎言語而已。辛巳，今上龍飛，始下詔宣白新建之功，召還京師。新建因得便道歸省。尋進南京兵部尚書，封新建伯。遣行人齎白金文綺慰勞新建，遂下溫旨存問先生於家，兼有羊酒之賜。適先生誕辰，親朋咸集。新建捧觴爲壽。先生蹙然曰：『吾父子不相見者幾年矣。始汝平寇南贛，日夜勞瘁，吾雖憂汝之疾，然臣職宜爾，不敢爲汝憂也。寧濠之變，皆以爲汝死矣，而不死；皆以事爲難平矣，而卒平。吾雖幸汝之成，然此實天意，非人力可及，吾不敢爲汝幸也。讒構朋興，禍機四發，前後二年，岌乎知不免矣。人皆爲汝危，吾能無危乎？然於此時惟有致命遂志，動心忍性，不爲無益，雖爲汝危，又復爲汝喜也。天開日月，顯忠遂良，穹官高爵，濫冒封賞。父子復相見於一堂，人皆以爲榮，吾謂非榮乎？然盛者衰之始，福者禍之基，雖以爲榮，復以爲懼也。夫知足不辱，知止不殆，吾老矣，得父子相保於牖下，孰與犯盈滿之戒，覆成功而毀令名者邪？』新建詵而跽曰：『大人之教，兒所日夜切心者也。』聞者皆嘆息感動。於是會其鄉黨親友，置酒燕樂者月餘。歲且暮，疾復作。新建率其諸弟日夜侍湯藥。壬午正月，勢轉劇。二月十二日己丑，終於正寢。享年七十有七。臨絶，神識精明，略無昏憒。時朝廷推論新建之功，進封先生及竹軒、槐里，皆爲新建伯。是日部咨適至，屬疾且革。先生聞使者已在門，促新建及諸弟曰：『雖倉遽，烏可以廢禮？爾輩必皆出迎。』聞已成禮，然後偃然瞑目而逝。

先生始致政歸，客有以神仙之術來説者。先生謝之曰：『人所以樂生於天地之間，以内有父母、昆弟、妻子、宗族之親，外有君臣、朋友、姻戚之懿，從遊聚樂，無相離也。今皆去此，而槁然獨往於深山絶谷，此與死者何異？夫清心寡欲，以怡神定志，此聖賢之學所自有，吾但安樂委順，聽盡於天而已，奚以長生爲乎？』客謝曰：『神仙之學，正謂世人悦生惡死，故其所欲而漸次導之。今公已無惡死悦生之心，固以默契神仙之妙，吾術無所用矣。』先生於異道外術一切奇詭之説，廓然皆無所入。惟岑太夫人稍崇佛教，則又時時曲意順從之，亦復不以爲累也。

先生既歸，即息意邱園，或時與田夫野老同遊共談笑，蕭然形迹之外。人有勸之，宜且閉門養威重者。先生笑曰：『汝豈欲我更求作好官邪？』性喜節儉，然於貨利得喪，曾不以介意。嘗構樓居十數楹，甫成而火，貲積爲之一蕩。親友來救焚者，先生皆一一從容款接，談笑衎衎如平時，略不見有倉遽之色。人以是咸嘆服其德量云。

先生元配贈夫人鄭氏，淵靖孝慈，與先生共甘貧苦。起微寒，躬操井臼，勤紡績以奉舅姑。既貴而恭儉益至。壽四十九，先先生三十六年卒。繼室趙氏，封夫人。側室楊氏。子四人：長守仁，鄭出，南京兵部尚書，封新建伯。次守儉，楊出，太學生。次守文，趙出，郡庠生。次守章，楊出。一女，趙出，適南京工部都水郎中同邑徐愛。始鄭夫人殯郡南之石泉山，已而有水患，乃卜地於天柱峰之陽而葬先生焉。

深，先生南畿所録士也。暨於登朝，獲從班行之末，受教最深；又辱與新建公遊處，出入門墻最久。每當侍側講道之際，觀法者多矣。正德壬申秋，以使事之餘，迂道拜先生於龍山里第。扁舟載酒，相與遊南鎮諸山，乃休於陽明洞天之下。執手命之曰：『此吾兒之志也。大業日遠，子必勉之。』臨望而別。嗚呼！深鄙陋無狀，不足以窺見高深，然不敢謂之不知先生也。謹按王君琥所録行實，泣而敍之，將以上於史官，告於當世之司文柄者，伏惟採擇焉。

吴光等編校《王陽明全集》卷三十八《世德紀》，上海古籍出版社二〇一一年版，第一五四四—一五五四頁。

附录

附録目録

附録二　交游詩文

附録一 傳記

詹事府詹事兼翰林院學士儼山陸公行狀

〔明〕唐　錦

曾祖諱德衡，曾祖妣章氏。祖諱璿，字廷美，義授承事郎，贈通議大夫、詹事府詹事兼翰林院學士。祖妣尤氏，贈淑人。考諱平，字以和，義授散官，封文林郎、翰林院編修，贈通議大夫、詹事府詹事兼翰林院學士。前妣瞿氏，贈淑人。妣吳氏，初贈孺人，加贈淑人。公諱深，字子淵，姓陸氏，學者稱爲儼山先生。

陸自漢、晉以來爲三吳著姓。元季有諱子順者，居華亭之馬橋鎮，子曰餘慶，實公高祖，在國初時隱居不仕。有里人遇害無主名，坐鄰保失援，例當編戍，慮掛名戎籍爲子孫累，因躍江自沉。其遺孤德衡纔五齡耳，既稚且孤，家事中落。稍長，遷居上海洋涇之原，勤於藝植，業稍復振。長子諱璿，號筠松，崇德秉禮，爲鄉閭師表，有司鄉飲，聘爲大賓。生丈夫子五人，其仲諱平，號竹坡，公之考也。孝友長厚，克紹世德。初娶于瞿，瞿亡，繼娶吳淑人，婦道母儀，著聞邦邑，人謂必生賢子。一夕忽夢海潮迅湧，有童子浮水，以小朱盒盛冠帶排户而入。翌日誕公，人以爲祥。

公生而穎敏異常，三四歲即警悟如成人。筠松翁恒撫之，曰：『是兒腰圍不凡，他日紆金相也。』六歲就外傅，教以古詩詞，過耳輒能成誦。筠松翁嘗讌集，客見室隅設鼓，因戲云：『擊鼓點成紅芍藥。』公卽抗聲應曰：『拈針綉出白荼蘼。』座客驚喜，呼爲小友。甫成童，即洞究經史，文鋒警鋭，一時老學爲之斂遜。弘治甲寅冬，錦娶公之從女弟，彌月歸寧，筠松翁喜甚，命錦與公款談竟日，因泛論古今詩文。公曰：『近觀東坡詩，殊與唐人不類，餘可知已。雖謂之宋無詩，未爲不可也。』錦益嘆服，乃賀翁曰：『翁有孫若伯舅，愚何足重耶？』

乙卯臺試，提學御史林公瑭得公文，奇愛之，首送邑庠補弟子員。丙辰春三月，筠松翁疾革，呼諸孫囑後事，乃就榻探數十金授公，曰：『汝必顯吾門閥，以此資汝燈燭之費。』公泣辭不得，轉奉竹坡公焉。戊午臺試，尤爲提學御史方公誌所器許。雖秋闈小蹶，而才名日益藉甚。辛酉科缺提學，屬巡按御史袁公經考選，公文第一，首送應試。是科尚書海石王公華、太傅野亭劉文肅公忠爲主考，得公初場經義，即曰：『此可以冠場矣。』及得五策，野亭益喜，謂海石曰：『此必天下士無疑矣。』取冠多士。榜出，士論翕然，稱爲得人。壬戌會試，禮部偶以經義不合，抱璞而歸，卒業于南雍。時尚書楓山章文懿公懋爲祭酒，太宰羅公欽順爲司業，試公學政策一道，公答幾萬言，酌古準今，皆精可行。二公擊節，以公輔期之。時少師邃庵楊公一清爲南太常，公慕其風猷，特及門受業。邃庵曰：『子材識閎遠，文學華邁，異日當追踪古人，吾不足學也。』乙丑再試禮部，時侍郎東白張公元禎、少師石齋楊公廷和主試事。公卷出尚書北潭傅文毅公珪經房，薦名第九，廷試第二甲第八人，選入翰林爲庶吉士，讀中秘書。

公入館，手不釋卷，館閣校試，恒居首列。時太師晦庵劉文靖公健、太師西涯李文正公東陽、太傅木齋謝文正公遷在内閣，嘗試《夫子天縱論》，文靖置公第一。及旅謝，文靖謂公曰：『賢作雖佳，於我意猶有未盡。如「賜也聞一知二」，「回也聞一知十」，各有限量。夫子天縱，則無復限量矣。』公亦深服其言。丁卯春二月，吉士當授職，内閣覆試，公復在優列，授翰林院編修。踰年，丁吴淑人憂，喪祭不以佛老爲禮，士林稱焉。時逆瑾亂政，托名擴充政務，諸館職悉改部秩，公得南京精膳主事，以居憂未赴。庚午秋八月，瑾伏誅，乃還舊職。是冬上康壽太皇太后、慈壽皇太后徽號，賜百官誥敕。明年，公服闋還朝，援例陳乞，獲給敕命，封竹坡公文林郎、翰林院編修，贈吴氏爲孺人。

壬申夏四月，推補經筵展書官。閏五月，上御殿發册寶，命充副使，偕正使武平伯陳公熹封淮王於江右之饒州。王雅重公名，饋贈優渥。公峻却，一無所染。歸舟抵杭，痰疾忽作，因疏請回籍療治。歸則杜門江東里第，罕入城市，及門受業者甚衆。丙子疾愈，以竹坡公年耄，雅不欲行。竹坡公强之曰：『兒當及時自效，移孝爲忠，毋徒以我爲念也。』公不得已，乃入朝供職，留妻子侍養。丁丑春二月，禮部會試，奉命充同考官，如少師桂州夏公言、狀元舒公芬、固安王御史正宗、博興顧知府鐸、登州浦御史鋐、彭城馬御史津、青神余編修承勛，皆公所取，後並爲名臣。初定魁元，時主考太保靳文僖公貴持數優卷授公品裁，公閱一卷，閎博逸群，薦爲榜首。及拆封，乃南海白山倫公以訓，狀元文敘之子也，士論甚愜。戊寅，奉簡命入内書堂訓中官肄習，多所成就。

秋八月，陞國子監司業。公精于書學，嘗博搜六書義旨并歷代名家書法，作《書輯》。己卯夏六月，寧庶人反于南昌，武廟親征，敕百官慎留務。公適署篆，惡典簿不職，即時奏黜，六館肅然。有當道子犯監規，下繩愆廳戒之，當道頗不悦。公貽書略云：『今聖駕南征，百務宜慎。古人謂法行自上始。明公爲天子六卿，正宜容庶僚之守法，豈以子弟之故，欲師長之廢法哉？』當道悚然謝焉。庚辰正月，武廟巡邊，郊祀踰期，公以京堂例，凡六省牲于南郊，分獻風雲雷雨壇，賦詩紀事，有《南郊祀録》。學士洞野廖公道南時在舉子列，素歆公名，執經受業。及會場試畢，公索所試文讀之，笑曰：『富麗閎博，足以冠場。但恐有純雅者壓君一頭地耳。』及放榜，今吏侍龍湖張公治第一，廖果第二，咸服公神識。十一月駕還，有銀牌綺段之賜。辛巳春三月，聞竹坡公訃，哀慟幾絶，毁悴骨立，杖而後起，扶疾歸理襄事，以是冬十有二月葬竹坡于祖塋。時祖塋祠宇未建，典章未備，筠松翁諸孫十餘人多饒裕，公不以相煩，勉力傾囊，獨任其事。癸未服闋，公以餘哀未忘，兼之痰疾頻作，乃馳疏繳納孝字勘合，因請假就家療疾，尋獲小愈。日與詩友徜徉林泉花石間，又於居第北隅葺土築五岡，望之儼然真山也，遂號儼山。登臨嘯咏，真若與世相忘者焉。

未幾，邃庵楊公、少保西樵方公獻夫、右都御史静齋陳公鳳梧交薦於朝。戊子春二月，特詔徵公以備講讀。途中所作，有《戊航雜紀》。未至國門，詔進國子監祭酒。公懲近時玩縱之弊，乃嚴設科條，戒諸生慎飭繩檢，季試必宿公廨。閲卷秉燭達旦，面諭優劣。一時士類感奮，後多知名，如孫編修陞、潘參議徽、馮御史彬、左太卿傑、沈給事謐、薛僉事甲、王郎中健、朱進士木，皆公所器賞者也。秋八月丁祭，先期疏言：『祀典莫重於太學。今文廟之祭，暑氣方隆，犧牲不無變動，殊非馨香潔清之義。《傳》曰「伐冰之家」，謂古者卿大夫喪祭猶得用冰，況天子之所祭、先師之所享乎？乞敕該部考求冰鑑之義，以爲復古之兆。』奉旨允行，遂著爲令。是月充經筵講官，初講《尚書・旅獒》篇，終以『慎德服遠』爲獻。冬十月，復講《孟子》『王使人瞯夫子』一章，反覆論繹，謂堯舜與人同耳，陛下以天縱之聖，匹休堯舜，不啻反掌已也。詞義忠懇，上並嘉納。是月賜京堂《明倫大典》，公與焉。己丑春正月，上祀天地與南郊，充分獻官。時監生撥歷者多挾權貴請囑，規求越次。公曰：『國家養賢，莫重於太學。有志者正宜安分讀書，以需後用。使以速去爲幸，則視太學爲不足遊也。且躁競之風，從兹而始，豈國家養士之意乎？』乃立畫一之法，僥倖者無所容力，士服其公。

三月進講《孟子》『伊尹以割烹要湯』一節。故事，講章先送内閣詳定。時太傅桂文襄公萼初入閣，改竄講章，多非公本旨。公於文華殿講畢，即面奏云：『今日講章，義理多未浹洽，非臣原構。今後合無容臣等各陳愚見。陛下堯舜之主，故敢昧死上聞。』時天顔甚霽，奉允旨而歸。自以經筵面奏非故事，因上疏謝罪，略曰：『陛下臨御，千古所無之聖也；經筵面奏，百年所無之典也。臣敢以百年所無之典，奉瀆千古所無之聖，冒昧之罪，竟復何逃？』奉聖旨：『爾昨面奏講章未當處，朕聽未真，特以允奏。今聞講章不欲内閣閲看，此係舊規，不必更改。如爾果有所見，當别具奏聞，何必專以此爲。既認罪，罷。』公詣闕謝恩，歸而嘆曰：『際遇如此，雖捐軀何惜。』遂抗疏爲《陳愚見以裨聖學事》，凡千餘言。大略云：『臣子啓沃之誠，不過經筵頃刻耳。若講章悉出内閣之意，而講官不過口宣之，此於義理深有未安，而交孚相感之道遠矣。使講官之言得盡達於上，則天下之事有公卿行之而不能盡、臺諫知之而不敢言、百司庶府負之而不敢達者，皆得依經比義，條列類陳，然後聰明日啓，而萬機之得失、四海之休戚，靡不洞達於聖心矣，豈復有壅蔽之患哉？』疏下吏部參詳，得旨降級調外，左遷延平府同知。有司欲爲公給關文以行，公曰：『吾得罪外謫，當惶懼省愆，敢復勤公移、煩郵傳，以大行色哉？』亟買舟遄發，道遇士大夫多不知者。途中所作，有《南遷日紀》。

八月抵任，職專清戎。時刑侍東洲屠公僑爲守，謂公講幄重臣，不宜煩以猥務，欲委之他官。公曰：『人臣事君，自公卿以至末屬，各有職業。顧効忠宣力有不及耳，敢以内外崇卑爲意哉？』日取簿書編閲，鉤稽奸蠹，若素閑者。且以延平道學淵藪，詮集龜山楊公時、豫章羅公從彦、延平李公侗三公要語，名《道南三書》，以嘉惠閩士。時所著有《南遷稿》。

甫三月，陞山西按察副使，總理學政。適有晉府舊樂工馬某者，昔爲晉恭王所喜，且挾厚貲求以孫某爲儀賓。王爲奏行禮部，給符從良，許其成婚，復以他孫某試補郡庠生。諸生謂優伶子不厠名教，具呈前提學黜之。馬遂奏言，既已從良，連姻王國，何獨入學校不可乎？事下本道，久不決。馬復訴於巡按趙公鏜，趙以囑公。公閲前後文移，乃判曰：『馬某雖係從良，但從之云者，必有所從來。況君子小人之澤，須五世而斬。馬既年代未遠，則祖孫之間氣類猶在。寧可學校缺一人，豈宜以一人玷學校？』事遂寢。士類喜躍，唯大忤趙意。既而徧歷郡邑，程校學業。每品第高下，必面指瑕疵，使之省悟。禁絶險怪，雖諸生有文學優贍、考居前列者，猶以奇僻責之。士皆悦服。至平定，觀浮山遺竈，世傳女媧煉石補天處也。公作記辯之，謂洪濛開創之始，所謂補天者，蓋開物成務，以裁成輔相云耳，豈有以煉石補天者哉？論者謂發前人所未發。公暇，選歷科會試程文，刻之臬司，爲士子準式，晉陽文體爲之一變。如郭檢討盤、李給事念、甄給事成德、張御史梯、李郎中愈、潘参議高、吴僉事嘉會、魏進士希相、張進士淑勵、楊進士思忠、董舉人篇，皆公之所簡拔也。時所著有《河汾燕閒録》。

陽曲生員劉鎧，痛父爲縣尹笞死，愬于巡按趙公。趙先入尹言，痛杖劉生，褫其衣冠下之獄。公曰：『父死非命，人子不共戴天。爲人師長握風紀，可坐視其冤抑乎？』入院辯之。趙語乖謬，公即上疏劾趙，謂祖宗立法，内外臺得互相糾劾。今趙某挾巡按之權，曲蔽屬官，毁辱學校，凌轢外臺，擅播威福，乞正其罪。趙聞之，亦劾公以自解。並下都察院，覆請遣官會勘，公與趙各暫還籍。公先嘗博采古今緒論，作《同異録》，每篇附以己見，擬以進呈。會趙事不果。歸途所著有《停驂録》。或言部院恒右内臺，宜遣人當道，曰：『其事毋爲人所機穽也。』公曰：『公論在人心，法度在君相，士大夫行己，在爲之自我何如耳。利害得失，非所計也。』是歲作《史通會要》。繼聞勘官給事中董公進第、御史王公道已至晉陽，公即衝寒就道，抵平定聽理。二勘官詳究始末，具得情實以聞。得旨趙謫外任，公復職。壬辰夏四月，歸自平定。所著有《續停驂録》。

九月，推補浙江按察副使，仍理學政。時浙中文尚奇僻，公出教禁之，士亦酣公素望，踴躍從令，鉤棘之體，一洗而空。

數月，陞江西布政司右參政，署掌司事。有死犯數十年不決者，公平反之，獲脱死籍者凡數十人，爭像公以祀。是歲作《豫章雜抄》，所紀多國朝遺事。

又數月，遷陝西布政司右布政使，道轉四川左使。乙未夏五月，抵保寧。適苦旱災，公易服却輿，率諸屬禱之，頃刻霖雨如注，遠近霑足。至成都視事，憫其凋瘵，百事務從仁恕，唯法制所在，則不敢失尺寸。見藩庫弊甚，公曰：『百費仰給于此。今破壞不葺，將來之費，不可言矣。』鳩工改建，迄今賴焉。所著有《蜀都雜抄》《平胡録》，多國初事蹟。

丙申歲，威、茂諸夷倡亂，朝廷命將征剿，公移文于副總兵何公卿，曰：『西番自古以來不能爲中國大患，而亦不能不爲中國患也，要在羈縻之而已。羈縻之術，行賞爲先，用兵次之。姑自我朝論之，以國初兵力之强，重以御史大夫丁玉才略之偉，非不能草薙而禽獮之，卒集酋長給以銀顆，俾各守地，至今番人藏以爲寳。是雖丁大夫威惠入人之深，終亦歸於行賞而已。今爲撫剿之説者，不知果有合於事宜否也。又自四川言之，芒部、蒙撒皆土夷也。芒部已叛，則剿之而改爲鎮雄府。烏撒雖有兵端，亦但撫之而已。今西番自有部落，自成風土，比與土夷尚概聲教者不同。將欲剿之，則不能盡；將欲撫之，則不可終。故爲中國計者，必以備禦爲上策。伺其犯邊，則誅之；因其款塞，則賞之。賞之者，非盡賞，賞其款附者也；誅之者，非盡誅，誅其犯順者也。若思爲擴土開邊之策，生事喜功，以僥倖於萬一，則啓釁構怨，孰任其咎？麾下熟知番情，忠勇素著，當儕之古名將之列。今撫按移文詳議，請條具事宜，以憑轉達。訪得深溝一寨，據圖觀脈，起自西番，迤邐而來，至於深溝地面，方始落下，壁立斬絶，約高三十餘里。我難仰攻，彼可下據。彼在内，而我在外。譬之城堡，可以内守，不可外戰。縱一時攻破，竊恐不可有也，有之恐不可守，守之恐不可久。若悉併財力，建爲城堡，西番暫且遠避，俟我功成，不過百餘人守之而已。狼子野心，乘間復發，倘一旦驅其醜類，殺虜殆盡，如近日貴州凱口之事，則地方之責又將誰任？昔人謂幽州之地，曹翰可取，孰可守也？竊意此地宜空之，使彼不得竊居，我不必蹈險，則架梁裝塘之擾可免，華夷之界自明，上不至損國威，下不至釀邊釁矣。』聞者甚偉其議。公復悉力調度兵食饒給，夷患遂平。捷聞，公有白金文綺之賜。

未幾，建昌行都司地震兩晝夜，傾毁公私室廬若干，死者不可勝計，況饑饉特甚。公力主議發官銀賑之，全活甚衆。侍郎方塘潘公鑑、巡按御史和峰鄒公堯臣、玉洲陸公琳交章舉薦。冬十一月，擢光禄寺卿。是歲所作有《知命集》。又集古詩，自石鼓文迄于陶靖節諸作，名曰《詩準》。丁酉正月，自蜀啓行。蜀王遣承奉致彩幣、銀器爲贐，公悉辭之。蜀吏民感戀泣送者傾城焉。

光禄供億繁浩，況有中貴共事，尤難裁抑。公莅事旬月，積蠹盡掃，都人傳誦，謂近所未有。會國子缺祭酒，當道以光禄煩劇，欲改公太常卿，掌監事。公辭曰：『某無似，居外垂十年，兹獲内召，聖恩大矣，敢憚煩乎？席未煖而遽遷，非所望也。且某以國子得罪，今復冒爲之，能無厚顔乎？』

戊戌春二月，内閣特疏，薦改太常寺卿兼翰林院侍讀學士，領修玉牒。是月充廷試讀卷官。事竟，扈駕天壽山，謁諸陵。夏四月，奉敕撰泗洲祖陵碑文。秋九月，復扈駕天壽山。冬十月，奉敕撰太神册表。十一月冬至，郊廟禮成，賜百官誥敕。公以三品，贈祖考筠松翁、考竹坡公俱太常寺卿兼翰林院侍讀學士，祖妣尤氏、妣吴氏俱淑人。是月仍扈駕天壽山。己亥春正月，以立皇太子恩蔭子楫爲國子生。是月駕幸承天府，謁顯陵，扈從諸司各設行署，仍發永樂間行在印章給之，皆上所親定，尤注意翰林，問公何官。内閣以公所居官對，御筆抹去『侍讀』二字，改行在翰林院學士掌印。時内閣會吏部慎選宫僚，改公詹事府詹事，仍以行院學士扈從。至彰德，制令三品以上照例肩輿。三月，至承天，入龍飛殿陪祀社稷山川，復從上謁陵，行大享禮，皆有白金之賜。夏四月，回鑾，内閣屬公草謝表。五月，辭行在學士。往返所著有《扈蹕南征稿》。

秋七月，當六載考察之期，京堂四品以上例當自陳。公疏略曰：『臣叨塵甲第，幸歷三朝。久厠縉紳，年踰六十。晚際聖明，召還侍從。班聯講幄，誠無補於格心；職首宫僚，學有愧於輔導。兼以衰殘之質，益增尸素之愆。首宜罷黜，無過於臣。』奉温旨留用，不允所辭。秋九月，扈駕天壽山還，以二代雖蒙恩贈，尚仍舊銜，且前母未霑恩典，乃援例上請。其略曰：『伏蒙聖恩，追封錫廕。旬日之間，兩遭殊典。而宫僚高選，尤爲奇逢。清銜美秩，正人子思以薦之祖考而不可得者也。臣前母瞿氏，係臣父結髮，獨未霑恩。臣之心不安，臣父之心不安，雖臣母之心，恐亦有所未安也。竊念太常卿與詹事俱正三品，前母與母俱臣父敵體之倫，設若有靈，豈能無望？乞照侍講學士蔡昂、尚書唐龍、周期雍等事例，俯遂微臣一念私情。』上咸允之。于是筠松、竹坡俱改贈詹事兼學士，瞿氏追贈淑人。國朝封例不及前母，唯大臣特恩獲封，迄公不過數人，蓋異數也。冬十月，上祀玄極寶殿及奉先殿，公與陪祀，賜脯醢酒菓品物。

庚子春正月，言官建議，欲以先朝尚書薛文靖公瑄從祀孔子，上命文學侍從諸臣各上議。公疏略曰：『世儒之講從祀者，多責備於著述之文，而於道德之實，若在所後。臣以爲聖人之道，本末一貫，謨訓功烈，以時而出，初無意必於其間。其在後儒，不得不與時而升降。七十子速肖聖道，故宜祀。秦火之後，諸經師口授秘藏，有傳道之功，宜祀。魏晉以降，佛老並興，故排斥異端，有衛道之功，宜祀。隋唐以後，聖學榛蕪，專門訓釋，有明道之功，宜祀。程朱以來，學者趨於章句口耳之末，故躬行實踐，有體道之功，亦宜祀。本朝以理學爲宗，實自瑄始，其反躬實踐，復性存誠，亦足以救末世支離之弊。必欲鋪張一王之大典，以表章理學之有人，羽翼聖門，風勵末學，則從祀之選，非瑄不可。』疏上，有儒臣議不合，事遂寢。

二月，上開講，簡公充經筵日講官，兼講《大學衍義》。三月，以日講賜扇。夏四月，賜炙鵝果餅。此蓋優遇，日講異數也。自是賜無虛月。時忽有颶風之變，詔京堂四品以上自陳。公疏略曰：『臣才綿力薄，展布未能，叨享國恩，每懷慚懼。尸素之人，唯臣爲甚。徒以感戀聖恩，未即陳乞，殊昧止足之義。物理憲典，俱屬有妨。況今氣血兩衰，痰火間作，報效之心雖在，而驅策實不能前。首宜罷免，無過於臣。』有旨留用，公不敢復辭。公以詩學發科，平生博綜衆説，參酌異同，作《詩微》若干卷。是歲書成。

辛丑春元旦大雪，公與諸詞臣進《瑞雪頌》，上覽而嘉焉。是月三載考績，吏部題覆，奉旨復職。二月禮部會試，内閣推公及侍讀學士水南張公衮爲主考，上以尚書托齋温公仁和易之。公適苦痰疾，方憂文衡之勞，聞命喜慰。三月廷試，充讀卷官，分閲二十一卷，中多名士。夏四月，九廟災，上甚悚惕，詔百官修省。公憂惶彌甚。又得家報，二孫連殤，愈鬱鬱不樂。去志益決，乃上疏，略曰：『殷憂啓聖，變不虚生。仰惟皇上，聖敬大孝，感格皇穹，盖有素矣。而災變若此，非臣等奉職無狀所致耶？如在一芥草茅，叨塵侍從，食禄有年，曾無寸補。尸素之愆，又皇天所宜震怒者也。倘蒙聖恩，不加斧鉞之誅，將臣放歸田里，别選忠勤，以爲格天之助，臣亦少延殘喘，歌咏太平之盛矣。』疏上，得旨致仕。五月陛辭。七月抵家，謝遣人事，理江東舊館居焉。

公文翰冠絶一代，人獲片言一字，珍如異寶。四方徵文乞書者，屨滿户外。公多以疾辭，間有辭謝不得者，亦强爲應酬，然亦不勝其煩矣。公之在館閣也，常禄外，復以纂修給酒食費，三載幾四百金。公語其子楫曰：『吾自科第起垂四十年，秋毫皆帝力也。重膺簡命，同修秘史，太官所給，敢素餐耶？當爲鄉邑間作一義事，消此餘禄，庶可逭吾内愧耳。』因浦口有通河限南北，人艱於來往，乃傾金市石，復捐租千石，以益工費，特建三環橋通行，邑人便之。以竹坡公小宗，不特立廟，至是曰：『吾叨祖宗厚庇，致位三品，恩霑累世。禮有以貴爲宗者。不按古制建特廟，非所以彰先德、榮世秩也。』於是闢址居第之傍。適鄰有鬻地者，因倍值償之。江東舊有蘆洲別業，環百餘畝。忽慨然僦工築堤數里，闢爲良田幾百畝，畝費幾二十石。或曰畝直不過數石，徒濫費何爲？公曰：『是非爾所知也。昔吴康齋先生以處士被召，辭還，英廟賜路費五十金，歸以募工墾山田，僅得四畝。人哂其失計，康齋曰：「某欲爲天地間增田數畝，以爲開物計，豈暇他較哉？」予不惜費闢蘆洲爲良田，亦是此意，正不必屑屑計直，爲田舍翁事也。』聞者始而疑，終歎服焉。

巡按御史雲川舒公汀、岐麓周公亮、巡撫都御史夏公邦謨繼相舉薦，且時望久屬，咸謂旦夕間召命至矣。公獨若不聞，日坐東堂讀諸子書，因參酌經史疑義，作《傳疑録》。秋八月，忽感瘧疾，留西莊月餘始愈。然覺脾弱，飲食損矣。至甲辰二月，脾胃寒泄，肌肉漸鑠。公心憂之，呼楫語之曰：『吾疾殆不可爲。汝四舉子而未育，奈何？吾觀標姪淳慤，其子必佳，可育其季子，以兆汝嗣。』命名曰郯。遂延門下學詩士馮君遷訓焉。五月，巡按御史楊公時泰、提學御史裁庵楊公宜復交薦之，部院諸老各抗章列薦。公得邸報，蹙然曰：『徒負知己。』時胃寒久不愈，有言蒸臍可療者，試之，頓成血枯虛閉。猶欲集古隱逸事，作《山居經》，方手録數行，會疾劇不果。六月朔日，移臥西莊。時錦之内子恭人卒，慮公悲傷，秘不敢以聞。既月餘矣，家人誤言及之，公撫牀慟曰：『我筠松翁以純德昌後，孫男女二十餘，發祥於吾兩人。今至此，豈先澤將竭，欲並收以去耶？』言與淚俱下。因就榻中仰書數字遺錦致慰。錦展誦數四，哽咽不能成聲。嗚呼，可勝悼哉！楫晝夜侍湯藥，衣不解帶，數郡名醫無不延致，然皆寡驗。公曰：『天也。吾長負國恩，愧無以報。勿更乞恩典，以重吾咎。』猶臥讀《國朝名臣録》以遣日。聞姑蘇楊南峰先生所著《松籌堂集》在黄甥良玉所，因作短刺索觀，書『《松籌堂集》取來，廿七日』，凡九字，遂爲絶筆。至是飲食輒吐，痰涎數盂墨汁，而膚削愈甚。公曰：『禮貴正寢。當速歸可也。』其夜風月清朗，楫輩扶輿而歸。時乃七月十有八日。先一夕當夜分時，家人忽見大星隕庭中，光芒異常。公聞之曰：『此吾去兆也。當速具後事。』醫家亦謂翻胃症至此無容措手矣。二十三日寅刻，忽曰：『今日陰陽家所忌，吾尚須明後日乎？』因索衾斂具一觀之，曰：『是已足矣。毋違禮以厚殉我也。』又曰：『往在館閣，嘗蒙聖明溫旨，褒以「忠敬」，未嘗敢一日忘。可勒作金書二字，標以聖諭，扁之中堂，傳示子孫，以識榮遇。家廟已飭材肇工，惜未及建，亟爲我成之。縱九淵，敢忘吾君父？』言訖泣下。諸弟姪環候榻前，徐囑之曰：『門祚衰，風俗薄，各宜勗德懋善，以延世脉，吾目瞑矣。』復呼楫夫婦與女之夫婦環跪榻前，各語以檢身保業之道。又爲諸女甥處分婚禮。神爽清明，無纖毫憒狀。二十五日漏下四鼓，見楫秉燭蹲于榻傍，顔容毁變，厲聲曰：『君子不以死傷生。汝宜勉力自愛，以襄大事，可徒自滅性乎？』昧爽，問『天已明未』，須臾儵然而逝。嗚呼，公間世偉人，天不憖遺，豈非斯文之不幸耶？先是壬辰歲，公夢以疾屬纊，及明賦詩云：『世間萬事閱教真，一死偏饒未到身。昨夜一場春夢破，今朝已是再生人。』癸卯夏四月，復夢如前，而加詳明，復賦詩云：『千緣萬劫俱經過，獨有人間死未曾。昨夜分明春夢裏，一場搬弄偶人棚。』及是而驗，蓋數之前定云。公生丁酉秋八月十日，享年六十有八。配梅氏，初封孺人，加封淑人，壼德閨儀，爲姻族楷範。一子即楫，自邑庠廩膳生廕入成均，博學古行，蔚有時名。一女贅太學生瞿學召。

公長身玉立，神采英毅，望之若天人然，凜不可犯。然性度軒豁，接物明坦，不録細過，咸樂親之。性至孝，事父母先意承志，恒恐不及，四時祀享，未嘗不哀戚盡禮。遇諸昆弟暨群從子姪，懇懇然導之爲善。或有小失，則委曲掩覆，諷其悔悟。稍涉非義，即閉目摇手，不與相聞，以是族人多知畏。於書無所不讀，自少至老，未嘗一日廢書不觀。故其胸中浩瀚汪洋，學者質疑問難，愈叩而愈不見其窮也。其辨析義理，細入幽微，無不出人意表。爲文章渾雄典贍，成一家言。頗厭近時文體之陋，恒語學者曰：『文字當各寫胸次，如江河之潤、日月之光，乃可言文。若規規然摸描彷襲，作者果如是乎？』遇艱澀之詞，輒曰此换字減字文也，棄去不視。尤長於紀事，落筆千百言，馳騄頓挫，無一冗詞泛語。賦詩則直寫性情，不事雕琢。初喜盛唐，中年以後，沖澹閒遠，駸駸漢魏矣。楫彙次詩文集百有餘卷，皆鑿鑿可傳。書學極其精妙。國初吾松多以書學名天下，久已絶響。公近奮起，遂凌蹴前人而處其上。今太常卿張公電，以書學際遇，寔出公所指授。識者謂公趙文敏後一人，非諛詞也。平生慕李鄴侯、韓魏公、程伯子、邵康節之爲人，其材器志識，端亦相類。每與客品騭古今，商榷經史，掀髯抵掌，竟日不休。尤善料億大事，往往奇中。歟歷外中，多所經涉。文章禮樂之外，如刑名、錢穀、甲兵之類，靡不精練。況其宦轍所至，幾半天下。四方山川險易，風土異宜，皆所洞徹，故其視天下事若不足爲。然臨事而懼，敬慎詳審，不啻臨深履薄，以是動有殊績，無絲髪遺憾。聞人一藝之善，喜爲延譽。於功名利鈍之際，處之裕如。當時門生故舊相繼當軸，一無所附麗。嘗曰：『人生出處進退，確有定數。不自重而覬望於人，衹自辱耳。』謝政之日，浩然曰：『今日始息肩矣。顧尚負國恩。當日率妻孥焚香祝聖壽耳，更何爲哉？』自筮仕登朝，聞先達嘉言，即書紳銘座，期體之身心。尤喜談國朝典故及前輩風烈。每舉一事，必首尾該貫，委曲周詳，能使聽者躍然，如身處其時而目覩其事。聲色貨利，無所嬰情。唯法書名畫，商彝周鼎，則時供鑒賞，用爲博古之助。名位顯重，而布衣之交，雖一飯必欲共之，扶危賑乏，數而不厭。交際則非義之饋，一芥不取。居官守法，屹如山嶽，不可轉移。恒曰：『祖宗法制，所以綱維萬世，安忍以一人之私而廢萬世之規乎？』

雖其至戚與所甚愛，欲丐少徇，不可得也。當沉劇時，聞有北來人，猶數數問北虜消息。其愛國之念，垂絶不忘如此。

太卿穆文簡公孔暉嘗品當世人物，謂公才識性度酷類東坡。少保胡端敏公世寧謂公曰：『公交游遍海内，吾獨真知之。文章行業，殆今之歐陽公也。』尚書霍文敏公韜每對朝士曰：『方今縉紳豪傑，屈指不數人，陸子淵其一也。』禮侍少湖徐公階嘗謂：『吾松先達，如張莊簡公之政事、錢文通公之風猷、張莊懿公之器量、顧文僖公之才望、二沈學士之書翰，皆一代名流。儼山公殆兼而有之。至於問學之宏博，詞賦之精工，直當與先朝宋文憲、李文正相争衡。』聞者以爲知言。

嗚呼！公文學勳德，顯于朝廷，簡注于聖主，表範于天下，保身完名，慶鍾賢嗣，謂之間世偉人非耶？皇上軫念講筵舊學，賁終恩典，必將超越常格，褒崇寵錫，固自足以致不朽矣。楫又欲銘諸隧道，以爲後地。兹以新原肇啓，卜葬有期，乃奉公遺命，屬以事狀。錦於公有兄弟之誼，矧少同庠校，壯歲同朝，晚同歸老林下，頗爲知公。第衰耄荒落，不足以發公盛德之萬一。適楫脩公《年譜》初成，事詳且核。謹掇其大端，編次如右，用以請于當世之文章鉅公，以備采擇。掛漏之罪，其敢逭哉。

〔明〕唐錦撰《龍江集》卷十二，明隆慶三年刻本

通議大夫詹事府事兼翰林院學士贈禮部右侍郎謚文裕陸公墓誌銘

〔明〕夏　言

儼山先生陸公既卒之明年，爲嘉靖乙巳，其子楫以是年某月葬公於上海黄浦之原。先期奉憲副唐龍江先生狀，以墓銘請。龍江，先少師象峰公丙辰甲榜同年也，文高行卓，於人慎許可，至狀公行，縷縷萬言若未能盡，可謂知公備矣。

謹按：公諱深，字子淵，姓陸氏，自號儼山，學者稱爲儼山先生。其先自漢晉以來爲三吴著姓。元季諱子順者，居華亭馬橋鎮，子曰餘慶，公之高祖也，國初以横累，懼法自沉於江。遺孤德衡纔五齡，伶仃孤苦，暨長稍振，選居上海洋涇之原。長子璿，號筠松，生五丈夫子；仲平，號竹坡。並有隱德，公之曾祖、祖父也。竹坡初娶於瞿，繼娶吴，有賢行，方娠，夜夢海潮湧，一童子以朱盒盛冠帶排户而入，覺而生公。及晬，筠松翁見之，曰：『兒腰圓，異日紆金相也。』五六歲即能屬對，奇語驚人。甫成童，淹貫經史，文詞儁拔。

辛酉舉南京鄉試第一，乙丑舉進士，賜二甲第八人，改庶吉士，授翰林院編修，尋丁母憂。時劉瑾亂政，諸館職悉改部曹，授南京精膳司主事，以憂未赴。服闋還朝，瑾已誅，乃還舊職。先是，上兩宫徽號，恩典未與，至是援例陳請，獲給敕命，考封文林郎、翰林院編修，母贈孺人。

壬申，補經筵展書官。其年充副使，偕武平伯持節往封淮王，以疾乞歸。丙子，疾起入朝，念竹坡公不忍行，留妻子侍養。丁丑會試，充同考官。是年狀元舒芬及諸名士，皆公所取。戊寅，陞國子監司業。博搜六書義旨并歷代名家書法，作《書輯》。庚辰，武廟巡邊，郊祀踰期，公屢省牲南郊，分獻風雲雷雨壇，駕還，有銀牌緋綺之賜。辛丑春，竹坡翁棄養，哀毁骨立，居廬三年，足不踰户閾。戊戌春，以廷臣薦，詔起公入備講讀。甫及都門，陞國子監祭酒，模範卓然，多士以得師自慶。仲秋丁祭，公上疏言犧牲當用冰，上嘉允之，著爲令。己丑，上祀南郊，再充分獻官，賜《明倫大典》。三月，經筵進講，大學士桂公萼閲公講章，輒加竄易。公即文華殿講畢，面奏云：『今日講章非臣原撰，乞自今容講臣得盡其愚。』上欣然可之。退而人謂公曰：『經筵面奏非故事。』公乃上疏謝罪。上批答云：『爾昨奏講章不欲内閣閲看，此舊規也，不必更改。爾果有所見，當别具聞。』公感優遇，至於流涕，乃條奏有關聖學事凡千餘言，大抵仍欲使講官之言得盡達於上，然後聰明日啓，無壅蔽之患。當路益忌之，疏下吏部，竟左遷延平府同知。

抵任，專理清戎。公盡心事職，稽覈奸蠹，至無遺弊。暇日詮次楊龜山、羅豫章、李延平三儒要語，名《道南三書》，以嘉惠後學。未幾，陞山西按察司副使，總理學政。著《河汾燕閒録》。陽曲生劉鐣父爲知縣笞死，愬於巡按趙御史，御史下鐣於獄。公曰：『父死非辜，人子不共戴天，奈何罪之？』與力辯不合，即上疏劾趙，趙亦劾公。奉旨俱還籍。已而科道官勘實以聞，趙謫外任，公得復職。是歲作《史通會要》。壬辰，補浙江按察司副使，仍理學政，痛革時文險怪之習。陞江西布政司參政，決淹獄數十，被公德者争肖像以祀。作《豫章雜抄》。不數月，遷陝西布政司右布政。未履任，轉四川左布政使。乙未夏，抵保寧，大旱，公易服却騶從，率屬禱雨輒應。至成都視事，憫蜀人凋瘵，政從寬簡，民以安堵。所著有《蜀都雜抄》《平胡録》。威、茂諸夷作亂，朝延命將進剿，公移文何總兵卿，亹亹千言，洞悉夷情，曲中事機，當事者多采用其議。公復悉力調度兵食。未幾，夷患悉平，捷聞，受白金文綺之賜。建昌行都司地震，雨壞公私廬舍殆盡，兼饑饉，死者枕籍，公力議發官帑賑貸，全活甚衆。臺臣交章論薦，是冬，擢光禄寺卿。著《知命集》《詩準》。去蜀，吏民感戀，傾城泣送。

爲光禄卿，供億繁浩，中貴旁午，勢難裁抑。公至，不動聲色，而弊除横戢。戊戌，内閣特疏薦，改太常寺卿兼翰林院侍讀學士，領脩玉牒，充廷試讀卷官，扈駕天壽山，謁諸陵，奉敕撰泗州祖陵碑文，撰上太神册表。冬至圜丘大報禮成，賜百官誥敕，公以三品贈及祖考，俱太常卿兼翰林院侍讀學士，祖妣尤氏、妣吴氏俱淑人。己亥春，以册立皇太子恩廕子楫爲國子生。扈駕幸承天府，給行在印章。上見公名，御筆去『侍讀』二字，改行在翰林院學士。至承天，侍朝龍飛殿，陪祀社稷山川，復從駕謁顯陵，行大享禮，有白金之賜。四月回鑾，内閣屬公草百官謝表。所著有《征南稿》。是年考察京朝官，公自陳乞罷黜，奉温旨留。公以二代恩贈尚仍舊銜，又前母未霑恩典，特上疏陳乞，俱被俞旨。於是祖考改贈詹事兼學士，瞿氏追贈淑人。國朝贈典不及前母，唯一二大臣有之，皆出自特恩，公得此，蓋異數也。每陪祀玄極寶殿、奉先殿，有脯醢酒果品物之賜；充經筵日講官，有蜀扇炙鵝餅果之賜，士林榮之。會天變自陳，仍被旨勉留。辛丑元旦雪，詞臣獻瑞雪頌，上覽公頌，獨加稱賞焉。廷試再充讀卷官。值九廟災，詔百官修省，公退志久決，乃上疏，詞極懇切，得旨致仕。

抵家杜門謝事，以館閣頻年禄賜，建二環橋於浦口，行路稱便；循古制立家廟；闢蘆洲爲田百餘畝，以備賑邺鄉閭，皆義舉也。日居東堂讀諸子書，參酌經史疑義，作《傳疑録》。甲辰春，俄感瘧疾，尋苦脾胃傷餐，泄不止，日漸羸憊。公知不可起，呼楫命之曰：『汝四舉子不育。標姪季子可育爲嗣。』命名曰郯。猶手集古隱逸事，作《山居經》，方瀕危，始輟筆。先一夕家人見大星隕庭中，公聞，遽命具後事，索衣冠衾斂視之，一一稱愜。已而命楫以昔蒙聖旨『忠敬』二字，令勒扁金書，恭揭中堂，以識榮遇。家廟工未畢，可亟爲我成之。語畢而逝，七月二十五日昧爽也。公生天順丁酉八月十日，享年六十有八。配梅氏，初封孺人，加封淑人。子男一，即楫，儁才偉器，克承公世。女一，贅太學生瞿學召。

公姿度英挺，器量淵邃，孝友明哲，發自天衷。於書無所不讀，非疾病甚憊，未嘗手釋卷，是以造詣精深，發爲文章，成一家言。作詩直寫性情，得風人之旨。書法妙逼鍾、王，比於趙松雪而遒勁過之。平生慕李鄴侯、韓魏公、程伯子、邵康節之爲人，其氣味特似。自翰林出，敭歷中外，多所諳練，文章禮樂之外，如刑名、錢穀、甲兵之事，咸精其能。平生砥節礪行，直道正辭，不於利害有所迎避。視干進苟容一切時態，尤所深恥。喜談國朝典故及前輩風烈。至商確事理、品騭古今，談鋒灑然，聽者傾服。不録人細過，有片善必極口稱揚之，故賢不肖咸樂親就公，以是得公教者多成材。平生無他嗜好，唯古書名畫、商彝周鼎，則時取鑒賞，爲博古之助。館閣先輩目公才識性度類東坡，天下士大夫稱公文章節概爲今之歐陽子，非諛言也。少宰徐少湖，公鄉人也，嘗謂：『松先達，如張莊簡公之政事、錢文通公之風猷、張莊懿公之器量、顧文僖公之才望、二沈學士之書翰，皆一代名流，儼山先生殆兼而有之。至於問學之宏博，詞賦之精工，直與先朝宋文憲、李文正争衡。』斯實録哉。

公平生著述甚富，楫方輯公詩文又百餘卷，要皆必傳於世無疑。訃聞，皇上軫念講筵舊學，特贈禮部右侍郎，謚文裕，命禮部遣官諭祭，工部遣使中書舍人萬采董治葬事，賁終恩典，至隆極備，公所不朽者多矣。獨惜夫退身太早，天不憖遺，卒不獲相天子，以康濟生民，是則世之不幸，而斯文有餘憾也。余爲公丁丑所取士，受知於公最久。公嘗語其子曰：『平生知己，莫如桂洲。』予不忍銘公，然非余又誰銘？銘曰：

陸自漢晉，氏著三吴。華亭馬橋，元季世居。國初處困，再遷洋涇。植本既固，於兹乃萌。筠松有子，蕃北燕賓。竹坡亢宗，式昌厥後。猗文裕公，間世豪賢。積德之發，奚啻百年。公之文章，日星江河。晶熒類白，汪洋若坡。公之容儀，長身嶽峙。抑抑武公，巖巖孟氏。經筵正色，天子改容。振鐸橋門，多士景從。忤權被謫，公則安之。所至樹績，人有去思。楚越蜀晉，馳驅萬里。簿書繽紛，靡輟文史。晚歲召還，望懸海内。曾幾何時，乞身勇退。歸來雲卧，江東故廬。安石短屐，堯夫小車。惟公一身，進退以道。天不永年，斯文之悼。明明天子，軫痛舊學。賜謚易名，贈官改爵。治窆遣使，諭祭有文。一時哀榮，千古令聞。黄浦之原，高冢峩峩。詔千萬祀，我銘不磨。

〔明〕夏言撰《夏桂洲先生文集》卷十六，明崇禎十一年吴一璘刻本

通議大夫詹事府詹事兼翰林院學士贈禮部右侍郎謚文裕陸公深墓表

〔明〕許　讚

公諱深，字子淵，號儼山。高祖餘慶，曾祖德衡，祖璿，考平，號竹坡，前妣瞿氏，妣吴氏，世居上海洋涇原。吴淑人夢童子浮海捧冠帶入户，翌日生公，成化十三年八月十日也。

公穎慧迥異，五六歲能辨字義、誦古詩。稍長，洞究經史，文思警鋭。入邑庠，學益宏偉。弘治辛酉，領南畿鄉薦第一人。乙丑，會試第九，廷試二甲第八，入翰林爲庶吉士。正德丁卯，

授國史編修，踰年丁母憂。逆瑾銜公不附，改爲南京主事。庚午瑾誅，復公職。壬辰，與經筵展書。充副使，捧册封淮王，義不受餽。丁丑，充會試同考。戊寅，命於内書堂教習中官，嚴而有條。八月，陞國子監司業，署監事，奏黜不法典簿。勢家子犯監規，痛朴不貸。辛巳三月，丁父憂，哀毁無節，襄制準禮作祖塋祠堂。癸未服闋，不忍遽離新壟，奏允家食，時勤展祀。戊子二月，詔起爲國子祭酒，懲玩縱，飭繩檢，循資撥歷，息躁競弊。八月，充經筵講官，敷陳剴直，上爲嘉聽。是月賜《明倫大典》。己丑三月，值公講，晨先送講章於内閣，更竄數語。公講畢，奏講章詞義不浹，非臣原撰，敢請無再易。上是之。公以面奏非舊，具疏認罪，上宥之。公復抗疏，言經筵啓沃聖心，雖百司庶府事，皆得依經比義類陳，庶無壅蔽。奉旨謫延平府同知。惟感恩自咎，買舟以行。

至任，躬勤民務。陞山西按察司提學副使，教條法約，盡滌積弊。黜王府從良優人馬氏子入學者，學校增氣。陽曲生員劉鏜父爲知縣笞死，訴於趙御史，反笞鏜下獄。公入辯不得直，即劾趙挾私庇屬，毁辱學校，趙亦論公自解。敕差董給事往勘得實，公復職，趙外謫。壬辰九月，公補浙江副使督學，禁奇僻之文，抑浮躁之習。陞江西右參政，署印，平反冤獄，活數十人。尋陞陝西右布政，道轉四川左使。乙未至省，節減供費，飭屬惠下，政遂大舉。於松、茂諸番，控制綏懷，相機而行，計調兵食，以書策勵總兵何卿等進攻深溝等處，遂平夷患。捷上，有白金文綺之賜。

丙申十一月，陞光禄寺卿，供億雖浩，公裁制有方，都人便之。丁酉二月，内閣疏公學行巨贍，陞太常寺卿兼侍讀學士，修玉牒。是月充廷試讀卷官。十一月郊廟禮成，公蒙恩給誥，進階通議大夫，祖考皆贈如公官，贈二代妣及封配皆淑人。己亥正月，立皇太子，恩廕子楫爲國子生。駕幸承天，上以公原官侍讀學士掌行在院印，命簡宫僚，改公詹事府詹事兼學士。奏改先贈祖父并進封諸誥皆如公今官，及贈前妣瞿氏淑人。庚子正月，上言薛文清侍郎復性存誠，本朝理學實自瑄始，乞從祀孔庭。上又以公充經筵日講官，賜與無虚月。辛丑廷試讀卷。四月，九廟災，公憂甚，上疏力求罷歸，得旨致仕。

七月抵家，恬素自適，不涉世慮。應酬詩文外，日讀諸子不輟。以俸金數百兩、家租千石爲石橋於浦口，以便往來。倣古以貴爲宗之義，立特廟祀竹坡公。撫按交薦，中外日望起用，公若不聞。甲辰二月，感脾寒，吐泄漸劇。七月二十五日卒，享年六十有八。訃聞，朝廷念公講筵舊勞，賜諭祭，贈禮部右侍郎，謚文裕。

所著有《儼山文集》一百卷，《傳疑録》二卷，《書輯》三卷，《史通會要》三卷，《同異録》二卷，《金臺紀聞》二卷，《中和堂隨筆》二卷，《河汾燕閒録》二卷，《續停驂録》三卷，《豫章漫抄》四卷，《玉堂漫筆》三卷，《聖駕南巡日録》《大駕北還録》《淮封日記》《南遷日記》《知命録》《願豐堂漫書》《科場條貫》《春風堂隨筆》《溪山餘話》《停驂録》《春雨堂雜抄》《平胡録》《蜀都雜抄》《古奇器録》各一卷，及《詩微》，校定《大學》經傳，《翰林記》凡二十餘種。

〔明〕焦竑撰《國朝獻徵録》卷十八，明萬曆四十四年徐象橒曼山館刻本

明故通議大夫詹事府詹事兼翰林院學士贈禮部右侍郎謚文裕陸公神道碑

〔明〕嚴　嵩

儼山先生陸公既卒且葬，其子楫屬予書諸隧首之碑。於是楫裒公遺文刻之，曰賦、詩、歌行、樂府，曰表、疏、頌、贊、議、辯、銘、解、記、序、雜文、碑、誌、表、狀，凡一百卷。又所著述曰《詩微》，曰《書輯》，曰《道南三書》，曰《河汾燕閒録》，曰《史通會要》，曰《蜀都雜抄》，曰《平胡録》，曰《詩準》。予得徧讀之，曰：富哉文也。然而辯博宏偉，馳騁恣肆，若泉涌而山出。其紀載時事，沉鬱雋永，若咀炙臠而有餘味；其詩清拔俊逸，若芙蕖之濯朝露，而丰茸豔彩奪目，可謂虎踞詞林、鸞翥文囿者矣。

公始發解南畿，舉進士，入翰林，文章名即軒然重天下。是時孝皇御極，朝廷清明，百官各安其職，得以其餘肆力於簡册翰墨之間。諸司各屬，往往名雋崛起，而與館閣之士争衡而並馳。公於時翹然特出，揚英振華，每篇章一出，人争傳誦之。蓋公於書無所不讀，抉隱而鈎其玄，與

李空同、徐迪功諸子上下其議論。至於字學，妙逼鍾、王，比於趙松雪。公每臨書，日數百字，過同舍，見髹几輒縱筆塗寫，𥁞若無人。既本於天質之高邁，又輔以學力之勤篤，得於朋友之切劘，故其問學之宏博，書法之精絶，皆有所自。世之士束書不觀，獨學寡聞，欲望公之堂奥，其可得耶？公磊落瑰奇，嬉笑成文，有蘇長公之風。其品騭古今，商確事理，賞析文義，辯識書畫古器，談鋒灑然，一座盡傾。天下之士，聞其名而慕往，揖其貌，聽其論，而驚以伏也。

公自翰林編修陞國子司業，丁父憂，家居數年，以廷臣薦起，入備講讀，遂陞祭酒。一日經筵進講，内閣閱公講章，輒加竄易。公講畢，面奏云：『今日講章，非臣原撰。乞自今容講臣得盡其愚。』上雖可之，而經筵面奏非故事，公出，上疏謝罪。上覆批答，以講章内閣閱看係舊規，不必更改，果有所見，當别具聞。公感激，條奏有關聖學事凡千餘言上之。當路益忌之，疏下吏部，左遷延平府同知。蓋公奇節高行，不苟同於衆類如此。陞山西副使提學，陽曲生員父爲知縣笞死，訴于御史趙，反抵生罪。公曰：『父死非辜，人子不共戴天。奈何罪之？』與力辯不合，即上疏劾趙，趙亦劾公。已而科道官勘實，趙謫外任，公得復職。補浙江副使，仍理學政。陞江西參政、陜西右布政，未履任，轉四川左布政。公自翰林出，歛歷藩臬，即刑名、錢穀、甲兵之事，若素習然。在江西，決淹獄數十，民德之。蜀威、茂諸夷作亂，朝廷命將進剿。公移文總兵何卿，凡數千言，洞悉夷情，曲中事機，當事者多采用其議，復悉力調度兵食。未幾，夷患悉平。召爲光禄卿，内閣疏薦，領修玉牒，改太常卿兼侍讀學士。扈駕幸承天，給行在印，御筆署公銜，去『侍讀』二字，改行在翰林院學士。陞詹事府詹事。宗廟災，詔百官修省，於是公疏乞休，詞極懇切，乃得旨致仕云。

嗚呼，始公入翰林，以文學名。繼出補外，則優政事。晚歲召還，既升華選。曾幾何時，乞身以退。所謂討論潤色之才、彌綸經濟之用，皆未之究，豈不重可惜哉？

公諱深，字子淵，姓陸氏，學者稱爲儼山先生。其先華亭人。曾祖曰德衡，始遷居上海之洋涇。祖諱璿，考諱平，俱贈如公官。前母瞿氏、母吴氏，俱贈淑人。公生成化丁酉八月十日，其卒嘉靖甲辰七月二十五日也，享年六十有八。配梅氏，封淑人。子男一，即楫，蔭補國子生，好學而文，得公家法。女一，適貴州布政司副理問瞿學召。公卒之明年，葬于上海黄浦之原。朝廷遣官營葬，賜祭，及贈官易名，卹典賁臨，其可無憾也已。

嵩憶在弘治壬戌春會試，識公於滄、衛之間，傾蓋如平生。是歲並下第歸，歸則約次年必偕來，已而果如約，同寓邸，同舉進士。自是出必聯騎，居必連榻。公才氣俯一世，顧以予之不類，獨不鄙，辱爲知己，栝羽鏃礪，蒙益爲多。然追念疇昔同遊之士，冠佩如雲，文采風流，照映一時，今則零謝無幾矣。荒鄙之詞，何能爲役。楫數以書請，誼不忍辭，則拉淚敍之，而系以銘，以致予思，亦以慰公于地下。其辭曰：

大江之東環吴淞，藴靈標異秀所鍾。寔生哲人爲時宗，崛起一代稱文雄。弱齡獻賦明光宫，雲夢七澤蟠心胸。揮毫落紙輝晴虹，厥聲四溢何渢渢。文章有道用乃弘，屬詞紀事氣以充。美哉東序列大鏞，爰振文鐸鳴西廱。倏然蹋翼下鰲峰，武夷雲谷留其蹤。五臺三晉馳行驄，岷峨萬疊觀芙蓉。晚歸西掖慶遭逢，屬車南狩載橐從。玉堂視篆承恩隆，嵩歸三逕哦菊松。浩然雅志猶冥鴻，大星夕隕遘閔兇。天下學士皆哀恫，公神洋洋升太空。或乘麒麟跨虬龍，下上寥廓隨雲風。俯視寰世塵濛濛，厥名不滅垂無窮。

〔明〕嚴嵩撰《鈐山堂集》卷三十五，明嘉靖二十四年刻增修本

祭陸儼山先生文

〔明〕夏　言

惟公江左奇才，早負英望。一登甲第，獨步詞林。華國之文，流傳海内。經世之具，屬望一時。遭逢聖主，簡侍經帷。勸講方勤，遽罹權忌。偃蹇汨没，閲歲滋深。直道難容，竟還舊隱。天子神聖，目無全才。眷求老成，圖弘化理。旦夕召用，舍公其誰。天不憖遺，厭世長逝。嗚呼。公之不遇，一身奚悲。爰念蒼生，爲天下哭。言昔在場屋，誤經品題。道誼情眞，受知最久。聞公訃至，流涕漬襟。遣奠臨風，辭不能盡。惟公之靈，庶其鑒之。

〔明〕夏言撰《夏桂洲先生文集》卷十八，明崇禎十一年吴一璘刻本

祭陸儼山文

〔明〕張　衮

於乎，先生不可得而見矣。先生宏才博學，其在詞林，傾注物望，山斗重名；其在講筵，開張主聽，藥石忠誠。遭時齟齬，廻翔藩臬，曾不少挫，直道以鳴。天子明聖，詔歸禁直，宫詹、翰學，二銜並攝，感遇若斯，報稱何極！精白一心，夙夜勵翼，思以自竭其股肱之力，乃火灾自劾，未老投簪，曾不三歲，大命遽傾。於乎天乎，胡不慭惠乎先生。予先生後進也，翰署攸處，曾不以予爲拙薄，數挽之以同升。某實不肖，頃遭吏議，歸事耦耕。此身雖退，期不敢負先生于冥漠，聊以不負乎初心。斯言知己，謹告明靈。

〔明〕張衮《張水南文》卷十，明隆慶刻本

祭宫詹陸儼山先生文

〔明〕張邦奇

嗚呼，長熙積洽，文運滋昌。溟海噓秀，吴淞發祥。公姿玉立，氣薄穹蒼。懸河辯議，鈎玄析芒。邁古文詞，天葩日章。乘奥伸紙，瞠視鍾王。蚤冠京闈，躋身玉堂。鸑鷟層霄，卿雲與翔。乃陟司成，式敷典常。奪席講筵，圜橋冠裳。别涇者渭，劇目維鋩。忮忌攸集，言遜于荒。八閩溪壑，聊以徜徉。荆吴化雨，巴蜀甘棠。曰予葵若，随在傾陽。天子曰咨，舊學可忘。召還禁掖，以慰多方。瑶空奎璧，金薤琳琅。衆方拭目，爲龍爲光。炳幾先退，黄浦之陽。花下小車，賓筵巨觴。雲飛川泳，其樂洋洋。東山載起，蒼生日望。胡爲一疾，溘焉以亡。奇叨依玉樹，永扆璚芳。訃傳白下，中心盡傷。言擷溪毛，道遠于將。秋風瑟瑟，天宇茫茫。嗚呼哀哉！

〔明〕張邦奇《張邦奇集·環碧堂集》卷十，明刻本

明史·陸深傳

陸深，字子淵，上海人。弘治十八年進士，二甲第一。選庶吉士，授編修。劉瑾嫉翰林官亢己，悉改外，深得南京主事。瑾誅，復職，歷國子司業、祭酒，充經筵講官。奏講官撰進講章，閣臣不宜改竄。忤輔臣，謫延平同知。晉山西提學副使，改浙江。累官四川左布政使。松、茂諸番亂，深主調兵食，有功，賜金幣。嘉靖十六年，召爲太常卿兼侍讀學士。世宗南巡，深掌行在翰林院印，御筆删『侍讀』二字，進詹事府詹事，致仕。卒，謚文裕。

深少與徐禎卿相切磨，爲文章有名。工書，倣李邕、趙孟頫。賞鑒博雅，爲詞臣冠。然頗倨傲，人以此少之。

〔清〕張廷玉等撰《明史》卷二百八十六，中華書局一九七四年版

明史·陸深傳

陸深，字淵，上海人。弘治末舉進士，選庶吉士，授編修。劉瑾改深南京刑部主事。瑾誅，復故官。遷國子司業，父憂歸，久之不起。嘉靖七年，始召爲國子祭酒，充經筵講官。明年春，講罷面奏講章爲閣臣所改，退而覺面奏非故事，具疏引罪，帝慰諭之。大學士桂萼因進深原稿，言講章乃臣所更定。帝方嚮萼，曰講章由閣臣閱進，宜也。苟任講官私意，將有雜説亂之，其遵守如故。深不服，復上言：講章必經閣臣裁定，則其意盡出於閣臣，不過借講官口宣之耳，啓心沃心，其謂之何？乞容講官各陳所見，因以觀臣等淺深。且於釋詁之外，凡天下政事，舉得條列，可以發聰明、絶壅蔽。章入，帝責其欺妄，謫延平府同知。擢山西提學副使。時帝頒御製《敬一箴》及《心箴》於天下學校，命提學官建亭勒碑，前任副使劉儲秀未及舉而深至。會陽曲知縣崔廷槐素酷虐，一無辜杖死，其子諸生也，愬之御史趙鏜，鏜反除諸生名。深不平，遂劾廷槐，并及鏜。鏜亦劾深違詔不勒御製碑。詔解二人任，鏜坐謫官，深御史逮問。復職，已改浙江，仍視學政。三遷四川左布政使，轉光禄卿。大學士夏言，深門生也，薦改太常卿兼侍讀學士。十八年簡宫僚，進詹事。九廟災，自陳致仕。居数年卒。贈禮部右侍郎，謚文裕。

深博學，工書法，好著述，有聲館閣間。及歇歷外服，所至舉職。

明史擬稿・陸深傳

〔清〕萬斯同撰《明史》卷二百八十四，清抄本

陸深，字子淵，上海人。弘治辛酉鄉試第一，乙丑進士，選翰林院庶吉士。正德二年授編修。劉瑾銜深不附，改南京禮部主事，瑾誅復職。十三年，陞國子監司業，署祭酒篆，奏黜不職典簿。有當道子犯規，扑之，六館肅然。丁外艱，嘉靖七年薦起爲祭酒。時仲秋丁祭，奏犧牲當用冰，上允之，著爲令。充經筵講官，輔臣桂萼竄改講章。深講畢，面奏：『今日講章非臣原撰，乞自今容講臣得盡其愚。』退，復具疏論之，忤萼意，出爲延平府同知。

九年，擢副使提學山西。生員劉某父爲知縣枉殺，訴于御史趙鏜，鏜先入縣令言，反笞生下獄。深爭之，弗聽，因觸鏜怒，即劾深抗憲不職，深亦劾鏜挾私庇屬，毀辱學校。時内臺勢重，藩臬有事，必稟承巡按而行，驕諂成風，深憤其積弊，遂上疏極言之，略謂：『高皇帝位置百僚，内設五府六部，外建都、布、按三司，有指臂相使之勢，故府部謂之大臣，三司謂之方面。三司自五品以上，吏部舉用，具名雙請，與兩京堂上體例一同。若六部之郎中、員外等官，謂之司官；三司之各府、州、縣等官，謂之屬官，是或有督率之義焉。至如臣提學職事，原與巡按不甚交涉，而

憲綱所載，送迎坐次之儀，但相賓主，而非統攝。且御史積有資望，方得推陞副使。今鏜妄認方面爲司官，而欲一概督率之，不知是明旨乎？是舊例乎？恐天下後世謂我朝方面官曾受御史之督率寔自臣始，此名不可不正也。推求弊端，皆由不才三司諂佞阿附，要求保薦，以爲進身之階，所以養成驕傲之御史，敗壞陛下之紀綱，此弊不可不祛也。伏惟聖明，將臣所言特下該司會議。凡有舉劾，當視巡按者之賢否以爲黜陟。凡爲巡按，當考舉劾者之當否以爲殿最。凡遇接管巡按之際，再加精擇，一洗舊習而更張之，庶幾内臺不至挾權以相陵，外臺不至希求以獻媚。名義既立，弊端自清矣。』疏入，上命董給事往勘得實，鏜外謫，深復職。十一年補浙江提學，陞江西右參政，雪冤獄數十人。陞陝西右參政，道轉四川左布政使。控制松、茂諸番，調兵食，以書策勵總兵何卿進攻深溝等處，捷聞，有白金文綺之賜，陞光禄寺卿。

十七年，用内閣薦，進太常寺卿兼侍讀學士，扈駕南巡，御筆抹去『侍讀』二字，掌行在翰林院印。尋晉詹事府詹事。上嘗評論廷臣云：『如今翰林無人，只陸深舉動好，又稱爲忠敬，只是戇直。』其昵受知如此。而深性嚴毅，與朝士少諧。武定侯郭勛方有寵，深惡之，呼爲跋扈將軍。勛嗛焉，多方沮之，深遂乞致仕。時首輔夏言，深門人也，欲留爲南禮部尚書，深弗願也。既去後，上一日問侍臣翟鑾曰：『陸深、張邦奇，才學孰優？』鑾對以陸優于張。上曰：『陸深曾爲祭酒，桂萼欲害之，今尚在否？』方有意召用，而深歿矣。上悼賜祭葬，贈禮部右侍郎，謚文裕。

深少與徐禎卿切磨爲文，有名。工書，仿李北海、趙承旨。賞鑑博雅，爲詞林冠。有《儼山文集》數百卷。

論曰：翰苑文學之臣，雍容安坐，可致臺閣，而陸深抗論執政，獨以風采自見。及爲外臺，復能排御史而去之，豈非鐵中錚錚，出乎其性者哉。雖未枋用，獨受主知，其文學亦傳于世。世之詞林先生，荏苒委蛇，與時俯仰，其爲人賢不肖何如也。

〔清〕尤侗撰《明史擬稿》卷二，清康熙刻本

雲間志略·陸文裕儼山公傳

陸深，字子淵，號儼山，上海人也。公素性剛介，不能容人過，自諸生而已然矣。弘治辛酉，發解南畿。乙丑成進士，改翰林院庶吉士，授編修。歷司業，晉祭酒。其爲司業也，司馬荆山王公憲任子講書不到，公樸責之。荆山有後言，公作書辨論不少屈。爲祭酒，進講經筵。故事，講章先從閣臣改竄。時桂文襄公蕚在閣，亦改而後呈。公講畢，面奏講章非臣原撰。退復上疏，極言講官當使各陳愚見，自盡其忠，庶無壅蔽之患。時桂方有寵于上，謫公出爲福建延平府同知。旋陞山西提學副使。晉府一優人子入學，諸生以告公。公曰：『寧可使學宫缺一人，豈宜以一人玷學政？』直黜之，晉王不能庇也。陽曲生員劉鎧之父爲縣尹崔所笞，無罪下獄死，生上

訴之按臺趙。趙先入崔言，褫劉生衣冠下之獄。公與趙言：『父死非命，人子不共戴天之讎也。吾輩不能爲之雪怨而反黜之，可乎？』力争之不得，公遂上疏劾御史挾私毁辱督學，御史亦劾公。事下科道官會勘，謫御史，復公原官。遞遷布政，陞光禄卿，内閣疏薦公預修玉牒。改太常卿兼侍讀學士，扈駕幸承天，給行在印。陞詹事府兼翰林院學士。時武定亦有寵，公藐視之，曰此跋扈將軍也。無何，武定敗死獄中，而公會災異，自陳致仕還家。一日，上思公，問侍臣：『陸深、張邦奇才學孰優？』侍臣以陸優于張對。上曰：『記得陸深曾爲祭酒，桂蕚欲害之，今尚在否？』上方有意起用公，而公已卒矣。卒之日，上賜祭葬，贈禮部右侍郎，謚文裕。郡邑皆崇祀鄉賢。

所著有《陸文裕公集》一百卷、《外集》《續集》五十卷。其疏議覈而明，其頌記婉而諷，其辨解博而富，其詩歌雅而莊，有周之典則、秦之雄暢、西京之豐蔚精密、大曆之高古沉深，天才學力俱到，文章經濟兼長，眞大家宗匠也。至其真、草、行書，如鐵畫銀鈎，遒勁有法，頡頏北海而伯仲子昂，人得其片楮寸箋者，珍若拱璧，又非一代之名筆哉？

國朝惟三品京堂丁憂請告在家者特召起用，餘皆給文赴部補官。而文裕爲司業，第六品秩耳。服除，客有勸駕者，公不然之，曰：『吾師儒之官，豈可自卑求用耶？如不用我，有長往山林而已。』時公望重，不數月起補原官，後遂循襲爲例，蓋自公始云。公之子楫有俊才而不禄，以族人郯爲後，盖亦立愛立賢。而郯以門蔭爲太守，其子孫皆才，且昌以熾也，可以愜公之意而慰公之靈矣。

本朝分省人物考·陸深

〔明〕何三畏《雲間志略》卷十，明天啓刻本

陸深，字子淵，上海人。發解南畿，舉進士，入翰林。是時弘治御極，朝廷清明，百官安其職，得以其餘肆力於簡册翰墨之間，諸司各屬，往往名雋繼起，與館閣之士争衡。深於時翹然特出，與李空同、徐迪功上下其議論。至於字學，比於趙松雪。深臨書，日數百字，過同舍，見髹几輒縱筆塗寫，旁若無人。其品騭古今，商確事理，賞析文義，辨識書畫古品，談鋒灑然，一座盡傾。天下之士，聞其名而慕往，揖其貌、聽其論，而驚以伏也。

深自翰林編修陞國子司業，丁憂家居數年，以廷臣薦起，入備講讀，遂陞祭酒。一日經筵進講，内閣閲其講章，輒加竄易。深講畢，面奏云：『今日講章，非臣原撰。乞自今容講臣得盡其愚。』上雖可之，而經筵面奏非故事，深出，上疏謝罪。上復批答，以講章内閣閲看係舊規，不必更改。若有所見，當别具聞。深感激，條奏有關聖學事凡千餘言上之。當路益忌之，疏下吏部，左遷延平府同知。陞山西副使提學，陽曲生員父爲知縣笞死，訴於御史趙，反抵生罪。深與力

辯不合，即上疏劾趙，趙亦劾深。已而科道官勘實，趙謫外任，深得復職。補浙江副使，仍理學政。陞江西參政、四川左布政，召爲光禄卿，内閣疏薦領修玉牒。改太常卿兼侍讀學士。扈駕幸承天，給行在印。陞詹事府詹事。宗廟災，詔百官修省，於是深疏乞休，得致仕。後數年卒。

遺文凡一百卷，又著《詩微》《書輯》《道南三書》《河汾燕閒録》《史通會要》《蜀都雜抄》《平胡録》諸種，博而核，皆足傳世。

〔明〕過庭訓撰《本朝分省人物考》卷二十五，明天啓刻本

名山藏・陸深

陸深，字子淵，上海人。弘治十四年，領南畿鄉試第一，其下科成進士，改庶吉士。正德二年授翰林編修，踰年丁母憂。劉瑾以擴充政事爲名，改南京主事。瑾誅，復職。久之，陞國子司業。丁父憂，哀制準禮，服闋，請告。嘉靖七年，起爲國子祭酒，充經筵講官。故事，經筵直講，先送講章内閣詳定，乃以講讀。深直講，其章爲内閣桂蕚所改，講罷面奏：『講義不洽，非臣舊撰，請後毋送内閣改定。』當深奏時，鴻臚官方贊行禮，上不悉聞，命深退。深退，上疏請罪。上始知之，曰：『此故事也。汝有所見，則別奏聞。』蕚因奏上深所撰講章。上曰：『講章進自内閣，方得明暢，不然保無不雅馴。自後如舊。』深上言：『臣遭聖明，備員講讀。昨因講議未洽，

經筵面奏。臣敢爲此，上恃堯舜。彼時威嚴之下，未盡愚衷，先行犯禮，退疏待罪。方將具論所以，不意温旨再蒙，是陛下不責臣罪，誘臣復言也。臣謹按：經筵一事，輔養君德，乃其首務。臣等摩勵，亦復不少。夫天威咫尺，臣子儼然拜起，布義陳詞。若自反身心，一無所有，豈不汗愧。故必勉加省察修踐之功，而後可收交孚感格之實。臣之愚意，以爲講章必出講臣之手，所送内閣改定，不過略去其麤疏鄙野之詞，加以温潤之氣，以具告君之體，以麗澤儒臣之心。若盡出内閣之意，而講官不過口宣之，此於感孚甚遠，以此進於君父之前，是不誠也。臣意欲乞聖明容臣等各陳所見，自訓詁演釋而外，於凡天下大政事、大利弊，皆得依經比義，條列敷奏。庶幾九卿百司有行之而不能盡，給事中、御史有知之而不敢言，司、府、州、縣有負之而不能達者，皆得以次上聞。則聖聰日啓，聖學日邃，臣等亦藉以進修，而内閣又因以考臣等之造詣。臣誠愚戇，欲因事納忠，以佐維新之治。儻蒙聖明垂察，臣之報效，方自今日。』上曰：『陸深誇詐敢欺，即其疏首獻諛，夫豈臣讜？且覽其初進講章數語亦謬。吏部參究以聞。』吏部參深不敬，當罪。詔降一級，調外任，謫延平府同知。

居三月，陞山西提學副使。深集先儒要語，爲《典常》《論述》二編，名《同異録》進之。復上表曰：『臣深才拙器疏，力小圖大。狹陋漢唐之治，思致身唐虞。恭遇聖明，益思自奮。第愧不識獻納之宜，言出禍隨，動與罪會。陛下曲賜保全，尚與衣冠。昨自講筵出佐延郡，楊、羅、李、朱遺風猶噓。臣在郡中，水土相宜，職務易稱，頗得讀書。每見先儒議論，有功大典禮、大政事者，手自劄録。未及三月，蒙恩超資付臣學政，非臣捐糜所能報答。臣比出舊編，粗加詮次，分爲上、下，繕寫上陳。伏惟聖人學貴得要，帝王務在知先。儻博覽泛觀，殆非神明化育所以無聲無臭之妙也。頗恨時日有限，文籍少隨，然哀多益寡之志終存，而萬折必東之性難改。竊復自念臣僻居海上，家有藏書，可資考索，衣食所餘，足備筆札。儻蒙賜骸骨，少假歲時，當部分首尾，兼總條貫，勤成一家之言，庸爲萬幾之助。』書奏，上納之。陽曲生員某，父爲縣令笞死，御史鎧不爲申理，反坐笞責。深曰：『父死非辜，不共戴天，奈何罪之？』與鎧力辯不合，即上疏劾鎧，鎧亦劾深。遣給事中勘問，鎧坐謫外，深更調浙江提學副使。十五年，繇四川布政使陞光禄卿，内閣疏深學行，累陞太常卿兼侍讀學士。深長身玉立，神采朗豁，上不喜其顫，顧美其舉止。駕幸承天，改翰林學士，兼掌行在印信。駕還，陞詹事。十九年〔二〕，九廟災，自劾致仕。居四年卒，賜祭葬，贈禮部右侍郎，謚文裕。

深磊落瑰奇，嬉笑成文。品騭古今，商確事義，辨識書畫古器，談鋒傾一座。書法學趙吴興，光彩煥然。天下之人聞深名者，師慕踵至，深悉引進。雖單門後學，得畢餘論。是以論著之多，凡可式憲當世者，當世莫不纂録之。

〔明〕何喬遠撰《名山藏》卷七十五臣林記，明崇禎刻本

【校記】

〔一〕十九年：原作『三十年』，誤。陸深於嘉靖十九年致仕，二十三年卒。

皇明詞林人物考・陸子淵

陸公名深，字子淵，松江上海人。發解南畿，舉進士，入翰林。是時弘治御極，朝廷清，百官各安其職，得以其餘肆力於簡册翰墨之間，諸司各屬，往往名雋崛起，與館閣之士爭衡。深於時翹然特出，與李空同、徐迪功上下其議論。至於字學，比於趙松雪。深每臨書，日數百字，過同舍，見髹几輒縱筆塗寫，旁若無人。其品騭古今，商確事理，賞析文義，辨識書畫古品，談鋒灑然，一座盡傾。天下之士，聞其名而慕往，揖其貌、聽其論，而驚以伏也。

深自翰林編修陞國子司業，丁憂，家居數年，以廷臣薦起，入備講讀，遂陞祭酒。一日經筵進講，内閣閲其講章，輒加竄易。深講畢，面奏云：『今日講章，非臣原撰。乞自今容講臣得盡其愚。』上雖可之，而經筵面奏非故事，深出，上疏謝罪。上復批答，以講章内閣閲看係舊規，不必更改。果有所見，當別具聞。深感激，條奏有關聖學事凡千餘言上之。當路益忌之，疏下吏部，左遷延平府同知。陞山西副使提學。陽曲生員父爲知縣笞死，訴於御史趙，反抵生罪。深與力辯不合，即上疏劾趙，趙亦劾深。已而科道官勘實，趙謫外任，深得復職。補浙江副使，仍理學政。陞江西參政、四川左布政，召爲光禄卿。内閣疏薦，領修玉牒，改太常卿兼侍讀學士。扈駕幸承天，給行在印。陞詹事府詹事。宗廟災，詔百官修省，於是深疏乞休，得致仕。後數年卒。公無子，以弟之子繼。〔一〕裒公遺文刻之，凡一百卷。又著《詩微》《書輯》《道南三書》《河汾燕閒録》《史通會要》《蜀都雜抄》《平胡録》諸種，博而核，皆足傳世。

〔明〕王兆雲撰《皇明詞林人物考》卷五，明萬曆刻本

【校記】

〔一〕按：陸深有子陸楫，刻《儼山集》等。陸楫無子，以族子爲嗣。

罪惟録·陸深

陸深，字子淵，南直上海人。以鄉試第一，成弘治十八年進士〔一〕，授翰林院編修。劉瑾以擴充政事爲名，改南主事。瑾誅，復職。久之，歷國子司業。嘉靖七年，起爲國子祭酒。故事，講官撰講章，送内閣詳定，然後入直經筵。深請得因事納忠，勿狥故事。以爲自訓詁而外，於凡天下大政事、大利弊，依經比義，條列敷奏，庻幾九卿有司有行之而不能盡，給事中、御史有知之而

不敢言，司、府、州、縣有負之而不能達者，皆得以次上聞。上以爲誇詐，謫延平府同知。甫三月，陞山西提學副使。深集先儒語，爲《典常》《論述》二編，表進之。有云：『臣僻居海上，家有藏書可資考索，衣食所餘，足備筆扎。倘蒙賜骸骨，少假歲時，當部分首尾，兼總條貫，勒成一家之言，庸爲萬幾之助。』書奏，上納之。陽曲生員父爲縣令枉笞死，御史鏜不爲申理，反坐笞責。深上疏劾鏜，鏜亦劾深。鏜坐謫外，而深調浙江提學副使。累陞太常卿兼侍讀學士。駕幸承天，改翰林學士，兼掌行在印信。駕還，陞詹事。十九年〔一〕，廟災自劾，致仕。卒，贈禮部右侍郎，謚文裕。

深磊落瑰奇，嬉笑成文。品騭古文，商確事義，辨識書畫古器，談鋒傾一座。書法學趙吴興。性好汲引，雖单門後學，得畢餘論。

論曰：深文断制，亦號敢言。雅非詞令家，經筵一議，稍見誠懇，而惜不見可。性矯出，与李空同、徐迪功等上下其議論。過同舍，見髹几輒縱筆塗寫，左右無人。當路見忌。遺文凡一百卷，又著《詩微》《書輯》《道南三書》《河汾燕閒録》《史通會要》《蜀都雜抄》《平胡録》諸種。

〔清〕查繼佐撰《罪惟録》『列傳卷之十八』，四部叢刊三編景手稿本

【校記】

〔一〕十八年：原作『十七年』。

〔二〕十九年：原作『三十九年』，誤。陸深於嘉靖十九年致仕，二十三年卒。

萬姓統譜

陸深，字子淵，號儼山，上海人。由南畿解元登弘治乙丑進士，官庶吉士，歷任外省，入爲國師。平生多病。位止宫詹，以三品滿考。謚文裕。古今文及字學俱獲時譽。

〔明〕凌迪知撰《萬姓統譜》卷一百十一，清文淵閣四庫全書本

廣輿記

陸深，字子淵，上海人。詩文與李崆峒、徐迪功相上下，字學比於趙松雪。入翰林，經筵講畢，面奏云：今日講章，非臣原撰，乞自今容講臣得盡其愚。退復條奏有關聖德者凡千餘言，當路忌之，左遷外僚。仕至詹事府。

〔明〕陸應陽撰《廣輿記》卷三，清康熙刻本

（乾隆）上海縣志

陸深，字子淵，號儼山。幼有大志，人以公輔期之。弘治辛酉舉應天鄉試第一，乙丑成進士，官翰林。時承平無事，朝士留心翰墨，名雋繼起。深詩文與李空同、徐迪功爭衡，書法李北海、趙松雪，其品騭古今，賞鑒書畫，談鋒洒然，一座盡傾。由編修擢國子司業，丁母憂去官。既釋服，不樂赴補。廷臣交章薦之，起祭酒，充講筵。故事，講章先從内閣删竄。深講畢，面奏：『今日講章非臣原撰，乞自今容講臣得盡其愚。』上可之。退復上疏，極言講官宜令自盡獻納，以杜壅蔽。當路忌之，謫延平府同知。遷山西提學副使。時晉府有優人子入學，深聞之，曰：『可使學宫缺一人，不可以一人污學校。』竟斥之。又陽曲生父爲縣令所笞下獄死，訴御史趙，趙反抵生罪。深争之不能得，即疏劾趙，趙亦劾深。有旨差勘，深得直。旋補浙江副使，仍理學政。歷四川左布政。徵拜光禄卿，預修玉牒。改太常卿兼侍讀學士，扈駕承天，命深掌行在翰林院印，御筆删『侍讀』二字。嚴嵩贈深詩有『行朝特視詞林篆，御筆親題學士名』。後致仕。一日上問侍臣：『陸深、張邦奇才學孰優？』侍臣以陸優於張對。上曰：『陸深曾爲祭酒，桂萼欲害之，今尚在否？』方有意召用，會卒，賜祭葬，贈禮部右侍郎，謚文裕。遺文凡一百卷。

子楫，字思豫，少穎敏，讀書過目不忘，屬文援筆立就，年未四十卒，人共惜之。所著有《蒹葭堂稿》。文裕以孫郯賢嗣楫，後官石阡守。

〔清〕李文耀修、〔清〕談起行等纂《（乾隆）上海縣志》卷十，清乾隆十五年刻本

（嘉慶）上海縣志

陸深，字子淵，號儼山。幼有公輔器識。弘治十四年舉應天鄉試第一，十八年成進士，官編修。劉瑾嫉翰林官亢己，悉改外，深得南京主事。瑾誅，復職。丁丑爲同考官，得舒芬、夏言等，擢國子監司業。丁父憂，既釋服，不赴補。廷臣交章薦之，起祭酒，充講筵。故事，講章先從内閣删竄。深講畢，面奏：『今日講章非臣原譔，乞自今容講臣得盡其愚。』上可之。退復上疏，極言講官宜令自盡獻納，以杜壅蔽。時世宗方向桂萼，深講章萼所更也，遂責其欺罔，謫延平府同知。遷山西提學副使。時晉府有優人子入學，深聞之，曰：『可使學宫缺一人，不可使一人污學校。』竟斥之。陽曲生劉鎧父爲縣令所笞下獄死，訴御史趙鎧，反抵生罪。深争之不得，即疏劾鎧，鎧亦劾深。有旨差劾得直，旋補浙江副使，仍理學政。歷四川左布政。松、茂諸番亂，主調兵食有功，賜金幣。徵拜光禄卿，預修玉牒。嘉靖十六年，改太常卿兼侍讀學士，扈巡承天，命深掌行在翰林院印，御筆删『侍讀』二字。進詹事府詹事。後致仕。一日上問侍臣：『陸深、張邦奇學問孰優？』侍臣以陸優對。上曰：『陸深曾爲祭酒，桂萼欲害之，今尚在否？』方有意召

用，會卒，賜祭葬，贈禮部右侍郎，謚文裕。

遺文凡百餘卷。詳《藝文》。深少與徐禎卿相切磋，爲文章有名。工書，仿李邕、趙孟頫。賞鑒博雅，爲詞臣冠，然頗倨傲云。《明史》有傳。

子楫，字思豫，號小山。少穎敏，讀書過目不忘，屬文善議論，有《蒹葭堂稿》《古今説海》。年未四十卒。嗣孫郯，字承道，號三山，以廕官都察院都事。時臺長以郯世族少年，心易之，及議，援據典故，風發泉涌，始肅然改禮。後授石阡守。苗獠錯居，傜役麗雜，仿吴下條編法，著爲令，吏民德之。郡僻陋無書籍，郯家輩經史教之，士始向學。又播酋思亂，經畫密翦其角距。告歸，家居二十餘載。内行醇備，無愚智皆尊禮之。深與郯並祀郡邑鄉賢。郯子堣，字舜封，以博聞强識稱。

〔清〕王大同修、〔清〕李林松纂《（嘉慶）上海縣志》卷十二，清嘉慶十九年刻本

（嘉慶）松江府志

陸深，字子淵，號儼山，上海人。弘治十四年鄉試舉第一，十八年成進士，授編修。劉瑾嫉翰林官亢己，悉改外，深得南京禮部主事。瑾誅，復職。充册封淮府副使。丁丑充會試同考官。遷司業，以外艱去。薦起爲祭酒，設科條懲勸士類。仲秋丁祭，言餘暑未平，當用冰，著爲令。

充經筵講官，輔臣桂萼改其所進講章，請自今容講臣得盡其愚，以廣啓沃。帝可之。卒爲所忌，以經筵面奏非故事，左遷延平府同知。擢山西提學副使。晉府優人子前入學，深謂寧可學校缺一人，不可以一人玷學校，竟斥之。陽曲生劉某父爲知縣笞死，訴於巡按趙鏜，鏜庇縣，反抵生罪。深力争不聽，因互劾。逮問，鏜被謫，深得直。旋補浙江。晉江西布政司右參政，雪冤獄數十人。歷四川左布政使。松、茂諸番亂，主調兵食有功，賜金幣。復發帑賑飢，全活甚衆。嘉靖乙未，召爲光禄卿。轉太常卿兼侍讀學士，與修玉牒。世宗南巡，掌行在翰林院印，御筆删『侍讀』二字。進詹事府詹事。深性嚴毅，與朝士少諧。武定侯郭勛方有寵，呼之爲跋扈將軍，勛嗛焉。會九廟災，詔百官修省，請致仕。越二載，上問侍臣翟鑾，陸深、張邦奇才學孰優。鑾以深對。方有意召用，卒，贈禮部右侍郎，謚文裕。

深出入館閣幾四十年，練達朝章，兼通今古，其所論議皆可見施行。在内數上書言事，在外皆有功德於其士民。尤以文章見，所著皆根本典籍，切近事理。書學顔真卿、李邕，賞鑒博雅，爲世莫及，崇祀鄉賢。

子楫，字思豫，才思警敏，能文章，尤善決策辯難，有經世志。嘉靖己酉，已擬解首，仍失之。日事著作，《蒹葭堂稿》一編，鴻識鉅見，深中窾要。竟賫志以没，不獲遂其學。陸氏家傳

〔清〕宋如林修、孫星衍等撰《（嘉慶）松江府志》卷五十二，清嘉慶松江府學刻本

（同治）上海縣志

陸深，字子淵，號儼山。父平，字以和，號竹坡。善筆札，真、行、草書皆有晉唐風致。前《志》見『藝術』。深幼有器識，弘治十四年舉應天鄉試第一，十八年以二甲第一名進士改庶吉士，授編修。時劉瑾嫉翰林官亢己，悉改外，深得南京主事。瑾誅，復職。正德十二年爲同考官，得舒芬、夏言等。擢國子監司業。丁父憂歸，終制不赴補。廷臣交章薦之，起祭酒，充講筵。故事，講章先從内閣删竄。深講畢，面奏：『今日講章非臣原撰，乞自今容講臣得盡其愚。』上可之。退後上疏，極言講臣宜令自盡獻納，以杜壅蔽。時世宗方向桂萼，深講章萼所更也，遂責其欺罔，謫延平府同知。遷山西提學副使。時晉府有優人子入學，深聞之曰：『可使學宫缺一人，不可使一人汚學校。』竟斥之。陽曲生劉鎧父爲縣令所笞下獄死，訴於御史趙鏜。趙先入令言，反抵生罪。深争之不得，即疏劾鏜，鏜亦劾深。下科道會勘，得直。旋補浙江副使，仍理學政。歷四川左布政。松、茂諸番亂，主調兵食有功，賜金幣。徵拜光禄卿，預脩玉牒。嘉靖十六年，改太常卿兼侍讀學士，扈巡承天，命深掌行在翰林院印，御筆删『侍讀』二字。進詹事，後致仕。一日，上問侍臣：『陸深、張邦奇學問孰優？』侍臣以陸優對。上曰：『陸深爲祭酒時，桂萼欲害之，今尚在否？』會卒以聞。賜祭葬，贈禮部右侍郎，謚文裕。

深少與徐禎卿善，切磋爲文章，有名於時。工書，仿李北海、趙承旨。品騭古今，賞鑑書畫，博雅爲詞林之冠。《明史》有傳。

子楫，字思豫，號小山。少穎敏，讀書過目不忘，屬文善議論，以父廕由廩生入太學。著有《蒹葭堂稿》《古今説海》。年未四十卒，無子，深擇族孫郯爲之子。郯，字承道，號三山，以廕官都察院都事。時臺長以郯世族少年，心易之。及集議，援據典故，風發泉湧，始肅然改禮。後授石阡守。苗獠錯居，徭役厖雜，仿吴下條編法，著爲令，吏民德之。郡處僻陋無書籍，郯自家輦經史教之，士始向學。播酋思亂，先事經畫，翦其角距。推苑馬寺少卿，力辭，歸家居二十餘載。内行純備，無愚智皆尊禮之，與深並祀郡邑鄉賢。郯子堣，字舜封，以博聞强識稱。埈字舜陟，書法妍秀，出入蘇、米之間，董其昌器之，有二陸詞翰之目。堣子鑨，字元美，砥礪名行，於書無所不窺，輯《宗譜》四卷、《文裕遺稿》十卷，補刻《儼山文集》百餘篇，著有《百一詩集》。鑨弟鎧，亦敦孝友，工詩。

〔清〕應寶時修、〔清〕俞樾等纂《（同治）上海縣志》卷十八，清同治十一年刊本

梅氏，陸深妻。深未第時，勤苦助學。自筮仕以至終老，克相以禮。事舅姑以孝。深爲人頗傲，氏濟之以和，内外宗黨，曲有恩誼。而尤勤儉，不廢紡織。深卒，子楫又卒，乃請於朝，立郯爲楫後而補其蔭。命郯割田五百畝助鄉人役。嘉靖癸丑，以倭患議築城，捐銀二千兩，且毁

所置市房數千楹，復築小東門，以利行旅。見事能持大體，不爲私計，遠近稱之。後深十年卒，贈淑人。

〔清〕應寶時修、〔清〕俞樾等纂《（同治）上海縣志》卷二十六，清同治十一年刊本

詹事府詹事贈禮部右侍郎謚文裕陸深墓，子贈中憲大夫楫、孫石阡知府郯祔。在二十四保二十四圖。嘉靖二十四年敕葬。深，夏言志銘，許讚表。楫，陸樹聲志銘。郯，李維楨志銘。

〔清〕應寶時修、〔清〕俞樾等纂《（同治）上海縣志》卷二十九，清同治十一年刊本

（崇禎）閩書

深，上海人。以國子祭酒爲經筵講官。故事，經筵直講，先送講章内閣詳定，迺以講讀。深直講，其章爲内閣所改。講罷，面奏講義不洽，非臣舊撰，請後毋送内閣改定。世宗怒，謫深外任，爲延平同知。守居僑謂深出自講帷，不敢煩以郡務。深曰：『人臣事君，隨職效忠，敢以崇卑異意？』較閱簿書，鈎稽奸蠹，日有孜孜。暇集《典常》《論述》二編，名《同異録》。居三月，陞山西提學副使。以《同異録》進御，表言：『臣深才拙器疏，力小圖大，狹陋漢唐之治，思致身唐虞。恭遇聖明，益思自奮。第愧不識獻納之宜，言出禍隨，動與罪會。陛下曲賜保全，尚與衣

冠。昨自講筵出佐延郡，楊、羅、李、朱遺風猶在。臣在郡中，水土相宜，職務易稱，頗讀書。每見先儒議論，有切大典禮、大政事者，手自劄録。未及三月，蒙恩超資付臣學政，非臣捐糜所能報塞。臣比出舊編，粗加詮次，分爲上下，繕寫上陳。頗恨時日有限，文籍少隨，然哀多益寡之志終存，而萬折必東之性難改。儻蒙賜骸骨，少假歲時，當部分首尾，兼總條貫，勒成一家之言，庸爲萬幾之助。』書奏，上納之。深磊落瑰奇，嬉笑成文，論著之多，式憲當世。

〔明〕何喬遠撰《（崇禎）閩書》卷之五十八，明崇禎刻本

（乾隆）福建通志

陸深，上海人。以國子祭酒爲經筵講官。故事，經筵直講，先送講章内閣詳定，乃以講讀。深直講，其章爲内閣所改。講罷，面奏講義不洽，非臣舊撰，請後毋送内閣改定。世宗怒，謫深外任，爲延平同知。守楊僑謂深出自講帷，不敢煩以郡務。深曰：『人臣事君，隨職效忠，敢以崇卑異意？』較閲簿書，鈎稽奸蠹，日有孜孜。暇集《典常》《論述》二編，名《同異録》。居三月，陞山西提學副使。深磊落奇瑰，嬉笑成文，論著甚多，式憲當世。

〔清〕郝玉麟修、〔清〕謝道承等纂《（乾隆）福建通志》卷三十一，清文淵閣四庫全書本

（乾隆）延平府志

陸深，上海人。由進士，嘉靖五年以國子祭酒爲經筵講官。故事，經筵直講，先送講章内閣詳定，迺入侍。一日深直講，其章爲内閣所改。講罷，面奏講義不洽，非臣舊撰，請後毋送内閣改定。世宗怒，調深外任，爲延平同知。守書僑謂深出自講帷，不欲煩以郡務。深曰：『人臣事君，隨事效忠，敢以崇卑異意？』較閲簿書，鈎稽奸蠹，日有孜孜。暇集《典常》《論述》二篇，名《同異録》。居三月，陞山西提學副使。以《同異緑》進御，表言：『言臣深才詘器疏，力小圖大，狹陋漢唐之治，思致身唐虞。恭遇聖君，益思自奮。第愧不識獻納之宜，言出禍隨，動與罪會。陛下曲賜保全，尚與衣冠。昨自講筵出佐延郡，楊、羅、李、朱遺風猶在。臣在郡中，水土相宜，職務易稱，頗讀書。每見先儒議論，有切大典禮、大政事者，手自劄録。未及三月，蒙恩超資付臣學政，非臣捐糜所能報塞。臣比出舊編，粗加詮次，分爲上下，繕寫上陳。頗恨日時有限，文籍少隨，然衰多益寡之志終存，而萬折必東之性難改。倘蒙賜骸骨，少假歲時，當部分首尾，兼總條貫，勒成一家之言，庸爲萬幾之助。』書奏，上納之。磊落瑰奇，嬉笑成文，論著之多，式憲當世。

〔清〕傅爾泰修、〔清〕陶元藻等纂《（乾隆）延平府志》卷三十五，清同治十二年重刊本

（萬曆）杭州府志

陸深，字子淵，直隸上海縣人。弘治乙丑進士，官翰林，充日講，至祭酒。抗言講章將進御前，宜各自陳所見，不容先送時宰更定，以是忤柄臣意，左遷延平府同知。再擢至浙江提學副使。端方直諒，師範嚴肅，臨事持正議，侃侃不阿，好學秉禮，務以身教。正文體，黜浮華，以興起斯文爲己任。未幾陟去，浙士恒思慕之。仕終詹事府詹事。卒贈禮部侍郎，謚文裕。

〔明〕劉伯縉等修、〔明〕陳善纂《（萬曆）杭州府志》卷之六十二，明萬曆刻本

（康熙）杭州府志

陸深，字子淵，直隸上海人。弘治乙丑進士，官翰林，至祭酒，以忤柄臣左遷，後擢浙江提學副使。師範嚴肅，議侃侃不阿，務以身教。正文體，黜浮華，以興起斯文爲己任。未幾去，浙士恒思慕之。

〔清〕馬如龍等修、〔清〕楊鼐等纂《（康熙）杭州府志》卷之二十七，清康熙二十五年刻三十三年李鐸增刻本

（乾隆）杭州府志

陸深，字子淵，上海人。弘治進士，授編修。歷祭酒，忤輔臣，謫同知。晋山西提學副使，改浙江。《明史》本傳。師範嚴肅，議侃侃不阿，務以身教。正文體，黜浮華，以興起斯文爲己任。未幾去，浙士恒思慕之。舊《志》

〔清〕鄭澐修、〔清〕邵晋涵等纂《（乾隆）杭州府志》卷七十七，清乾隆刻本

（乾隆）江南通志

陸深，字子淵，上海人。弘治乙丑進士，選庶吉士，品望爲一時館閣冠。嘉靖中以祭酒入侍經筵，面奏閣臣竄易講章，爲當路所忌，左遷於外。久之召入爲太常卿，歷詹事府詹事，致仕卒，謚文裕。著述甚多，皆博而核，詞翰並工。子楫，字思豫，亦有文名。

〔清〕趙宏恩修《（乾隆）江南通志》卷一百六十六，清文淵閣四庫全書本

附録二　交游詩文

奉陪陸儼山登太白樓

〔明〕夏　言

城上高樓亦壯哉，百年臨眺好懷開。太山雲氣中原起，洙泗源流闕里來。地主幾逢狂客興，風流今見謫仙才。同遊述作輸陶謝，日暮詩成首重迴。

〔明〕夏言撰《夏桂洲先生文集》卷五，明崇禎十一年吴一璘刻本

儼山學士以漆鏤八仙盤見贈併侑以詩用韻奉謝

〔明〕嚴　嵩

燕肆雕盤價比珍，多情投贈況佳人。爲盛玉斝擎方重，細酌宫醪賞更新。捧愛洞仙朝獻壽，醉看歌席夜生春。他年緑野堂中物，留伴詩翁後樂身。

用韻奉酬儼山甬川二學士同年

〔明〕嚴　嵩

杏園席上題名處，晚歲登朝復幾人。塵裏浮踪那可定，鏡中華髮自應新。松當雪澗猶含翠，桃熟崑山不記春。曾是十年江海別，喜君重到鳳池身。

以上〔明〕嚴嵩撰《鈐山堂集》卷十三，明嘉靖二十四年刻增修本

憶舊遊呈陸儼山學士

〔明〕嚴　嵩

記得當年，攜客棹、曾覽吴淞風物。黄浦磯邊，芳草逕、因叩朱門素壁。宛似遊仙，真同憶戴，夜泛山陰雪。揮觴覓句，不讓一時才傑。　衹今遥指江雲，重吟海樹，高興依然發。四十年來，同宦侶、不覺飈馳星滅。槐省垂魚，鳳池鳴玉，相對俱華髮。君恩報了，五湖重訪煙月。

儼山學士示病中詞一闋乃有辟穀尋山之語予廣其意而慰答之

〔明〕嚴　嵩

玉署仙翁，緣底事、身病偶須藥物。杜老吟詩，因太瘦、却憶尋山面壁。世事浮雲，利名蝸角，去住憐鴻雪。荆州争奪，空嘆昔時豪傑。　只須滿引金尊，高彈錦瑟，四座燕歌發。秉燭觀

游，聊此夕、莫問人間興滅。松栢凌寒，桑榆收晚，勳業看黄髪。木天蘭省，正要平分風月。

以上〔明〕嚴嵩撰《鈐山堂集》卷十七，明嘉靖二十四年刻增修本

壽儼山先生

〔明〕唐　錦

補天餘剩萬瓊瑰，妝點烟雲費剪裁。莫訝太湖新鑿出，應從天竺舊飛來。玉舒仙掌當窗倚，金削芙蓉傍浦開。巖畔況多千歲藥，何須泛海覓蓬萊。

〔明〕唐錦撰《龍江集》卷一，明隆慶三年刻本

賦贈謝儼山五十初度

〔明〕張　鼐

東鄰長笛奏龍吟，如君拈句偏苦心。西舍賓筵割牛炙，如君白酒聊酣適。屋裏奇山架上書，一椽茅屋子雲居。食貧羞曳王門裾，問奇仍過學士廬。横襟吞吐窺六宇，抱膝長吟渺千古。黄金臺下賦新篇，白苧城頭聽舊雨。多君近俠亦近儒，道情自勝俗情殊。無非已是知非歲，堦前玉潤兼蘭敷。君烹伏雌灌酪酥，吾且祝爾千秋酒滿壺。

〔明〕張鼐撰《寶日堂初集》卷三十一，明崇禎二年刻本

儼山病新愈有詩見寄走筆答之四首

〔明〕張邦奇

禁雲藜火每相同，矮屋時披鶴氅風。十日違顔緣底事，欲擕巵酒問規中。

病起緘詩寄甬東，夫容摇動鯉魚風。持杯莫漫驚弓影，世事如花撇眼紅。

病去精神便不同，筆端隨意起雄風。啓關明日來東閣，閒看浮雲大海中。

鳳池麟閣佩丁東，老去何嗟立下風。文勢賢郎泉共湧，九霄看取狀元紅。時儼翁乃郎應舉監試第一。

〔明〕張邦奇撰《張邦奇集·四友亭集》卷八，明刻本

又答儼山

〔明〕張邦奇

同朝三紀鬢俱蒼，歷盡風波此會觴。天闕正歌元首起，儲宫先辨股肱良。金蓮影動雲霄上，玉牒光分雨露傍。禹啓門庭皋傅侶，協恭長擬贊榮昌。

〔明〕張邦奇撰《張邦奇集·四友亭集》卷十一，明刻本

雨中懷陸儼山宫詹

〔明〕張邦奇

飲到微酡一浩歌，不知人事有磋砣。幾回飛夢雲間落，强半青春雨裏過。漫展愁眉吟玉舜，先嘗見寄《玉舜編》，蓋詠槿花詩也。轉懷攜手出金坡。請看太廓都無物，消得浮塵冉冉磨。

〔明〕張邦奇撰《張邦奇集·四友亭集》卷十三，明刻本

中秋齋宿翰院對月懷儼山宫詹

〔明〕張邦奇

秋風裊裊動長安，銀漢無雲碧海寒。星出高槐知漏永，露搏豐草覺衣單。澄沙似水環青殿，紅葉如花擁畫欄。最好玉堂今夜月，與公分倚鳳樓看。

〔明〕張邦奇撰《張邦奇集·四友亭集》卷十四，明刻本

六十子詩·陸儼山深南直隸上海縣人，解元，進士，詹事府詹事，贈禮部侍郎，謚文裕。

〔明〕李開先

博綜及七略，才識擅三長。經筵及史館，簪筆更含香。

〔明〕李開先撰《李中麓閑居集》之四，明刻本

寄陸儼山祭酒

〔明〕倪宗正

我愛雲間陸儼山，遠瞻台象照人寰。天錫聰明真相器，地當清要總賢關。棋枰雅會容高手，詩卷清輝接舊顔。小野庭前望霖雨，芋田蔬圃懶潮灣。

〔明〕倪宗正撰《倪小野先生全集》卷六，清康熙四十九年倪繼宗清暉樓刻本

懷陸子淵

〔明〕何塘

共誰虚室細談玄，東望江雲意渺然。憶昔少年今老矣，不堪吟對菊花天。

〔明〕何塘《柏齋集》卷十一，清文淵閣四庫全書補配清文津閣四庫全書本

陸子淵

〔明〕鄭善夫

成賢真此地，瑶席爾司成。述作回中古，機、雲愧後生。華亭鶴正唳，蓬海雁長征。結誼風塵上，看君萬里情。

〔明〕鄭善夫撰《少谷集》卷五，清文淵閣四庫全書補配清文津閣四庫全書本

與儼山陸子淵司成二首

〔明〕許相卿

某私淑餘論，越自諸生時。頃歲奔騖，未能通謁，遠枉誨函，無任慚感。伏惟高居靜養，台鼎策勛，中外僉屬。某病廢跧伏，拭目以俟。唐君便，扶憊裁報，貸察不宣。

某稔惡及親，圖嚴其終，而信其善於永永，以少寬不孝之譴，惟名言是賴。日蒙惠諾，曷惟不孝没世感泣，而子若孫將永憑藉以光寵於無窮矣。襄事期迫，不得違次以領，伏惟矜而畀之。

〔明〕許相卿撰《雲村集》卷五，清文淵閣四庫全書本

和陸儼山扈從山行二首

〔明〕孫承恩

落日重山湧翠波，叨從仙蹕寄行窩。雲連斗極瞻天近，樹隱寒聲入夜多。典禮幸逢窺盛事，宗禋合有繼登歌。平原内史今詞伯，健筆真能障九河。

劍舄先皇鎮此山，神光靈氣在人間。玄宫肅穆環千嶂，石獸嵯岈護九關。覆載豈能名帝德，丹青曾有識天顔。遺芳百世臣民念，何處龍髯更可攀。

儼山用韻見贈次答二首

〔明〕孫承恩

愧扳和璧並頑蒼，喜託清光接羽觴。一代謨猷夔、契盛，百年製作馬、班良。論交期我形骸外，曳履隨公日月傍。調燮即看歸大手，佇承休烈頌明昌。

荏苒年華雙鬢蒼，側身天地一銜觴。風雲幸接夔龍侶，樗櫟慙非梓杞良。公有經綸裨扆宬，我惟文籍校偏傍。騷壇今日誰方駕，百戰詞鋒氣更昌。

〔明〕孫承恩撰《文簡集》卷二十二，清文淵閣四庫全書本

夏日送儼山陸方伯先生之蜀

〔明〕劉儲秀

憶昔梁園空寄語，重憐漢苑未逢君。傳經心事慚劉向，作賦才名仰陸雲。視草玉堂仍北極，對花錦里正南薰。況逢四海爲家日，不用當時《諭蜀文》。

〔明〕劉儲秀撰《劉西陂集》卷三，明嘉靖刻本

山斗篇思陸儼山司成和浣溪憲副韻二首

〔明〕邵經濟

三峽新波下劍門，五經舊轄動星旛。公從發解名元重，帝出經筵道始尊。上相龍光還鼎

鉉，清朝鶴馭豈塵煩。瞻心太室摇光切，萬里常隨朝日暄。

十年北館老司成，天上聲華屬大名。桃李經春登聖治，草茅何地托吾生。湖頭醉月心同遠，峽口占風波始平。正好開琴調野鶴，還絃一曲度台衡。

〔明〕邵經濟撰《西浙泉厓邵先生詩集》卷九，明嘉靖張景賢、王詢等刻本

陸子淵邵節夫同攜酒過昌國席上復一首

〔明〕杭　淮

雲生雙闕晚，騎馬到君家。霜果攜奴赤，秋燈點筆斜。詩談聽静夜，客思動清笳。明發秋江上，離心亂渚花。

〔明〕杭淮撰《雙溪集》卷四，清文淵閣四庫全書補配清文津閣四庫全書本

送陸子淵還上海

〔明〕張　琦

白石孤城雨點斑，送君恰似送春還。靄天好藹晴初結，水殿眠龍晝不關。中散風流傳海上，建安詞賦落人間。别愁定託江門月，直映淞南第九山。

〔清〕胡文學編《甬上耆舊詩》卷七，清文淵閣四庫全書本

送陸儼山學士南歸

〔明〕尹　臺

鰲禁儒儒尚黑頭，疏承恩許賦滄州。舊林白鶴應相待，幽谷黄鸝得並求。紫閣講筵懸鳳幄，青宫賓闥罷龍樓。此行暫别蓬萊苑，還訪扶桑萬里秋。陸以詹事兼太子賓客致仕。

〔明〕尹臺撰《洞麓堂集》卷八，清文淵閣四庫全書本

入晉陽呈儼山先生

〔明〕胡纘宗

平生觀法稱詩聖，海内吴都有陸機。環珮聯翩白虎□，□書點檢黄金扉。江南畫舫論衷曲，天北橋門下□□。聞道河山三晉好，春□□□嚴驂騑。

贈陸儼山學士

〔明〕胡纘宗

青驄細草著輕鞭，紫陌東風憶往年。環珮雙隨左掖入，文章獨向上台傳。吴中陸贄空儒苑，涪外程頤動講筵。忽道具區有仙侣，飛來飛去鶴翩翩。

過盂庠和儼山祭酒試士

〔明〕胡纘宗

環珮鏘鏘候曉鐘，杳壇深處拜從容。詩書七十歸函丈，禮樂三千下辟雝。炯炯河山照奎壁，冥冥風雨起蛟龍。休誇陸贄收韓愈，帝德如堯不易逢。

以上〔明〕胡纘宗撰《鳥鼠山人小集》卷六，明嘉靖刻本

壽光禄陸儼山先生序

〔明〕顧　璘

稱生人之福，恒曰禄位、名、壽，夫亦有辨矣。禄位命於君也，壽於天也，惟名則自己出。立名而禄位隨之，斯壽有光榮而享於無極矣。名也者，人道之精華，士林之標望，所謂無翼而飛、不火而照者也，斯非人情所同好乎？孔子曰：『君子疾没世而名不稱焉。』蓋貴之矣。何耶？是故道德以爲本，才力以爲幹，文章以爲華，功業以爲實，名之所起，豈易易云然哉？夫自一鄉如干人而得名爲士，又如干士而得名爲才，又如干才而名爲賢，亦褎然特矣。自是進而一國天下稱名曰賢，其度越人倫又不知如干萬萬也。夫苟至於名天下賢，豈非福之至大者乎？

余登朝四十年，周旋海内人士衆矣，其以天下賢名者，僅可屈指，吾東南不曰雲間儼山陸先生其人乎？先生發解於鄉，登第於朝，職史於翰苑，造士於司成，肅教於外臺，宣化於行省，所謂文章

功業者，緒見時出而名各炳炳，皆自其道德才力者致之，非徒致也。詔進光禄，則天子之下卿也，禄位駸駸乎盛矣。天下之望先生，莫不怏怏然以爲論德之階、懋功之具弗稱乎其名，然則聲光之所震動，不亦廣且遠乎？由是陟三公、極臣位，然後乃可饜群望也，是先生之名既榮乎禄位矣。

去年壽六十，居蜀，表弟顧世安氏不獲捧觴致頌，今及其過家，乃謁余爲詞補之。夫以衆人所取於禄位者如彼，則夫祝先生壽者固若『鳲鳩』之詩，雖萬年不足也名之，所以爲壽榮者又何如哉？世安祝先生以壽，余獨頌先生以名。昔者伊、傅、周、召以及孔、孟，皆是物也，謂壽至今永可也。先生謂余言然乎，否乎？至於禄位，君自命之，天下自望之，在先生則土苴耳。此諸福輕重之辨也，頌於是至矣。

〔明〕顧璘撰《顧璘詩文全集·息園存稿文卷三》，清文淵閣四庫全書補配清文津閣四庫全書本

回陸子淵來書爲希武索序

〔明〕顧　清

某頓首。相望百里，思一見不可得。洛下游從之盛，宜昔人之興感也。示論大體之説甚善。當其時念不至此，今業已辭之，奈何。此還連值凶荒，加以疾病，閭閻哀痛之狀，觸目損心，於此等語言，實是無意，況直情而行，爲罪多矣。惟高明察其如此而有以白之，幸甚。

〔明〕顧清撰《東江家藏集》卷二十六，清文淵閣四庫全書本

附録三　評論

古選序

〔明〕沈懋孝

《古文選》者，東海儼山陸司成所編緝。上自春秋，下訖兩漢、晉、魏以來，如戴《記》、左氏、莊生、孫武、屈、賈、班、馬之文，取其著者爲十卷，冠於前。若宋玉、司馬相如、揚雄、劉向之徒，得文六十餘首，又爲四卷，列於後。友人喬君刻以傳，屬余序其義，□序之曰：聖人者，天所厚畀主盟斯文。今六籍□在，以道不以文，文非聖人所急也。周衰□□□，於是能言□□各以□□□長。由漢來千五百年，其書盈天下，然有傳不傳，或傳之不久，終□飈滅，□久而必傳者無幾焉。美惡繫人所好憎，時有幸不幸耳。抑彼之立言，或衹以儌一時聲名，其實則未至，而精光不含□耶？孔子曰：『言之無文，行之不遠。』文者，其精神之内含而有光者也。其精苟在焉，雖逸民、逐客、婦人、武夫，必有傑然不可磨滅之見，到今誦之，非是者，卿相之言不名不傳也。荆山之璞，非必偉麗可喜，其禀精獨全，其光自不可泯，卞氏過而拭目焉，遂名天下及後世，尺璧爲崑山之冠，天地之英。四海九州之産，其間豈無異寶，足當圭璋瑚璉，而莫與並名者，豈獨瑚琢不工、瑰奇不足耶，夫亦論其精之全不全何如也。後之君子，當其焦心秉翰，放言自喜，自以無前，言出不必立，亦不久傳，此乃天寶神物，人之力烏足以至之。所謂放如莊周，哀如屈原，勁如左氏，博如子長，世之好而□之者，幾與孔子並無窮。千古之上，千古之下，片言單辭，何恃而能久，此理關之元氣，出之靈□，難以筆舌諍也。陸先生爲館閣前修，自許甚□，斯編大約多取於周末漢初，自與唐宋人霄淵迥別。世無卞生，誰則知之者。

〔明〕沈懋孝撰《沈長水集·長水先生四餘編》，明萬曆刻本

四庫全書總目·南巡日録一卷北還録一卷兩江總督採進本

明陸深撰。深，字子淵，號儼山，上海人。弘治乙丑進士，官至詹事府詹事兼翰林院學士，卒謚文裕。事蹟具《明史·文苑傳》。世宗嘉靖十八年南幸承天，相度顯陵，深時官學士，命掌行在翰林院印扈行。是編乃紀其往返程頓，自二月癸丑至四月壬子，凡六十日之事。《南巡日録》中載有永樂後内閣諸老歷官年月一篇，乃得之於孫元者。深最留心史學，故隨所見而録之云。（卷五十三）

四庫全書總目・淮封日記一卷江蘇巡撫採進本

明陸深撰。探有《南巡日録》已著録。是編乃其正德七年，以編修充册封淮府副使，途中所記。其紀程至蘇州而止，不言所封者爲何人。據深子楫所爲《年譜》，乃封淮王於饒州。而《明史・諸王世表》淮定王祐棨，弘治十八年已襲封，至嘉靖三年卒，不應正德中始行册禮，與深《年譜》不同，莫能詳也。記中録馬中錫撫賊事，較史所載尤備，可旁資參考云。（卷六十四）

四庫全書總目・南遷日記一卷江蘇巡撫採進本

明陸深撰。嘉靖中，深以祭酒侍經筵，因争閣臣改竄講章，謫延平府同知。是編紀其南行道路所經，以舟中日讀《漢書》，故評史之語，亦雜載其間。（卷六十四）

四庫全書總目・蜀都雜鈔一卷兩江總督採進本

明陸深撰。深有《南巡日録》已著録。此乃深爲四川左布政使時，所録蜀中山川古蹟。其論峨眉山當作蛾眉，又力辨禹生石紐爲《元和志》之誤，頗爲有識。其他亦多隨筆劄記之文。（卷七十七）

四庫全書總目·科場條貫一卷江蘇巡撫採進本

明陸深撰。深有《南巡日録》已著録。是書紀洪武至嘉靖間科舉條式，於前後損益之制，臚列頗詳。（卷八十三）

四庫全書總目·史通會要三卷江蘇巡撫採進本

明陸深撰。深有《南巡日録》已著録。深嘗以唐劉知幾《史通》刊本多誤，爲校定之，凡補殘刓謬若干言，又以其《因習》上篇闕佚，乃訂正《曲筆》《鑒識》二篇錯簡，類爲一篇以還之。復採其中精粹者，别纂爲《會要》三卷，而附以後人論史之語，時亦以己見參之。深集中别載《史通》二跋，大略言知幾是非任情，往往捃摭聖賢，是其所短，至於評騭文體，亦可謂當。又言知幾嘗謂國史敍事以簡爲主，而其書之冗長乃不少。觀其議論，可以見其去取之旨矣。（卷八十九）

四庫全書總目·同異録二卷浙江鮑士恭家藏本

明陸深撰。深有《南巡日録》已著録。是書採漢以來名臣奏疏雜文，有關於典章政事之大者，節而録之，分爲二卷。上篇曰《典常》，下篇曰《論述》。每條之末，各附以論斷，大旨欲取古人成説，相其緩急，而通之於當世之務。其書始脱稿於閩中，及提學山西，重加詮次，欲奏上之，既而不果。其進書原序猶存，卷首書中凡原文有『陛下』云云者，俱空白二字，而注其下云：前朝臣子尊稱君上之文，義當避闕。然古來傳寫舊文，實無此例。世所見石經《尚書》，於『帝』字、『王』字，均未有避闕者也。（卷九十六）

四庫全書總目・書輯三卷兩江總督採進本

明陸深撰。深有《南巡日録》已著録。是書分爲六篇，一曰述通，二曰典通，三曰釋通，四曰筆論，五曰體位，六曰古今訓。凡所採用諸書，皆臚列於首，而復以《法帖源流》一篇附於後，當自書勒石。（卷一百十四）

四庫全書總目・古奇器録一卷内府藏本

明陸深撰。深有《南巡日録》已著録。是書雜録古人奇器名目，各標出處。末附以《江東藏書目録》，經第一，理學第二，史第三，古書第四，諸子第五，文集第六，詩集第七，類書第八，雜史第九，地志第十，韻書第十一，小學、醫學第十二，雜流第十三，又特爲制書一類。其義例與歷代書目頗有不同，蓋深以意爲之，非古法也。（卷一百十六）

四庫全書總目・儼山外集三十四卷浙江汪汝瑮家藏本

明陸深撰。深有《南巡日録》已著録。是編乃其劄記之文，其子楫彙爲一集。凡《傳疑録》二卷，《河汾燕閒録》二卷，《春風堂隨筆》一卷，《知命録》一卷，《金臺紀聞》二卷，《願豐堂漫書》一卷，《谿山餘話》一卷，《玉堂漫筆》三卷，《停驂録》一卷，《續停驂録》三卷，《豫章漫鈔》四卷，《中和堂隨筆》二卷，《史通會要》三卷，《春雨堂雜鈔》一卷，《同異録》二卷，《蜀都雜鈔》一卷，《古奇器録》一卷，《書輯》三卷。其中惟《史通會要》摭劉知幾之精華，隱括排纂，別分門目，而採諸家之論以佐之，凡十有七篇，專爲史學而作。《同異録》爲進御之本，採擇古人嘉言，撮其大略，分上、下二篇，上曰《典常》，下曰《論述》，專爲治法而作。《古奇器録》皆述珍異。《書輯》皆論六書八法。其餘則皆訂證經典，綜述見聞，雜論事理。每一官一地，各爲一集，部帙雖別，體例則一。雖讕言瑣語錯出其間，而核其大致，則足資考證者多。在明人説部之中，猶爲佳本。舊刻本四十卷，今簡汰《南巡日録》《大駕北還録》《淮封日記》《南遷日記》《科場條貫》《平北録》六種，別存其目，故所存惟三十四卷焉。（卷一百二十三）

四庫全書總目·河汾燕閒録二卷兩江總督採進本

明陸深撰。深有《南巡日録》已著録。是書隨筆劄記，雜論史事得失，經典異同，亦頗及當代故實。其曰《河汾燕閒録》者，蓋深爲山西提學僉事時所著也。（卷一百二十七）

四庫全書總目·停驂録一卷續録三卷兩江總督採進本

明陸深撰。是編乃其罷山西提學僉事南歸時所作。前録成於嘉靖九年，續録成於十一年。雜録詩話、文評、朝章國典，於經義亦間有考證。續録中所載『孟子爲長者折枝』，當解作『肢體』之『肢』，亦足以備一説。又謂《論語》『詩書執禮』，『執』疑是『藝』之誤，則太創見矣。（卷一百二十七）

四庫全書總目·傳疑録二卷兩江總督採進本

明陸深撰。上卷雜論經説異同，兼及史事，於前代宗室恩數等殺之制，敍述尤詳，當爲明代宗禄之弊而設。下卷則專論調律之法，始於累黍候氣，終於十二辰，皆備載之，蓋隨手雜録而成者。（卷一百二十七）

四庫全書總目・春雨堂雜抄一卷兩江總督採進本

明陸深撰。所録多古今政治得失之故，鈔撮舊文，自爲評騭，其謂漢光武篤信圖讖，與求仙覆轍相去不遠，似亦因世宗好道而託諷也。（卷一百二十七）

四庫全書總目・儼山外紀一卷編修程晉芳家藏本

舊本題明陸深撰。深有《南巡日録》已著録。此書載《學海類編》中，乃曹溶於深《儼山堂外集》之中隨意摘録數十條，改題此名，非深自著之書也。（卷一百三十一）

四庫全書總目・玉堂漫筆三卷内府藏本

明陸深撰。深有《南巡日録》已著録。是書乃在翰林時，記其每日所得，而於考核典故爲尤詳。其載楊士奇子稷得罪，爲出於陳循所構陷，亦修史者所未詳也。（卷一百四十三）

四庫全書總目・金臺紀聞二卷内府藏本

明陸深撰。皆深官翰林時，雜記正德乙酉至戊子四年中朝廷故事及友朋論説。（卷一百四十三）

四庫全書總目·春風堂隨筆一卷編修勵守謙家藏本

明陸深撰。雜記聞見，凡二十三條，末附所載《欹硯志》一篇。（卷一百四十三）

四庫全書總目·知命録一卷編修勵守謙家藏本

明陸深撰。蓋亦雜志之類，而所記秦蜀山川名勝爲多，乃深於嘉靖十三年赴四川左布政使任時途次所編也。其曰知命者，以初授陜藩，道經揚州蜀岡，異其名，問之則曰，由此可通蜀，已而得入蜀之命，追數先徵，信由前定，因以爲名。（卷一百四十三）

四庫全書總目·谿山餘話一卷編修勵守謙家藏本

明陸深撰。所記一時名臣，如劉健、章懋、劉大夏遺事頗詳，又多談閫事，蓋其宦閩日所著也。（卷一百四十三）

四庫全書總目·願豐堂漫書一卷編修勵守謙家藏本

明陸深撰。深《年譜》載所著有《願豐堂稿》，乃正德己巳成於家。今此卷末載正德壬申過蘭谿、謁章懋一事，與年譜歲月不符，蓋《願豐堂稿》乃其詩文，此則所著説部也。其書亦雜記故事，僅及七條，疑非完本。（卷一百四十三）

四庫全書總目・儼山集一百卷續集十卷兵部侍郎紀昀家藏本

明陸深撰。深有《南巡日録》已著録。是集有費宷、徐階二序，文徵明後序，《續集》前有唐錦序，後有陸師道跋，皆其子楫所編。錦序及師道跋並稱尚有《外集》四十卷，通此二集爲一百五十卷。此本不載《外集》，蓋《外集》皆其筆記雜著，又自别行也。《明史・文苑傳》稱深少與徐禎卿相切磨爲文章，又善書，仿李邕、趙孟頫，賞鑑博雅，爲詞臣冠。階序稱深以經濟自許，在翰林、在國子，數上書言事。督學於晉，參藩於楚，旬宣於蜀，則皆有功德於其士民，而惜其獨以文章見。宷序亦稱其以剴切不諛忤宰臣，左遷以後略無感時憤俗之意，而舉其《發教巖》詩、《峽江道中》詩，證其無所怨尤。今觀其集，雖篇章繁富，而大抵根柢學問，切近事理，非徒鬬靡誇多。當正、嘉之間，七子之派盛行，而獨以和平典雅爲宗，毅然不失其故步，抑亦可謂有守者矣。

（卷一百七十一）

四庫全書總目・行遠集行遠外集皆無卷數内府藏本

明陸深撰。深有《南巡録》已著録。其《文集》《續集》刻於嘉靖中，此集則崇禎庚午，其曾孫休寧縣知縣起龍所編。前有起龍《述言》一篇，稱深隨地著述，散見四方者，邈不可購。所鐫正、續集一百五十卷有奇，十不得五，迄今糢糊散佚又十之二三。起龍眷懷先澤，多方搜購，見輒筆之，又積至二十餘卷，以次校編。又稱附以《年譜》，重開生面云云。今考此本所載，皆《文裕集》所已收，蓋其時舊刻散佚，因掇拾所存，重刻此版，故稱搜購，實則非續獲於正、續二集之外也。所稱《年譜》，今亦不存，或裝緝偶漏，或歲久板又佚缺歟？（卷一百七十六）

以上〔清〕永瑢撰《四庫全書總目》，清乾隆武英殿刻本

列朝詩集・陸詹事深

深字子淵，上海人。弘治乙丑進士，繇庶吉士授編修。以祭酒充講官，講畢面奏，閣臣易講章，令講官不得盡職，左遷延平府同知。歷副使、布政使，召還，以太常卿兼侍讀學士，扈從世廟南巡，掌行在翰林院印，御筆抹去『侍讀』二字。進詹事府詹事，致仕。謚文裕。公少與徐昌國善，切磨爲文章，有名于時。工書，仿李北海、趙承旨。品騭古今，賞鑒書畫，博雅爲詞林之冠。

遺文百卷，外有《河汾燕閒録》《玉堂漫筆》諸書，傳於世。

〔清〕錢謙益輯《列朝詩集》丙集卷六，清順治九年毛氏汲古閣刻本

明詩綜·陸深

深，字子淵，上海人。弘治乙丑進士，改庶吉士，授翰林院編修，遷國子司業，進祭酒，謫延平府同知，陞山西提學副使，改浙江，歷江西參政、四川布政使，召爲光禄卿，改太常卿，兼侍讀學士，陞詹事府詹事，卒贈禮部右侍郎，謚文裕。有《儼山集》。

費子和云：陸公詩歌雅而莊，婉而諷，左遷以後，略無感時憤俗之意，觀其《發教巖》詩云『去留俱有適，吏隱欲中分』，此其心豈嘗有怨尤耶？王元美云：陸子淵如入貲官作文語雅步，雖自有餘，未脱本來面目。陳卧子云：子淵氣尚清拔，學非深造，多輕淺之調。詩話：儼山詩，其原出于大曆十子，平衍帖妥，如設伊蒲之饌，方丈當前，雖遠羶腥，終鮮滋味。至其折衷經史，練習典章，其所紀載，可資國史采擇。昔朱晦翁譏葉正則知古而不知今，陳同甫知今而不知古，惟許吕伯恭克兼之。儼山亦可無愧伯恭矣。若夫正書似顔尚書，行書似李北海，莫雲卿之論，謂風力實出趙吴興之上。自董尚書墨蹟盛行，而儼山遂爲所掩，然尚書論書法推爲正宗，世有張懷瓘，估直未必定取董而遺陸也。

〔清〕朱彝尊編《明詩綜》卷三十三，清文淵閣四庫全書本

明詩紀事·陸深

深字子淵，上海人。弘治乙丑進士，改庶吉士，授編修，歷司業、祭酒，謫延平同知，遷山西提學副使，改浙江，歷江西參政、四川布政使，召拜光禄卿，改太常兼侍讀學士，進詹事。贈禮部侍郎，謚文裕。有《儼山集》一百卷，《續集》十卷。

唐錦《龍江集》：國初吾松多以書學名天下，久已絶響，公近奮起，遂凌蹴前人而處其上，識者謂趙文敏後一人，非諛詞也。《藝苑卮言》：陸子淵詩如入貲官作文語雅步，雖自有餘，未脱本來面目。《詞林人物考》：子淵字學比於趙松雪，每過同舍，見髹几輒縱筆塗寫，旁若無人。品騭古今，商搉事理，賞析文義，辨識書畫古品，談鋒灑然，一座盡傾。莫是龍《石秀齋集》：陸文裕自言，吾與吴興同師北海，海内人以吾爲取法於趙。究論其風力，實出吴興之上。《明詩選》：陳卧子曰：子淵氣尚清拔，學非深造。

田按：子淵論詩云：近時李獻吉、何仲默最工。姑自其近體論之，似落人格套，雖謂之擬作可也。然其自作乃平衍敷腴，去李、何尚遠。書法在明人中不失爲第二流。

〔清〕陳田輯《明詩紀事》丁籤卷十二，清陳氏聽詩齋刻本

跋陸文裕《秋興詩卷》

〔清〕翁方綱

耳山都諫以其先文裕《秋興詩》墨迹卷屬題。是卷作於嘉靖二年癸未，先生年四十七矣。先生書在李北海、趙吴興間，或有謂先生學吴興者，先生曰：『不然。吾與吴興俱學北海矣。』蓋其自負如此。今觀是卷，所謂攊鋒覆腕者也。昔南唐李後主以『押、擫、鉤、格、抵』五字爲職志，近日徐壇長發揮此義，迺謂對面透過一步是右軍之書，所謂似欹反正、撥鐙妙用盡洩於此。世人孰不學北海，而知此意者罕矣。先生此卷，可謂度盡金針者也。曩予題先生《玉舜詩卷》，嘗考論先生出處之概，與其心跡之所以然，而其用筆之妙，則未之及也。故於是卷附綴之。

跋陸儼山書《放翁詩卷》

〔清〕翁方綱

陸文裕嘗自言，與松雪俱學李北海，蓋不甘讓趙也。蓋松雪學北海，尚不若文裕之得其縱宕爲多耳，然未可因此而薄趙之學北海也。董香光亦學北海，則格韻兼得之矣。昔鄭杓衍極於北海書行狎不無微辭，而趙松雪之學北海，則力追晉法，兼以分隸遺意合之。予評北海書，由《李秀碑》而及《端州石室記》，即此意也。陸文裕卒後十年，而董文敏始生，惜不得陸、董二公同几論書於吴淞江上也。放翁每自憾不近陶、謝，此語最可味耳。

以上〔清〕翁方綱撰《復初齋文集》卷三十一，清李彦章校刻本

寶日堂初集·陸文裕公

〔明〕張鼐

陸文裕公儼山翁深素性剛介，爲國子司業，大司馬荆山王公任子講書不到，公責之，荆山不悦。公作書辯論，荆山不能屈也。視山西學政，一生父爲令所笞，無罪下獄死。生上訴直指趙，趙先入令言，杖生下之獄。公與趙言：『父死非其罪，人子不共之讎也。不能爲復怨，反欲黜之，可乎？』趙不從，遂抗疏相訐。有旨差勘，直指外調，令爲民，而公復職，一時服公之正也。時武定侯有寵，公藐之，呼爲跋扈將軍。

陸文裕爲祭酒時，充經筵日講官。一日講罷面奏曰：『今日講章，非臣原撰，乃經閣臣改篡者。陛下有堯舜之資，當令諸臣各陳所見，則聖德日新，庶無壅蔽之患。』時桂見山當國，文裕謫授山西提學副使。時進講『伊尹耕於有莘』章，文裕用『鼎俎欲速』，意以刺張、桂故也。

陸文裕公爲山西提學時，晉王有一樂工，甚愛幸之。其子學讀書，前任副使考送入學。文裕到任，即行文黜退之。晉王再四與言，文裕云：『寧可學校少一人，不可以一人污學校。』堅意不從。觀此二事，文裕之剛決，亦近代之所僅見者也。

國朝惟三品京堂丁憂請告在家者，特召起用，餘悉自給文赴部補任。陸儼山爲國子司業，秩六品，丁憂釋服，不肯赴部，曰：『吾師儒之官，豈可自卑求用。彼不用我，我有長往山林而已。』時儼山望重，不數月起補原職，後遂爲例。

文裕自山西學憲入爲太常卿兼翰林侍讀學士，世廟南狩承天，命公掌行在翰林院印侍行，御筆塗去『侍讀』二字，故嚴分宜贈詩云：『行朝特視詞林篆，御筆親題學士名。』後致政。一日上思公，問侍臣：『張邦奇、陸深孰優？』侍臣言：『陸遠過於張。』上曰：『我記得曾爲祭酒，桂萼害他。』方有意起用，而公已卒矣。

〔明〕張鼐撰《寶日堂初集》卷二十二，明崇禎二年刻本

西園聞見録・陸文裕

〔明〕張　萱

陸文裕儼山深爲山西提學時，晉王有一樂工，甚愛幸之。其子學讀書，前任副使考送入學。文裕到任，即行文黜退之。晉王再四與言，文裕云：『寧可學校少一人，不可以一人污學校。』堅意不從。（卷九）

陸深，字子淵，號儼山，上海人。弘治辛酉應天解元，乙丑進士，改庶吉士，歷官至正詹事，謚文裕。正德戊寅，爲國子監司業，署監事，奏黜不法典簿。勢家子犯監規，痛朴不貸。嘉靖己

丑，充經筵官。值公講，晨先送講章於内閣，更竄數語。公講畢，奏講章詞義不浹，非臣原撰，敢請無再易。上是之。公以面奏非舊章，具疏認罪。上宥之。公復抗疏言，經筵啓沃聖心，雖百司庶府事，皆得依經比義類陳，庶無壅蔽。奉旨謫延平府同知。（卷十）

陸文裕公深嗜古玩，嘗羅列一室中。聞魏莊渠先生至訪，悉爲捐去。（卷十二）

陸文裕公深嘗謫延平同知，惟感恩自咎，買舟以行。至任，躬勤民務。陞山西按察司提學副使，教條法約，盡滌積弊。黜王府從良優人馬氏子入學校者，增氣陽曲。生員劉鎧父爲知縣笞死，訴論于趙御史，反笞鎧下獄。公入辨不得直，即劾趙挾私庇屬，毁辱學校。趙亦論公自解。勅差董給事往勘得實，公復職，趙外謫。（卷四十五）

以上〔明〕張萱撰《西園聞見録》，民國哈佛燕京學社印本

花當閣叢談・陸侍郎

〔明〕徐復祚

松江陸儼山名深，字子淵，謚文裕。以禮侍致政歸，買房一區，拆歸改造，日往坐一大家之門以課工。其家寡婦生一子，延師讀書，師數遇陸，必拱揖。既數遇，謂其徒曰：『長者在門，宜供一茶。』母不可，曰：『貴要不可近也。』師再三强之，不得已供一茶。居數日，工未訖也，師又强其徒供一飯。母愈不可，徒重違師意，以私鏹置飯延陸，陸喜從之飲爲盡歡，瞥見並廳一樓甚峻

整，請觀之。樓寔美材，陸心動，與門下客商之。乃首以曖昧錢糧逮其子及叔致之於獄，脅取其樓。母忿死，子與叔皆庾死，師以干連恚悔死。明年，陸被病，夢攝入一衙門，殿上如王者，左右廡列數司。引之入左司，不受，曰：『非吾事也。』引入右司，主者亦下堂來迎，坐定曰：『君知此來乎？樓主寔訟君。』須臾，三四人譁而前，陸惶遽曰：『返若樓可乎？』主者笑曰：『其人死矣，返之何受？且君此中已壞，不可補也。』曰：『請緩期可乎？』主者曰：『可期以某日當至此。』陸乃甦，呼諸子前，具語所見，因悔曰：『吾寔錯用心，嗟何及也。』寢疾踰旬，以所期之日卒。

邨老曰：鄙哉師之見也。其言長者在門，宜供一茶，謂一茶可以結長者之歡乎？既而請具飯，謂一飯足以果長者之腹乎？彼徒見大冠如箕，聲勢赫奕，平日欲一見不可得，今既見矣，胡可失不致慇懃也。其欲供茶飯也，豈爲主人地哉？蓋曰：我而識一侍郎尊官，便可以借光輝誇閭里，對朋舊曰：我曾陪陸侍郎宴飲。對妻孥曰：我曾結陸侍郎交知。甚至居間請託，俱可借陸侍郎名色，以哄詐鄉愚。孰意侍郎之眼常在烏紗之上，侍郎之飲食者不在茶飯，而在腦髓也，引狼入室，喪身亡家，非自取而何？智哉母氏之言，貴要不可近也。雖然，獨陸侍郎乎哉？凡帶烏紗者，方寸間俱有五嶽，彼其視富室若外府也，視閭閻脂膏若盎肉也，爲猰貐、爲土伯，謂可子孫世世享無窮者，封殖未竟，身入森羅，譬之藏蝎囊虺，以自毒害，彼雖自以爲智，吾則謂愚不可及矣。

邨老又曰：陸文裕先生文章行誼，朝野仰之，如威鳳祥麟，爲章文懿公名懋門下士器重，不應有此，余此記亦得之連抑武手抄云。

〔明〕徐復祚編《花當閣叢談》卷四，清借月山房彙抄本

守官漫録·陸儼山

〔明〕劉萬春

陸儼山先生自辰卧至晚不醒，其弟候見不得，渡黄浦歸矣。已而先生寤，呼其子某曰：『事甚奇，言之涉怪，不言事若實有者。』初至一司，見某同年問曰：『兄已死，奈何在此？』云此非陽間，陰府也。弟居此掌善惡簿。先生曰：『可得見乎？』曰：『此亦秘事，不當相示，以年兄故，當出示也。』檢至先生姓名，生平事具在紀録，獨三事自謂無之。同年云：『兄心上曾轉念不？』沈思曰：『有之。』同年曰：『心上既轉，便當紀録，何論行不行哉。』次及其弟，有三大事最惡。既出，見其弟鈎掛其背，懸于廊下，大呼兄救我，遂甦。問汝叔生平果有如此三事不，無令汝嬸聞也。既至，見其嬸，問：『叔何在？』云自城中歸，大發熱，卧床上。嬸同入房，辭之，令出。私問其叔，叔大驚起，云此三事汝嬸尚不知，汝父何由知也。遂歸報先生。先生曰：『汝叔當不起矣。』後果以疽發背死。

〔明〕劉萬春撰《守官漫録》卷四『外編·因果業報』，明萬曆刻本

推篷寤語・陸文裕

〔明〕李豫亨

近時陸文裕儼山公最忌凶讖，及終作詞曰：『尋箇水龕雲島，千休百了。』相知爲之愕然。明年五月竟殂。

〔明〕李豫亨撰《推篷寤語》卷二『測微篇下』，明隆慶五年李氏思敬堂刻本

李文正陸文裕墨蹟卷

〔明〕王世貞

涯翁篆勝古隸，古隸勝真、行、草。此研光箋書數詩，乃晚年筆。余割其半及跋尾遺王學士，而留此，以其備有衆體故耳。最後《蘇墨亭》一歌更遒勁，蓋中年得意筆也。儼山先生《寶應雪夜翫月歌》，則出入北海、吴興，雄逸超爽，有秋雕春駿騰騫絶影之勢。陸之於李，歌辭不妨衣鉢，書法更自青冰也，因合而藏之。

〔明〕王世貞撰《弇州山人四部稿》卷一百三十二『文部・墨蹟跋下』，明萬曆刻本

陸儼山手札

〔明〕王世貞

陸文裕公結法無一筆苟，雖尋常家人語，施於所親狎者，亦精審遒密，有二王尺牘遺意。觀

此與周一之四札可知已。一之雖視公後進，然皆能詩博古，而腰膂間皆有傲骨，宜其相得如此。

〔明〕王世貞撰《弇州山人續稿》卷一百六十四『文部·墨蹟跋』，清文淵閣四庫全書本

新刻增補藝苑卮言·陸子淵

〔明〕王世貞

吾吴中自希哲、徵仲後，不啻家臨池而人染練，法書之蹟，衣被偏天下，而無敢抗衡。雲間雖陸子淵能振其法於寥響之後，緣門户頗峻，師承者少。

〔明〕王世貞《新刻增補藝苑卮言》卷之十一，明萬曆十七年武林樵雲書舍刻本

續書史會要·陸深

〔明〕朱謀垔

陸深，字子淵，號三汀，晚號儼山，上海人。弘治乙丑進士，入翰林。正德時以不附逆瑾黜，瑾誅召還。歷官至詹事。謚文裕。善真、行、草書，俱法趙文敏公。亦能詩。

〔明〕朱謀垔撰《續書史會要》，清文淵閣四庫全書本

畫禪室隨筆·陸宫詹

〔明〕董其昌

吾鄉陸宫詹，以書名家，雖率爾作應酬字，俱不苟且，曰：『即此便是學字，何得放過？』陸

公書類趙吴興，實從北海入。有客每稱公似趙者，公曰：『吾與同學李北海耳。』

〔明〕董其昌撰《畫禪室隨筆》卷一，清文淵閣四庫全書本

文裕陸公書跋

〔明〕莫如忠

陸文裕公儼山先生書法，雅宋趙松雪，晚鎔李北海，西晉風格，宛然具存，足傳不朽。人言先生平居，雖尺簡裁答，必精鉛槧，必工結構，即於所甚暱者，造次應之，不廢也。其用力蓋勤如是。今觀東濱朱君所藏諸帖，信哉。而秦君鴻臚後沙，東濱婿也，實彙緝成卷，以備珍賞，則公雖往，而神標輝映，已在二君冰玉間矣。

〔明〕莫如忠撰《崇蘭館集》卷十八，明萬曆十四年馮大受董其昌等刻本刻本

書法離鈎·陸深

〔明〕潘之淙

陸深文裕，小楷精謹，自謂有《黄庭》遺意，然不能離吴興也。行、草法李北海、趙吴興，晚節尤妙。

〔明〕潘之淙撰《書法離鈎》卷七，清文淵閣四庫全書本

六藝之一録·陸文裕

〔清〕倪　濤

陸文裕深少時作小楷精謹，自謂有《黄庭》《聖教》意，然不能離趙吴興也。行、草法李北海，而亦出入吴興，晚節尤妙。（卷二百九十九）

陸文裕自言，吾與吴興同師北海，海内人以吾爲取法於趙，是意不安於趙也。究論其風力，實出吴興之上。（卷三百六十九）

以上〔清〕倪濤撰《六藝之一録》，清文淵閣四庫全書本

庸閑齋筆記·上海陸文裕公

〔清〕陳其元

上海陸文裕公出入館閣前後幾四十年，每抄録國朝前輩事，命子弟熟讀，曰：士君子有志用世，非兼通今古，何得言經綸？今世學者，亦有務爲博洽，然問及朝廷典故、經制沿革，恍如隔世。縱才華邁衆，終爲俗學云云。此説讀書人不可不知。即如辛未三月中天氣頗炎，恩方伯錫莅蘇藩任受事之時，朝冠用皮，人多訝之，不知未换涼帽之前，朝冠無不皮者也。其用絨緣者，乃宫嬪之冠。國家定制如此。今直省文武各官朝冠大率皆以絨緣，習而不察，反以笑人，亦可笑也。

〔清〕陳其元撰《庸閑齋筆記》卷六，清同治十三年刻本

圖書在版編目(CIP)數據

陸深全集：全 4 册/廖可斌主編；林旭文整理. —上海：復旦大學出版社，2022. 10
(浦東歷代要籍選刊)
ISBN 978-7-309-16072-7

Ⅰ. ①陸… Ⅱ. ①廖… ②林… Ⅲ. ①漢字-法書-作品集-中國-明代②古典文學-作品綜合集-中國-明代 Ⅳ. ①I292. 26②I214. 82

中國版本圖書館 CIP 數據核字(2021)第 274843 號

本書由上海文化發展基金會資助出版

陸深全集
廖可斌　主編
林旭文　整理
責任編輯/杜怡順

復旦大學出版社有限公司出版發行
上海市國權路 579 號　郵編：200433
網址：fupnet@fudanpress. com　http://www. fudanpress. com
門市零售：86-21-65102580　團體訂購：86-21-65104505
出版部電話：86-21-65642845
江陰市機關印刷服務有限公司

開本 890 × 1240　1/32　印張 65. 375　字數 1255 千
2022 年 10 月第 1 版
2022 年 10 月第 1 版第 1 次印刷

ISBN 978-7-309-16072-7/I · 1304
定價：358. 00 元